古典文學研究輯刊

二八編

第9冊

八仙俗文學研究（下）

吳黎朔 著

國家圖書館出版品預行編目資料

八仙俗文學研究（下）／吳黎朔 著 -- 初版 -- 新北市：花木
蘭文化事業有限公司，2023〔民 112〕
目 4+176 面；19×26 公分
（古典文學研究輯刊 二八編；第 9 冊）
ISBN 978-626-344-453-9（精裝）
1.CST：俗文學 2.CST：民間故事 3.CST：民間信仰
4.CST：研究考訂
820.8 112010491

ISBN-978-626-344-453-9

9 786263 444539

古典文學研究輯刊
二八編 第 九 冊 ISBN：978-626-344-453-9

八仙俗文學研究（下）

作　　者　吳黎朔
總 編 輯　杜潔祥
副總編輯　楊嘉樂
編輯主任　許郁翎
編　　輯　張雅淋、潘玟靜　美術編輯　陳逸婷
出　　版　花木蘭文化事業有限公司
發 行 人　高小娟
聯絡地址　235 新北市中和區中安街七二號十三樓
　　　　　電話：02-2923-1455／傳真：02-2923-1452
網　　址　http://www.huamulan.tw 信箱 service@huamulans.com
印　　刷　普羅文化出版廣告事業
初　　版　2023 年 9 月
定　　價　二八編 18 冊（精裝）新台幣 47,000 元

八仙俗文學研究(下)

吳黎朔 著

目

次

第四章　八仙民間傳說

　　八仙傳說本在民間口耳相傳，後經文人蒐集採錄而被寫入古籍中，成為各種文學的創作依據，作品中虛構的部分又影響閱聽者對八仙的認知，使它們成為民間傳說的題材。八仙傳說在社會上流傳甚廣，數量龐大且內容豐富，更是影響民眾最深遠的仙話。這些民間傳說的創作者與傳播者多為一般百姓，他們根據經驗、思想、知識等為故事進行創作或改編，因此這些新傳說內容除了擁有神仙故事的浪漫幻想色彩外，也反映人們的日常生活現況與內心的期待與渴望。

第一節　八仙民間故事分布與內容

　　民間流傳的八仙故事眾多，《中國民間故事全集》與《中國民間故事集成》兩部大型套書中皆收入不少八仙故事，此外更有將八仙故事集結成書出版者，如李傳瑞與王太捷合編的《八仙傳說》〔註1〕、余航《八仙傳說故事集》〔註2〕、郭士宏《好神來了——八仙的故事》〔註3〕、浙江文藝出版社《八仙的故事》〔註4〕、歐陽晶宜《八仙傳奇》〔註5〕、《八仙的故事》〔註6〕

〔註1〕李傳瑞、王太捷編：《八仙傳說》，濟南：山東文藝出版社，1985年8月。
〔註2〕俞航編：《八仙傳說故事集》，北京：中國民間文藝出版社，1988年2月。
〔註3〕郭士宏編：《好神來了——八仙的故事》，新北：宏道文化事業有限公司，2008年2月。
〔註4〕浙江文藝出版社編：《八仙的故事》，杭州：浙江文藝出版社，2009年4月。
〔註5〕歐陽晶宜編：《八仙傳奇》，臺北：林鬱文化事業有限公司，1998年6月。
〔註6〕歐陽晶宜編：《八仙的故事》，臺北：林鬱文化事業有限公司，1998年6月。

等書。在這些書籍中，以《中國民間故事集成》（以下簡稱《集成》）叢書收入八仙故事數量最多，超過兩百則以上，故筆者以它為主，輔以《中國民間故事全集》套書（以下簡稱《全集》）〔註7〕，依篇名、人物〔註8〕、地區、分類〔註9〕整理成表格（見文末附表）。表格中共有故事257則，雖然不能將所有八仙故事搜羅殆盡，但可以從中了解其分布、人物與故事分類，以下就此三點略作分析。

一、分布

　　由表格可知，八仙故事遍布中國，除了西藏以外，各行政區都皆有。其中山西、山東、安徽、江蘇、河北、河南、浙江、湖北、湖南、福建、廣東超過十則，上海、天津、遼寧、陝西、四川、江西、甘肅等地有五則以上，雲南、貴州、海南等省在五則以下。若不論行政區面積大小，表格中八仙故事較多的省分，皆是開發較早且漢人數量占比居多的地方。至於故事最少的貴州、雲南等地，為漢人較晚移居且人口比例較少。因此，八仙故事分布，應與宗教傳播

〔註7〕補充《中國民間故事全集》叢書中收入但不見於《中國民間故事集成》叢書的故事。

〔註8〕若故事出現兩位以上的八仙人物，如廣東〈八仙聚會——仙人岩和八仙岩洞〉中有兩段故事，先寫藍采和在湧泉寺岩石上留下足跡，再寫八仙鼓山玩月之事，因此填寫「藍采和、八仙」，只填「八仙」者，有兩種情況，一是此則為八仙俱全的故事，如〈八仙桌子〉為八仙訪吳道子的故事，並沒有側重描述某一人；一是內容只說八仙，但未說明為何人，如〈神醫三界〉中稱馮克利上山砍材遇過八仙分果、贈衣，下山回家後，才發現人間已過好多代。

〔註9〕《中國民間故事集成》中依神話、傳說、故事、寓言、笑話分類，每類中又依特質不同而細分，但是因各卷編者不同，類似的故事會放在不同的類別，如寧夏〈白賴〉、四川〈人不要臉，鬼都害怕〉、上海〈仙人還弄勿過老鬼〉都是聖賢愁類型的故事，但卻分別被歸在生活故事、笑話，和仙道佛傳說中。又〈抬槓〉為在寧夏為人物傳說，但在四川被歸為笑話。又如《湖南民間故事集》的〈跳魚潭〉內容與《中國民間故事集成‧江蘇卷》的〈張邋遢成仙〉情節相似，但前者被置於地方風物傳說，後者歸為人物傳說。所以此表格分類不以《中國民間故事集成》、《中國民間故事全集》兩套叢書中的分法，而是以金榮華《民間故事類型索引》中的分類架構，分為神仙、風物、生活、幻想四類，已收入《民間故事類型索引》中者，依書中分類，未收入者則以故事著重的內容區分。八仙度人、救人、造物、賞罰、因果為故事重點者，歸為神仙，如《中國民間故事集成‧四川卷》將〈忠縣石寶寨〉歸為地方傳說，但故事中有五成以上寫何仙姑救助石寶並教授藥理，故將其歸為神仙類。以八仙遊凡、戲人而產生的景、物、風俗為主者，歸為風物。八仙為主要人物，但內容不涉及仙術而是以人間生活百態（如猜謎、鬥嘴），雜有些許神仙度人修道情節者，歸為生活類。

與文化背景有關。

劉守華曾說：「在中國道教文學中，八仙故事是經過數百年藝術錘煉達到很高藝術概括水平的精品。」〔註10〕所以八仙故事的傳播與道教關係密切。道教於東漢末年成立時，吸收了民間「天神、地祇、人鬼」的信仰，結合古代神話傳說，改造傳說人物為道教神仙，〔註11〕架構出教中的神仙譜系，並將他們的事蹟編入道經加以推廣，提高信徒的忠誠與向心力。隨著時代發展及社會變遷，道教神仙譜系持續地吸收民間傳說中的神仙、奇人，再以道教思想、義理對他們進行改造，使其成為譜系中的一員。八仙也經此途徑，從民間信仰的俗神成為道教正神，並在好道者推廣下與附會下，其事蹟與名聲傳播四方，成為人們耳熟能詳的神仙人物，人們也因此好以八仙為題材創作故事，或將八仙之名冠在其他神仙故事之上。

此外，八仙故事本出自於民間，發源地多位於中原，其內容與漢人生活、文化有一定的關聯，聽聞者在相同的經驗或感受下，對故事的接受度較高，進而改造傳播它們。以何仙姑受虐遇仙故事為例，在廣東她是「童養媳」、在河南則為「養女」。「童養媳」與「養女」皆為漢人社會的習俗，是將未成年的女性送養或賣到另一個家庭，她們通常是家中的弱勢者，故聽聞何仙姑故事，易將自己的感情投射在人物身上，甚至以自身經驗加以改造，使這類故事在各地出現大同小異的版本。

八仙隨著道教傳入少數民族，滿族、苗族、壯族等民族皆可見到八仙故事。有與漢族相似者，如遼寧滿族的〈呂洞賓買藥〉〔註12〕、苗族的〈白得吃拔毛〉〔註13〕等，這些故事也是漢族中流傳較廣者，因趣味性、警世性或啟發性，讓不同民族與宗教信仰者，也樂於接受與傳播它們。有些則是仙人形象卻完全不同道教八仙者，如土家族的〈跳魚潭〉取材自〈張邋遢成仙〉〔註14〕，主角尹

〔註10〕劉守華：《道教與中國民間文學》，頁74。

〔註11〕如《山海經》中的西王母、《墨子》中的魯班、《尸子》中的黃帝、《莊子》中的廣成子與彭祖、《淮南子》中的赤松子以及《史記》、《列仙傳》等書中所記載眾多仙人與方士等，皆是神話、傳說人物被道教吸收成為正神。

〔註12〕查樹元講述，徐奎生採錄：〈呂洞賓買藥〉，收入《中國民間故事集成·遼寧卷》（北京：中國 ISBN 中心出版，1994 年 9 月），頁 138。

〔註13〕冉明瑞講述，西南師院中文系採風隊採錄：〈白得吃拔毛〉，收入《中國民間故事集成·四川卷》（北京：中國 ISBN 中心出版，1998 年 3 月），頁 1311～1312。

〔註14〕章老講述，章齊化採錄：〈張邋遢成仙〉，收入《中國民間故事集成·江蘇卷》，頁 228～230。

德得知八仙將前來，便起了窺看八仙的主意，可是來的仙人是些「跛子、駝子、麻子、瞎子、癲子、矮子」和一位「披髮長鬚，爛眼缺鼻，左腳短，右腳長，走路一蹶一衝的，上穿起垢光的青布衫，下穿半截破褲子，一身汗騷臭」的瘦癟老頭。〔註15〕這些殘缺的仙人們，除了鐵拐李形像略能符合外，其餘人與傳說中的鍾、呂等人無一相似處。又瑤族的〈告雷公〉講述雷公誤劈獨子，獨子之父請竈神狀告雷公，雷公為救活獨子而請八仙：

> 一會兒，八仙下凡來，在曬臺上撫摸著獨子的全身，不一會，獨子被救活過來了。八仙送獨子進門，便悄然而去。他父親問獨子說：「誰救活了你，把你送回來？」獨子說：「有位八仙下來救我。」他父親說：「你為什麼不請他進我們家來歇一歇？」獨子回答說：「那是仙人，他不會進咱們凡人的家！」〔註16〕

這則故事中雖然將八仙視為有起死回生之能的神仙，但是故事中下凡的「八仙」只有一位，而且對這位仙人沒有任何的特徵上的形容，也無與其他腳色的對話，因此無法從中得知這位仙人是八仙中的哪一位，而且從引文最後一句話來看，這位仙人似乎是脫俗且不染塵累者，與漢族印象中好事且愛鬧的八仙完全不同。

　　八仙故事傳入少數民族後，因故事的生活、背景與他們差異較大，使其對故事的接受度不高。再者，即使少數民族接受了道教八仙，但為了配合族內的宗教、文化等需求，會將他們與當地傳統宗教神話加以糅合，使其擁有自身民族宗教特質或削弱原有的特色，〔註17〕此使八仙雖有其名而失其神，形象遠不如本族傳說的神仙鮮明，也不容易經由二次創作〔註18〕後傳播出去。這些都是貴州、雲南等漢人比例較少的省分，八仙故事數量不豐的原因。

二、人物

　　表格257則故事中，除了八仙俱全的故事外，以呂洞賓為主要或次要腳色

〔註15〕金克劍蒐集整理：〈跳魚潭〉，收入陳慶浩、王秋桂主編《湖南民間故事集》（臺北：遠流出版事業股份公司，1989年6月），頁381～385。

〔註16〕藍公伍講述，雲龍、昌元蒐集整理：〈告雷公〉，收入陳慶浩、王秋桂主編：《廣西民間故事集（三）》（臺北：遠流出版事業股份公司，1989年6月），頁45。

〔註17〕詳見徐祖祥：《瑤族文化史》（昆明：雲南民族出版社，2001年2月），頁127～128。徐祖祥：《瑤族的宗教與社會：瑤族道教及其與雲南瑤族關係研究》（昆明：雲南民族出版社，2006年6月），頁63～68。

〔註18〕二次創作：指根據現成的作品再加以改編、衍生。

者有 78 則，鐵拐李 73 則，張果老 50 則，何仙姑 24 則，韓湘子 21 則，鍾離權 12 則，藍采和 4 則，曹國舅 2 則。〔註 19〕

　　李山曾說：「唐宋人好神怪之說，所傳神仙之眾，不可勝記，然多限於一時一事，唯呂洞賓自宋初以降，歷朝顯化，屢現靈異，傳為故事，詳載諸書。」〔註 20〕何以呂洞賓故事能廣泛流傳且久盛不衰呢？這與故事出現的社會背景有關。北宋政治雖然穩定，但自然災害頻繁，使社會動盪，貧富差距增加。人們為了尋求精神上的慰藉，求助於宗教，然而佛、道兩教此時皆有腐化現象，政府甚至出現販賣度碟、紫衣〔註 21〕和師號〔註 22〕的行為。因為對佛、道兩教失去信心，民眾轉而信仰民間俗神，呂洞賓就是其中之一。兩宋百姓傳頌敬奉呂洞賓，其顯化濟世的傳說不斷出現，也成為後代文學創作題材。在小說、戲曲的影響下，呂洞賓聲名愈盛，形象更豐滿，促使人們樂傳播他的事蹟，或有意地改造、創作故事，甚至將其他神仙的事蹟附會到他的身上，使呂洞賓成為箭垛式人物，新傳說相繼產生。

　　故事數量次於呂洞賓者為鐵拐李，他的傳說出現較晚，宋代文獻中記載不多，也不甚明確。明代以降，鐵拐李的傳說越來越多，出生年代被追溯到上古時代，使他成為八仙之中年代最久遠、資歷最深的仙人，甚至被後人視為八仙之首。〔註 23〕其貌不揚與身有殘疾為鐵拐李的特色，使得一般百姓在情感上對他親近許多，也讓人們能以平等的眼光對待他，而非畢恭畢敬的膜拜。鐵拐李在民間故事中，不論成仙前後，多以乞丐或窮人的形象出現，此種身分易引發弱勢人群的共鳴與崇拜，促使他們刻意編造鐵拐李故事，致力宣揚這位神仙救苦濟貧的事蹟。此外，鐵拐李醜陋外在和他內心的善良、正義產生強烈對比，

〔註 19〕因為同一故事有時會以兩位神仙為重要腳色，如〈聖賢愁〉中的鐵拐李、呂洞賓，因此數目會重複計算。

〔註 20〕李山主編：《三教九流大觀（中）》（西寧：青海人民出版社，1998 年 6 月），頁 919。

〔註 21〕「紫衣」是朝廷賜與僧、道的紫色袈裟或法衣，又可稱為「命服」。

〔註 22〕「師號」是朝廷賜與僧、道的封號，可分死後證號和生前賜號，如嵩山道士潘師正卒，唐高宗賜證號「體玄先生」；張果入朝見玄宗，被封為「通玄先生」。

〔註 23〕馬致遠《岳陽樓》雜劇中鍾離權為引仙者並掌群仙錄，岳伯川《鐵拐李》與谷子敬《城南柳》介紹八仙時，也將鍾離權擺在第一位，可見元代時鍾離權被視為八仙中的第一人。到了明代《東遊記》鐵拐李成了八仙中最早成仙者，八仙之名次序重新排列：「鐵拐、鍾離、洞賓、果老、藍采和、何仙姑、韓湘子、曹國舅，而鐵拐先生其首也。」鐵拐李自從此躍登班首地位，今人提及八仙時，多據《東遊記》中的次序。

民間故事創作者們以此增添故事的衝擊性，當他們描繪鐵拐李時，毫不避諱他的殘疾，甚至誇張其外型缺點，試圖利用內外差異，凸顯出此人的可愛與可敬，為故事增加不少詼諧與趣味。

張果老故事數量居於第三，雖然他的傳說於唐代就出現，但宋、元仙傳、小說並不曾詳細敘述他成仙經過，使張果老有較大可塑性及附會空間。民間傳說中，成仙前的張果老身分各異，有窮趕腳、變戲法、書生、商人、農夫、果農、乞丐等，這些身分一方面反映世俗生活百態，一方面則展現眾生皆可成仙的觀念。「老」是張果老重要特徵，民間故事也針對此點加以發揮，如他的名字被隱藏在生死簿夾縫中，閻王遍尋不著，故能活得長久；〔註24〕與彭祖比年壽誰高；〔註25〕同情受虐、受苦的老人，助他們懲罰不孝後人或度過生活困境等。〔註26〕不過，張果老的名聲不如呂洞賓大，特徵也不如鐵拐李明顯，所以在故事數量上略遜於前兩者。

何仙姑與韓湘子故事數量相近。何仙姑為八仙中唯一的女仙，相關傳說在宋代時已出現，然而元、明兩代何仙姑傳說並不多見，直至清代，因民間宗教對女神及八仙的崇奉，何仙姑得道、渡人事蹟才在寶卷、善書中得到渲染與弘揚。百姓在民間宗教的影響下，也以何仙姑為主角編造故事，或將女性成仙事蹟附會於她身上，讓她在民間故事中有「貧女」、「獨女」、「道姑」、「母親」、「仙女」等不同的身分與特質，何仙姑故事數量也因此多於鍾離權、藍采和等人。何仙姑故事分布各地，然以廣東增城、湖南零陵比例較高，這或許與兩地為何仙姑傳說起源地有關。

韓湘子在仙傳、小說中是一位書生氣息較重的仙人，最重要的仙蹟為度脫韓愈，因故事離奇動人，成為宋、元時相當受歡迎的題材，當時專描述其仙事者，雜劇有紀君祥《韓湘子三度韓退之》、趙明道《韓湘子三赴牡丹亭》、無名氏《藍關記》等，南戲有佚名《韓文公風雪阻藍關記》、《韓湘子三度韓文公》、《韓文公雪擁藍關記》，可惜這些劇本皆已亡佚。明代講述韓湘子仙事者，除了佚名《韓湘子升仙記》、《蟾蜍記》（佚）、永恩及綠綺主人的《度藍

〔註24〕 管海菊講述，喬吉煥採錄：〈披麻帶孝〉，收入《中國民間故事集成·河南卷》（北京：中國 ISBN 中心出版，2002 年 9 月），頁 346～347。

〔註25〕 姚仁貴講述，姚仁奎採錄：〈彭祖誇壽（異文）〉，收入《中國民間故事集成·河南卷》，頁 128～183。

〔註26〕 桂傳兵講述，鄭健男採錄：〈孝順筍〉，收入《中國民間故事集成·浙江卷》（北京：中國 ISBN 中心出版，1997 年 9 月），頁 481～482。

關》等傳奇外，尚有長篇小說《韓仙傳》、《韓湘子全傳》。由此可知，韓湘故事在民間流傳之久、影響之廣。宋、元戲曲、小說主要情節是韓湘度叔成仙，到了明代則又增添白鶴投胎、娶妻林英等內容，民間故事以它們為根據，編造、衍生不同的韓湘子與韓愈、林英的故事，如〈韓湘子拜壽〉〔註27〕、〈韓湘子修仙〉〔註28〕等。因韓愈為歷史名人，地方上的風物也依託於他們，如潮州的廣濟橋由宋代朱江、王正功、丁允元、孫叔謹等太守相繼增築而成，但因韓愈曾貶謫至此，廣濟橋就被當地人附會為韓湘協助韓愈所建，故又名「湘子橋」。

　　鍾離權自宋代就被視為神仙，更因鍾、呂授受傳說而聲名大振〔註29〕，不但被全真教尊為祖師，也屢屢出現於戲曲、小說中，但在民間故事中，他多與洞賓一起出現，如〈仙人洞的傳說〉〔註30〕、〈楊樹不蛀要撐天〉〔註31〕、〈呂洞賓盜天書〉〔註32〕等，並沒有自己獨立的故事系統。藍采和在傳說中最初是以乞丐形象出現，元、明兩代雖有《漢鍾離度脫藍采和》、《藍采和鎖心猿意馬》、《藍采和長安鬧劇》雜劇專演藍采和仙事，但他的身分卻沒有一個固定的說法，且仙傳與小說對他身世與仙蹟記載不多，而丐仙的特徵也被鐵拐李所取代，故民眾對這位神仙印象就不如鐵拐李、張果老等人深刻。曹國舅以呂洞賓弟子身分成為八仙之一，因其成仙前的尊貴地位，使他不易獲得百姓共鳴，影響力遠不如其他八仙成員。此鍾、藍、曹三位仙人，多半出現在〈花橋的故事〉〔註33〕、〈碧蓮洞〉〔註34〕等八仙俱全的故事裡，即使以他們為主角的故事，

〔註27〕　盧時忠講述，冷彩凌採錄：〈韓湘子拜壽〉，收入《中國民間故事集成·山東卷》（北京：中國 ISBN 中心出版，2007 年 4 月），頁 216～217。

〔註28〕　陳桂芳講述，胡良木整理：〈韓湘子修仙〉，收入陳慶浩、王秋桂主編：《遼寧民間故事集》（臺北：遠流出版事業股份公司，1989 年 6 月），頁 367～369。

〔註29〕　詳見第二章第五節〈鍾呂八仙形象小論〉之四「鍾離權」，及本章第二節〈八仙人物傳說〉之七「鍾離權故事」。

〔註30〕　蕭寶記講述，熊侶琴採錄：〈仙人洞的傳說〉，收入《中國民間故事集成·江西卷》，頁 219～221。

〔註31〕　石祥如講述，宋德福、趙雲舞採錄：〈楊樹不蛀要撐天〉，收入《中國民間故事集成·江蘇卷》，頁 370～371。

〔註32〕　馬王氏講述，馬維德採錄：〈呂洞賓盜天書〉，收入《中國民間故事集成·北京卷》，頁 48～49。

〔註33〕　鍾建興搜集整理：〈花橋的故事二〉（臺北：遠流出版事業股份公司，1989 年 6 月），收入《廣西民間故事集（一）》，頁 31～33。

〔註34〕　李慶隆，郭金良等整理：〈碧蓮洞〉，收入《廣西民間故事集（一）》，頁 120～124。

也只是體現神仙懲惡助貧、樂善好施的共性，缺乏令人難忘的鮮明個性，總之以這三人為主的故事並不多。

三、分類

　　《中國民間故事集成》與《中國民間故事全集》兩套叢書的八仙故事，概括神仙、生活、幻想、風物、笑話等類，因神仙故事多以因果報應、懲惡獎善為內容，故此類數量居八仙故事之冠。生活故事雖以八仙為主角，內容卻以呈現人們的日常生活為主，如張果老與彭祖妻子鬥嘴〔註35〕、呂洞賓與白牡丹鬥智、猜謎〔註36〕等，這類故事沒有仙術、獎懲的元素，而是凸顯凡人的生活與智慧。幻想故事著重描述奇異的能力、寶物或經歷，著重於想像力的發揮，如〈金丹、寶扇、隱身衣〉講述窮漢二柱因招待八仙而獲贈隱身衣、千里扇、金丹三件寶物，藉由它們致富並娶得嬌妻。〔註37〕風物故事是解釋山川名勝、動植物、風俗習慣的由來，常以其特色附會八仙，如傳說廣東荔枝上的綠痕為何仙姑的絲線所化〔註38〕、恆山步雲路上的驢蹄印附會張果老騎驢所踏〔註39〕，不但增加故事的合理性，也藉由神仙增加風物的知名度。笑話類具幽默、嘲諷等特質，八仙在這類故事中，通常做為被嘲笑、戲弄的一方，這是因為他們兼有神仙的身分及凡人的個性，以其為笑話的主角，非但沒有突兀之感，還可凸顯仙凡間的差異與衝突，提升讀者的樂趣與省思。

　　然而，民間故事通常由不同元素、情節組成，以〈聖賢愁〉為例，故事中神仙割鼻、割耳的神奇行為，為幻想故事所有，然其中戲謔與嘲諷意味，則為笑話的特徵。〔註40〕〈黃粱夢〉裡主角神奇的際遇屬於幻想故事「瞬息

〔註35〕姚仁貴講述，姚仁奎採錄：〈彭祖誇壽（異文）〉，收入《中國民間故事集成・河南卷》，頁128～183。

〔註36〕劉昌年蒐集整理：〈呂洞賓買藥〉，收入《江蘇民間故事集》（臺北：遠流出版事業股份公司，1989年6月），頁379～382。

〔註37〕聶玉剛講述，施立學採錄：〈金丹、寶扇、隱身衣〉，收入《中國民間故事集成・吉林卷》（北京：中國 ISBN 中心出版，1992年11月），頁576～578。

〔註38〕吳章勳講述，1986年採錄於增城：〈增城掛綠〉，收入《中國民間故事集成・廣東卷》，頁280～282。

〔註39〕乘永昌講述，禹山彩採錄：〈果老嶺〉，收入《中國民間故事集成・山西卷》（北京：中國 ISBN 中心出版，1999年6月），頁166～167。

〔註40〕黃聲華講述，王教勳採錄：〈聖賢愁〉，收入《中國民間故事集成・安徽卷》（北京：中國 ISBN 中心出版，2008年1月），頁951～952。

「京華」型，而故事中呂洞賓度人的情節，則為神仙度人的故事。〔註41〕〈八仙造米〉中八仙為飢民下凡造米的行為，屬於神仙濟世故事，但它解釋了米缺一角的原因，故又能被歸為風物故事。〔註42〕由這些情形可知，八仙故事依所側重情節不同，分類也會有所差異，故無法將他們確切的歸屬於某一類故事中，筆者只能依內容偏重之處，將其約略分為人物〔註43〕與風物兩大類論述。

第二節　八仙人物傳說

民間傳說可依描述對象的性質可分為三大類：人物傳說、史事傳說及地方風物傳說，其中歷史人物傳說與史事傳說很難劃分，因此將兩者皆歸入人物傳說，也就是以一個主要人物為中心來敘述事件，從不同方面對於主人公的品德、才識、思想、言行進行刻劃，將他狀寫得生動、細緻。〔註44〕人物傳說在流傳的過程中，有時會與當地風物習俗結合，使故事兼有描述與解釋兩種特性，但因仍以描述人物性格、行事或某項特徵為主，故在此仍將其歸為人物傳說。

八仙人物傳說以描述八仙的事蹟為主，這類故事中八仙以主要或次要腳色存在，內容包括他們成仙前的生活及成仙後與凡人的互動。根據故事中出現的人數與活躍度，可分成八仙團體故事和八仙單人故事兩類。

一、八仙團體故事

做為一個神仙團體，八仙常一起出現於民間故事中，他們有時互助對敵，有時相攜遊凡，也有時會兩、三人相聚嬉鬧或與凡人互動。目前民間八仙團體故事中，對他們行為、事跡有較詳細描寫的有：〈八仙過海〉、〈八仙走普陀〉、〈途遊超山〉、〈八仙圖〉、〈八仙醉拳〉、〈八仙是怎麼成仙〉、〈九仙山傳說〉、〈湘子橋〉、〈花橋的故事〉、〈八景窗〉、〈鍾靈山〉、〈碧蓮洞〉、〈妙山〉、〈爛柯山〉、〈桃花女與周公〉、〈冼夫人與八仙泉〉、〈聖賢愁〉等，其中兩個或兩個以

〔註41〕劉俊卿講述，李振峰採錄：〈黃粱夢〉，收入《中國民間故事集成·河北卷》（北京：中國 ISBN 中心，1999 年 6 月），頁 179～180。

〔註42〕顧爾頂講述，崔玉珍採錄：〈八仙造米〉，收入《中國民間故事集成·江蘇卷》，頁 373～374。

〔註43〕神仙、幻想、生活三類故事以個人事蹟為主，故將他們歸納為人物。

〔註44〕詳見程薔：《中國民間傳說》，頁 19～22。

上情節相似者，歸納為一個故事類型〔註45〕，計有：「八仙過海」型、「添壽」型與「聖賢愁」型，「添壽」型與「聖賢愁」型已見於祁連休《中國民間故事類型研究》與金榮華《民間故事類型索引》中，「八仙過海」型雖不見於二書分類中，但異文甚多，故將它歸為一型。

（一）八仙過海型

「八仙過海」故事在元代就已經流傳，雖不見諸典籍記載，但在當時建成的永樂宮中已出現〈八仙渡海圖〉了。以文字描述「八仙過海」故事者，目前所見最早者為明雜劇《爭玉板八仙過海》，內容敘述白雲仙長於閬苑設筵請五大聖與八仙赴宴賞牡丹，宴罷八仙各以寶物渡東海而歸，龍王之子見藍采和玉板珍稀而強行搶奪，八仙為奪回玉板而與之大戰，龍子因此戰死。龍王為報子仇，邀請其他三海龍王與天、地、人三官相助，八仙亦向太上老君求援，龍王一方戰敗。最終在如來佛祖的勸戒下，雙方和解。此劇情被明代小說作者略為改造後寫入書中，如《東遊記》與《飛劍記》中改八仙中的徐神翁為何仙姑、將藍采和法寶從玉板改為花籃，調解者改為觀音或火龍真人等。人物與物品雖有改變，但內容發展大致仍與《爭玉板八仙過海》相似。

民間故事中的「八仙過海」型故事，與戲曲、小說的差異較大，以江蘇〈八仙過海各顯神通〉為例，此故事敘述八仙應邀前往王母蟠桃宴，回程經過東海，呂洞賓提議各自展現本事渡海，途中龍王三太子看中何仙姑美貌與藍采和的玉板，將他們擄進龍宮，其他仙人合力救人，與龍王、蝦兵蟹將產生爭鬥，後來經觀音調停才讓此事了結。〔註46〕至於如遼寧地區所流傳的〈八仙過海〉稱八仙渡東海原因是為了到蓬萊仙島賞景，龍宮太子見藍采和玉板可愛，便連人帶寶擄回龍宮，後來雖被呂洞賓將人救回，但寶物仍在東海龍王手上，八仙為奪寶而與龍王相鬥，東海龍王戰敗，又找其他三位龍王助陣，八仙不敵四海龍王，於是推泰山填東海，將龍宮砸出大洞，從此八仙與龍王們結下深仇大恨。〔註47〕〈八仙過海〉發生的地點多為東海（浙江外海），浙江因此有個特別的忌諱，不准七男一女同坐一條船，據當地傳說是因為八仙過海時，花龍太子垂

〔註45〕關於「故事類型」及判斷故事是否成型的方式，詳見第一章第二節，頁 13。

〔註46〕施愚如講述，嚴金風搜集整理：〈八仙過海各顯神通〉，收入鄭土有、陳曉勤編：《中國仙話》（上海：上海文藝出版社，1997 年 5 月），頁 422～425。

〔註47〕于成家講述，唐政忠蒐集整理：〈八仙過海〉，收入余航編：《八仙傳說故事集》，頁 54～59。

涎何仙姑美貌，搶奪不成反在八仙面前吃了敗仗，懷恨在心，每見有七男一女同船出海，便要前去尋釁報仇，所以當地就有了這個習俗。〔註48〕

　　〈八仙過海〉流傳的地區相當廣泛，異文也不少，從《爭玉板八仙過海》、《東遊記》、《八仙得道傳》及上述兩個〈八仙過海〉故事來看，它們彼此間的人物、內容雖有差異，但基本上按「八仙投寶渡海——龍子奪寶——大戰龍王」三個要素發展，因此擁有這三個情節要素者皆能歸為「八仙過海型」故事。〈八仙過海〉中仙人們各憑本事與法寶渡海，途中雖歷經波折，最終成功到達目的地，其所呈現出是合作、積極與吉祥的意味，所以它在民間相當受歡迎，在各地皆有流傳。民間也因這個故事而出現俗語「八仙過海，各顯神通」與「八仙過海」圖像，前者表示在同領域中，能憑藉本事獲得各自的成就；後者則是圖像化故事中的人物與意義，為驅邪納福的吉祥畫。

（二）添壽型

　　「添壽型」故事金榮華於《民間故事類型索引》將它歸為 AT829A「神仙應請人添壽」，內容為：

> 卜者算出一個年輕人的壽命不長，教他備了酒菜，在某時到某地去看兩位老人下棋。兩位老人一邊下棋，一邊隨手取吃年輕人備的酒菜。當他們下完棋，才發現旁邊有個年輕人，並且還吃完了他的酒菜，便商議要怎麼酬謝。年輕人則立刻依卜者指示，懇求他們延長他的壽命，原來這兩個人是掌管人們生死的大神。他們因為已經吃了年輕人的酒菜，覺得總要給他一點好處，終於同意讓他多活數十年或是誘使死神使者先吃了他所準備的宴席，然後請求開恩，把他的名字移到生死簿的邊緣，這樣在裝釘簿子時他的名字便會被夾住而看不到。〔註49〕

簡潔來說，這類故事的程式為：「卜者出一個某人壽命將終——算命者求助——卜者提供方法（通常是準備酒菜招待神仙）——算者向神仙求助——仙人應其所請為想辦法延長他的壽命」。

〔註48〕林瑜文：〈船上禁坐七男一女〉，1991年5月25日《國語日報》第八版。
〔註49〕金榮華：《民間故事類型索引（上冊）》（新北：中國口傳文學學會，2007年2月），頁298～299。此型在丁乃通《中國民間故事類型索引》中被歸於934D2「如何避免命中注定的死亡」型（北京：中國民間文藝出版社，1986年7月），頁309～310。

　　這故事類型在發展中與八仙、彭祖長壽、桃花女鬥周公等素材結合，發展出不同的異文，但它們的情節發展皆符合上述程式，如花蓮〈彭祖活到八百二十歲〉〔註50〕、桃竹苗地區〈彭祖的傳說〉〔註51〕、〈彭祖〉〔註52〕、河南〈桃花女與周公〉〔註53〕、福建〈彭祖添壽〉〔註54〕等。這些異文可概括成三種，第一為福建〈彭祖添壽〉，內容講述卜者算出彭祖（或為年輕人）壽命將終，在彭祖苦苦哀求下告知他補救辦法。彭祖依算者之言，宴請八仙並向他們討壽，八仙亦允諾幫助彭祖，於是前往陰間改掉了生死簿的記錄，或將記有彭祖名字那頁撕下，搓成紙條（或做成穿書線），使彭祖的資料在生死簿消失。第二為花蓮〈彭祖活到八百二十歲〉，講述周公算出彭祖只有二十歲壽命，而桃花女卻認為此厄可解，故告知八仙將於某時下凡，要他準備飲食招待八仙，並請求八仙救命。八仙接受彭祖的招待後，同意了他的要求，每人給他一百歲，故彭祖有八百二十歲的壽命了。最後一種則是綜合了前兩種，講述卜者算命授計，告知彭祖八仙消息讓他得以向神仙求命的過程，如桃竹苗地區〈彭祖的傳說〉：

　　　　彭祖快滿二十七歲的時候，挑柴去賣，算命先生看到他就說：「你的臉上有死字，只剩下幾天的性命。」他回去後跟媽媽說這件事，媽媽趕緊帶他去找算命先生求救，算命先生教他：後天是八月十五日，八仙會在棋盤山下棋，你準備齋菜素果，等他們下棋下得正熱絡的時候，捧齋菜素果給他們吃。彭祖照算命先生的指示，當八仙快把齋菜素果吃完時，站起來說：「仙人救命！」八仙問：「你怎麼會來這裡？」彭祖說：「我剛才就來了，那些齋菜素果是我捧給你們吃的，請仙人救命！」八仙吃了他的東西，沒有救他也不行，就到閻羅王

〔註50〕彭子雲講述，劉蕙萍等人採錄，范姜灯欽整理：〈彭祖活到八百二十歲〉，收入劉惠萍：《花蓮客家民間文學集》（花蓮：花蓮縣文化局，2009年5月），頁41～42。

〔註51〕徐慶松講述，曾瓊儀採錄：〈彭祖的傳說〉，收入曾瓊儀：《臺灣桃竹苗地區客家民間故事研究》（臺北：中國文化大學文學院中國文學研究所博士論文，2014年1月），頁26。

〔註52〕朱傳樹講述，朱嘉樺採錄：〈彭祖〉，收入金榮華整理：《臺灣桃竹苗地區民間故事》（臺北：口傳文學會，2000年11月），頁3～5。

〔註53〕毛振崗講述，毛文吉採錄：〈桃花女與周公〉，收入《中國民間故事集成·河南卷》，頁184～185。

〔註54〕李聖回講述，藍清盛整理：〈彭祖添壽〉，收入祁連休、馮志華編：《道教傳說大觀》（南昌：百花文藝出版社，1999年6月），頁78～80。

那裡拿生死簿來看，彭祖壽命只有二十七歲，每一個人都添一百歲
給他，八仙就八百，所以彭祖活到八百二十七歲。〔註55〕

　　福建〈彭祖添壽〉內容源於借鏡於干寶《搜神記》中「顏超借壽」，花蓮
〈彭祖活到八百二十歲〉則與元雜劇《桃花女破法鬥周公》有關。「顏超借壽」
講述神算管輅見顏超面象早夭，受管父請求告訴顏超延命之法，顏超依教準備
清酒鹿脯前往大桑樹下，見北斗與南斗兩位星君正在下棋，便置脯斟酒於前。
兩位星君因食顏超酒食而問其所求，顏超不言唯拜之，南斗星君拿出文書見顏
超壽止十九，便為他增壽至九十歲。〔註56〕元雜劇《桃花女破法鬥周公》則是
彭祖受雇於周公的卦鋪，周公為他算命發現只剩三日可活，彭祖因此求助於同
村的任桃花。在桃花女的幫助下，彭祖成功向北斗七位星官與小星兒討壽，破
了周公的預言。〔註57〕南、北斗星君是道教重要神仙，前者掌管司命、司祿、
延壽、益算、度厄、上生六星，負責人間壽祿健康；後者掌管天樞、天璇、天
璣、天權、瑤光、開陽、玉衡七星，負責眾生死喪，民間更傳言虔誠信仰北斗
星君者，可長生不死，〔註58〕所以在《搜神記》與《桃花女破法鬥周公》中皆
認為兩位星君有借壽、增壽之能。然而，八仙自出現後就與祝壽、拱壽產生關
連，因其庶民性強，所以在口傳過程中，他們取代南、北斗星君，成了改壽、
借壽者，「八仙添壽型」故事也因此出現。

　　在「八仙添壽型」故事中，那位早夭的年輕人常被說是彭祖，因為在《桃
花女破法鬥周公》雜劇中，彭祖為借壽者，且自古就有彭祖歲八百之說，口
傳者將彭祖傳說與八仙添壽情節結合，可合理化其壽長八百的原因。添壽型
故事也被套用於單獨的八仙身上，江蘇的〈依九做生日〉中，卜算者壽命者
為呂洞賓，並由他設計邀請閻王，讓閻王吃了酒菜後，不得不幫年輕人更改
壽命。〔註59〕

〔註55〕徐慶松講述，曾瓊儀採錄：〈彭祖的傳說〉，收入曾瓊儀：《臺灣桃竹苗地區客
　　　　家民間故事研究》，頁26。
〔註56〕【晉】干寶：《搜神記》（北京：中華書局，1985年3月），頁33～34。
〔註57〕【元】王曄：《桃花女破法鬥周公》，收入王季思主編：《全元戲曲》第五卷（北
　　　　京：人民文學出版社1999年2月），頁223～270。
〔註58〕馬書田：《中國道教諸神》，頁76～86。
〔註59〕韋元鼎講述，華士明等採錄：〈依九做生日〉，收入《中國民間故事集成·江蘇
　　　　卷》（北京：中國ISBN中心，1998年12月），頁396。相同的故事在《中國
　　　　民俗傳說》中算命與救人的神仙為張果老。見一葦編：《中國民俗傳說》（北
　　　　京：中國廣播電視出版社，1996年11月），頁580～581。

（三）聖賢愁型

「聖賢愁」型故事幾乎分布在全國，甚至一些少數民族的聚居處也有流傳，如北京〈聖賢愁〉〔註60〕、四川〈聖賢愁〉〔註61〕、〈白得吃拔毛〉〔註62〕與〈人不要臉，鬼都害怕〉〔註63〕、寧夏〈白賴〉〔註64〕、河南〈聖賢愁割頭換向〉〔註65〕、安徽〈聖賢愁〉〔註66〕、蒙古〈聖賢愁〉〔註67〕等。此類型民間故事祁連休稱為「聖賢愁型故事」〔註68〕，金榮華將它歸為AT1526A.2「白吃大王，神仙也無奈」型〔註69〕，其故事發展大致依循「有一人專門白吃白喝——仙人知道了，設宴試之——吃白食者赴宴——仙人告知加入宴席條件——割下自己身體的一部分佐酒——吃白食者拔下自己的一根頭髮應付」。據祁連休考證此類型最早出現在光緒初年成書的《笑笑錄·一毛不拔》〔註70〕與

〔註60〕馬宏賢講述，孟廣臣採錄：〈聖賢愁〉，收入《中國民間故事集成·北京卷》，頁893。

〔註61〕王開鈺、周志軍講述，敬永金搜集整理：〈聖賢愁〉，收入俞航《八仙傳說故事集》，頁287～289。

〔註62〕舟明瑞講述，西南師院中文系採風隊採錄：〈白得吃拔毛〉，收入《中國民間故事集成·四川卷》，頁1311～1312。

〔註63〕田星玉講述，馬德華採錄：〈人不要臉，鬼都害怕〉，收入《中國民間故事集成·四川卷》，頁697～699。

〔註64〕魏明智講述，馬效龍採錄：〈白賴〉，收入《中國民間故事集成·寧夏卷》，頁619～620。

〔註65〕張建堂講述，張楚北採錄：〈聖賢愁割頭換向〉，收入《中國民間故事集成·河南卷》，頁614～618。

〔註66〕黃聲華講述，王教勛採錄：〈聖賢愁〉，收入《中國民間故事集成·安徽卷》，頁951～952。

〔註67〕張寶忠講述，張瑋採錄：〈聖賢愁〉，收入《中國民間故事集成·蒙古卷》，頁893～894。

〔註68〕祁連休：《中國古代民間故事類型研究（下）》（石家莊：河北教育出版社，2007年2月），頁1282～1284。

〔註69〕金榮華：《民間故事類型索引（中）》，頁541。同類型丁乃通《中國民間故事類型索引》編號也相同，稱〈連神仙都要為壞蛋付酒錢〉，頁385～386。

〔註70〕《笑笑錄·卷五·一毛不拔》：「鍾呂二仙飲於肆，每遇一人，雅相親熱，入坐共飲。鍾疑是呂之友，呂疑為鍾之友，其實皆非也，二仙具知之。一日復飲於肆，其人又來，益加熟悉。鍾欲難之，因出一令曰：「口耳王，聖人飲酒亦何妨，壺中有酒盤無菜。」言至此，即向純陽背上拔出利劍，自剜臂肉一塊，置於席間曰：「借汝青鋒割一方。」次至呂仙接令曰：「臣又貝，賢人飲酒亦何礙，壺中有酒盤無菜。」言至此，亦拔劍剜臂肉置席上，曰：「自把青鋒割一塊。」次及其人，其人苦思良久，因曰：「禾火心，愁人說與聖賢聽，壺中有酒盤無菜。」言至此，向眉毛間拔數莖，置之席，曰：「拔把眉毛當點心。」二仙不

《嘻談錄・聖賢愁》〔註71〕中，當時出現的神仙為呂洞賓、鍾離權、鐵拐李，
此後這類型的故事中的仙人仍多以八仙成員為主。

這類型故事最精彩的部分是神仙們為懲罰白吃者，要求以題吟詩或做酒
令助興：

> 張果老說：「咱們今天喝酒，得行個酒令，就以『聖賢愁』為題，一
> 人說一個字。」白吃說：「行，你們先說。」張果老說：「口耳王，口
> 耳王，壺中有酒我先嘗，盤中無菜難下酒，割下鼻子飲酒漿。」說
> 完，把自己的鼻子割了下來，放在盤中。鐵拐李說：「臣又貝，巨又
> 貝，壺中有酒我先醉，盤中無菜難飲酒，拉個耳朵配一配口。」說
> 完，就拉一隻耳朵放在盤中。這回該白吃說了。張果老、鐵拐李心
> 想。看你怎麼辦？白吃翻著白眼想了一下說：「禾火心，禾火心，壺
> 中有酒我先斟，盤中無菜難飲酒，拔根汗毛表表心。」說完，拔下
> 一根汗毛放在盤中。張果老、鐵拐李說：「我們割下來鼻子、耳朵你
> 才拔下一根汗毛。太不公道了。」白吃說：「哎，你們是遠來的客人，

允，曰：「我輩俱是剜肉相待，足下何僅以眉毛了事？」其人曰：「小弟苟非二
位大仙面上，一毛尚且不拔！」見【清】獨逸窩退士：《笑笑錄》第四冊，清
末上海申報館鉛印本，頁29b～30a。

〔註71〕《嘻談續錄・卷下・聖賢愁》：「有一姓白，綽號白吃，無論何處宴會，不請即
至，坐下就吃。村中人甚惡之，會議在村前三聖祠立一匾，上寫「聖賢愁」三
字。一日，呂洞賓、鐵拐李雲遊至此，看見匾上「聖賢愁」三字，不解所謂。
遂化作雲遊道人，訪問情由。土人云：「我們這裡有一白吃者，吃遍一方。見
了他，雖聖賢亦要愁，故有此匾。」洞賓說：「我二人雖不是聖賢，見了斷不
至於愁，倒要會會他，看他有何吃白之術。」二人坐在廟臺之上，呂祖吹了一
口仙氣，變了一壺酒，幾碟菜。剛要斟酒，白吃已至面前，說：「你二位在此，
多有失陪。」坐在一傍，就要動手吃酒。二仙急忙攔阻說：「我們這酒，不是
白吃的，要將匾上三字，各吟詩一首，說對了方准吃酒，說不對驅逐出境。」
白吃說：「請二位先說。」洞賓即指匾上第一「聖」字：「耳口王，耳口王，
壺中有酒我先嘗，席上無肴難下酒」，拔出寶劍將耳朵割下，說：「割個耳朵嘗
一嘗。」鐵拐李又指匾上第二「賢」字說：「臣又貝，臣又貝，壺中有酒我先
醉，席上無肴難下酒」，將洞賓手內寶劍接過，把鼻子割下來，說：「割下鼻子
配了配。」白吃看了大驚，說：「我從來沒見過如此請客者。輪到我，不能不
說。」指著匾上第三「愁」字說：「禾火心，禾火心，壺中有酒我先斟，席上
無肴難下酒，拔根寒毛表寸心。」二仙說：「你真豈有此理！我們一個耳，一
個割了鼻，你因何只拔一毛？」白吃說：「今日是遇見你二位，若要是別人，
我連一毛也不拔。」見【清】小石道人：《嘻談續錄》，光緒甲申（1884）孟秋
刊本，頁10a～11b。

　　我才拔下一根汗毛，要是我們村的人，我連半根都不拔。」張果老、

　　鐵拐李也只好被他白吃了。〔註72〕

仙人們要求白吃者行酒令或吟詩才有共食的資格，二仙一人分別以「聖」、「賢」、「愁」為題拆字為做句，以句子的內容發展出「割耳」、「割鼻」、「拔毛」的舉動，這也是故事多以「聖賢愁」為名之因，此外「聖賢愁」亦諷刺白吃者不要臉，連神仙、聖賢也對他無可奈何。近代也有仿〈聖賢愁〉旨意所做〈清和橋〉，兩故事情節發展相似，只是將「聖賢愁」三字改為「清和橋」。〔註73〕

　　「聖賢愁」型故事除了呈現出民間拆字作詩的逸趣外，也諷刺凡人愛占便宜且吝於付出的心態，然四川的〈聖賢愁〉則被用來解釋當地白雲觀中呂洞賓塑像缺耳、鐵拐李塑像缺鼻的原因。故事中呂洞賓與鐵拐李成了占道觀便宜的白吃白喝者，秀才許春生為了協助道觀趕走這兩位不速之客，與兩位仙人約定以「聖賢愁」做詩獻菜，兩位仙人分別割鼻割耳為酒菜後，才發現上了秀才的當，並在秀才藏頭詩的暗示下離開，缺鼻缺耳是他們愛占便宜的下場。〔註74〕大部分「聖賢愁」類故事都是以白吃的凡人勝神仙而能順利吃喝結局，那位一毛不拔者的機智雖令人莞爾，但人們還是很厭惡這種無賴，所以四川的這個故事，對調了神仙與凡人的身分，並讓愛占便宜者受到懲罰，實大快人心。

二、呂洞賓故事

　　呂洞賓的民間故事有：〈洛陽橋傳奇〉、〈呂洞賓三訪滕子京〉、〈呂洞賓瑤池會牡丹〉、〈仙人洞〉、〈坍東都〉、〈小林老薑〉、〈唐伯虎的畫筆〉、〈呂洞賓買藥〉、〈黑牡丹〉、〈瑤池會〉、〈白氏郎的故事〉、〈熨斗臺與白鶴觀〉、〈苟杳呂洞賓〉、〈呂洞賓出家〉、〈狗官的來歷〉、〈聞仙溝的故事〉、〈黃粱夢〉〈呂純

〔註72〕馬宏賢講述，孟廣臣採錄：〈聖賢愁〉，收入《中國民間故事集成・北京卷》，頁893。

〔註73〕祁連休《中國古代民間故事類型研究（下）》有「清和橋型故事」，按李鐸《破涕錄・清和橋》所收錄的內容來看，都是神仙以酒令割鼻、割耳為難白吃者，而白吃者以拔一毛化解，只不過所拆的字從「聖賢愁」變為「清和橋」。詳見祁連休《中國古代民間故事類型研究（下）》，頁1337～1338。但現在的民間故事中，〈清和橋〉大多是以少女與和尚、書生鬥詩並諷刺後兩者為內容，其類型已從的AT1526A.2「白吃大王，神仙也無奈」轉變成AT876B＊「聰明的故娘在對歌中取勝」。

〔註74〕王開鈺、周志軍講述，敬永金搜集整理：〈聖賢愁〉，收入俞航《八仙傳說故事集》，頁287～289。

陽堵甌江〉、〈呂洞賓盜天書〉、〈剃頭祖師〉、〈呂洞賓與四大金剛〉、〈呂洞賓兩會劉德新〉、〈瓊臺月夜〉、〈蛇劍〉、〈呂仙賣桃〉、〈仙棗亭〉、〈三里寺〉、〈提水〉、〈洞山劍峰〉等等。這些故事有記述他成仙前的經歷與試驗，如〈苟杳呂洞賓〉寫他與好兄弟苟杳間的互助情誼〔註75〕，〈仙人洞〉與〈瓊臺月夜〉著重描述修道的艱辛與考驗〔註76〕，〈呂洞賓出家〉寫他犯錯離家修道的過程與結果〔註77〕。有描寫他成仙後遊凡濟世行為，如〈呂仙賣桃〉寫他贈輞夫桃子為母親治病〔註78〕，〈三里寺〉敘述呂洞賓助岳飛母舅姚舜明鑄銅鐘且懲罰秦檜〔註79〕，〈提水〉則是他化身老頭協助修建永樂宮的事跡〔註80〕。呂洞賓故事中異文多而成為故事類型者有：「井水化酒」、「道人畫鶴」、「隱喻猜名」、「點藥解謎」四者。

（一）井水化酒型

此類故事初見於元代《湖海新聞夷間續志·井化酒泉》〔註81〕中，明代江盈科《雪濤小說》〔註82〕、馮夢龍《笑史》〔註83〕及清代褚人穫《堅瓠集》〔註84〕等書中也有類似記載。祁連休稱此類故事為「井水化酒型」，金榮華將

〔註75〕 李書琴蒐集整理：〈苟杳呂洞賓〉，收入余航《八仙傳說故事集》，頁5～9。

〔註76〕 周濟昌蒐集整理：〈仙人洞〉；許尚田講述，曹志天、周榮初蒐集整理：〈瓊臺月夜〉，收入余航《八仙傳說故事集》，頁13～16、17～19。

〔註77〕 蕭師講述，章楚北蒐集整理：〈呂洞賓出家〉，收入《山西民間故事集》，頁269～272。

〔註78〕 李佑和講述，黃元德蒐集整理：〈呂仙賣桃〉，收入余航《八仙傳說故事集》，頁145～146。

〔註79〕 李多索搜集整理：〈三里寺〉，收入余航《八仙傳說故事集》，頁149～151。

〔註80〕 薛雅、蘇野蒐集整理：〈提水〉，收入余航《八仙傳說故事集》，頁175～176。

〔註81〕 《湖海新聞夷堅續志·井化酒泉》：「常德府城外十五里，地名河洑，有崔婆者，賣茶為活，遇有僧道過往，必施與之。一道人往來凡十餘次，崔婆見之，必與茶。道人深感之，與之曰：『我欲使汝改業賣酒如何？』崔婆喜。道人以杖挂地，清水進出，為崔婆言：『此可為酒。』崔婆取之以歸，味如酒，濃而香，買者如市。若他人汲之歸，則常品水也。崔婆大享其利。道人重來，崔婆再三謝之，但云：『只恨無糟養豬。』道人怒其貪心不足，再以杖挂泉，則復成水，無復酒味矣。其井至今尚存。」見【元】佚名：《湖海新聞夷堅續志》，（北京：中華書局，2006年9月），頁139。

〔註82〕 【明】江盈科《雪濤小說·王婆釀酒》（上海：上海古籍出版社，2000年5月），頁63～64。

〔註83〕 【明】馮夢龍輯：《笑史·神仙井》（瀋陽：春風文藝出版社，1989年3月），頁206。

〔註84〕 【清】褚人穫輯，李夢生校點：《堅瓠乙集·卷四·豬無糟》，頁794。

其歸為 AT750D.1 類，名為「井水變成酒還嫌無酒糟」。內容大致寫：

> 一位神仙化裝成乞丐，常到一家酒館去行乞，店主每次都給他一些
> 酒或食物，於是神仙便把店家後院中的水井變為酒井作為報答，店
> 主因此發了財。幾年以後，神仙重訪這家酒店，店主向他抱怨，井
> 水變成酒確是讓他賺了錢，但是卻沒有酒糟可以餵猪。神仙聽了，
> 覺得這人太貪，就又把井裡的酒變成了水。〔註85〕

此故事在明代應該相當盛行，當時的《增廣賢文》中就有收入「天高不算高，
人心第一高。白水變酒賣，還嫌豬無糟」〔註86〕譏刺人心不足、人性貪婪的俗
諺。吳元泰在《東遊記》第二十九回〈三至岳陽樓度飛〉吸收此類型故事，將
其改寫為呂洞賓的仙事：

> （呂）復遊於岳陽之間，以賣油為名，暗想有買不求添者度之。賣
> 幾一年，所遇皆過求利己者。惟一老嫗以一卯市油。洞賓典之，即
> 持去。洞賓呼之，問曰：「凡買物者皆求益，汝獨不求，何也？」嫗
> 曰：「所買僅惟一卯已，已誤君之功多矣，何敢求益？」復以茶待洞
> 賓。洞賓欲度之，見其門後有井，乃以米數粒投井中，謂姥曰：「賣
> 此可以致富。」老嫗問故，不答而去。姥回視井中水皆酒也。賣之
> 數年，果大富。一日洞賓又至其家，老嫗不在家，見其子，問曰：
> 「數年賣酒何如？」其子曰：「好則好矣，但苦於豬無糟耳。」洞賓
> 嘆曰：「人心貪得無厭，一至於此。」乃取其米而行。老嫗歸視之，
> 井皆水矣。〔註87〕

《東遊記》中呂洞賓以米粒媒介化酒，可能因為白酒大多為所釀製而成，所以
以米化酒，比道人憑空化酒可信度高。呂洞賓幫老嫗化井水為酒，並非是為了
感謝或獎勵她，而是測試老嫗能否堅持不貪，觀察此人是否有被度的資質，不
過人心多是貪得無厭的，呂洞賓最終仍是失望地將井水恢復原樣。最初「井水
化酒」型故事中的道人（或神仙）並沒無特定人選，會因時、地而有所變化，
然吳元泰將其寫入《東遊記》後，此類故事就成了八仙傳說中常見的內容之一，

〔註85〕金榮華：《民間故事類型索引（上）》，頁 279。丁乃通《中國民間故事類型索
　　　　引》稱〈用取不完的酒報答好施者〉，頁 236～237。
〔註86〕【明】佚名編，魏明世譯：《增廣賢文全鑒》（北京：中國紡織出版社，2016 年
　　　　7 月），頁 230。
〔註87〕【明】吳元泰《新刊八仙出處東遊記》，收入《明清善本小說叢刊初編・第四
　　　　輯》（臺北：天一出版社，1985 年 7 月），頁 127～128。

八仙中任何一位都能成為化酒的神仙，〔註88〕不過最常見的還是呂洞賓。

　　關於呂洞賓將井水化酒的傳說有：山西〈呂洞賓兩過酒店〉〔註89〕、雲南〈吳井水〉〔註90〕、浙江〈水井變酒井〉〔註91〕等。前兩者與《湖海新聞夷堅續志·井水化酒》較為類似，是依循著「酬謝主人──水變酒──人心不足──酒變水」的發展，如〈呂洞賓兩過酒店〉描述呂洞賓前往劉三酒店喝酒，劉三遞茶溫酒熱情招待，然呂洞賓在微醺之際，將口中的酒吐到劉三的井裡，劉三不但不在意且不收呂洞賓酒錢，沒想到呂洞賓走後，那口被吐酒的井水便成了美酒，消息傳開後各地酒販紛紛來買酒，劉三也因此發了大財。第二年春天，呂洞賓又來劉三酒店飲酒，問劉三生意如何？劉三回答：「生意好是好，就是沒酒糟了。」道人喝完酒在井臺上留了一首詩：「天高不算高，人心比天高，生意好上好，還嫌沒酒糟。」寫完飄然而去。此後，劉三的井不再出美酒了。故事中神仙將水化酒本是回報酒店老闆的大方招待，但店老闆不滿足，變得更加貪婪，終使神仙收回獎勵，恢復原貌。〔註92〕這也是警惕人們，要節制對貪欲，懷有感恩心，否則會招致惡果。浙江〈水井變酒井〉則是善良好客的釀酒人，將家中僅剩的糯米做成了兩個飯糰，送給了兩個討飯人，討飯人見主人氣量大，便說：「我們倆只需要一個糯米飯糰就夠了。你把剩下的一個飯糰放到門口的井裡，你要酒的話就到井裡舀就好了。」兩個人說完就離開。釀酒人依言而行，第二天，清澈的井水便成了淡紅色的酒，而那兩位討飯人原來是呂洞賓與鐵拐李。〔註93〕這則故事相較其他「井水化酒」故事沒有酒井復為水的情節，但「酬謝主人──水變酒」的核心仍在，故亦歸在此類。

（二）道人畫鶴型

　　「道人畫鶴」的故事最早載於在金代王朋壽《增廣類林雜說》，書中卷十二〈神仙篇下〉「黃鶴樓」條曰：

〔註88〕如湖北余幼軍講述，劉勝漢蒐集整理的〈酒坡〉，以鐵拐李為井水化酒的神仙。收入余航《八仙傳說故事集》，頁 276～277。

〔註89〕韓和丈講述，孫萬寶採錄：〈呂洞賓兩過酒店〉收入《中國民間故事集成·山西卷》，頁 141～142。

〔註90〕中國作家協會雲南分會編：《雲南民族民間故事選》（昆明：雲南人民出版社，1981 年 10 月第二版），頁 29～31。

〔註91〕吳壽榮蒐集整理：〈水井變酒井〉，收入鄭土有《中國仙話》，頁 464～465。

〔註92〕韓和丈講述，孫萬寶採錄：〈呂洞賓兩過酒店〉收入《中國民間故事集成·山西卷》，頁 141～142。

〔註93〕吳壽榮蒐集整理：〈水井變酒井〉，收入鄭土有《中國仙話》，頁 464～465。

江夏郡人辛氏，酤酒為業。一日，有一道人形貌魁偉，衣服藍縷，掉臂入門就座，殊無禮貌，顧謂辛曰：「能以一杯好酒飲吾否？」辛氏子雖年少，雅亦好道，舉常與方外之士為友，聞之欣然許諾，即以上尊一杯奉之。道人一舉盡之，亦不相謝，拂袖出門去。至來日，如期而來。辛不待其求，即以飲之，飲已輒徑去。似此者僅半年，道人初無一言，辛氏子亦無倦色。一日，忽呼辛氏子謂曰：「我多負爾酒資也，屬此行無錢奉酬。」遂探所攜一藥籃中，得橘皮少許，於壁畫一仙鶴。畫畢，指示辛云：「以此奉答。但有客飲酒，即唱歌拍手以為節，招此鶴，當為君舞，以佐尊。」言訖遂去。辛亦未甚信之。繼而有客三數人來，見所畫鶴，問其所以，辛以實告。客於是依其言，唱拍以招之，其鶴倏已蹁躚而舞，回翔宛轉，良中音節。以其橘皮所畫，其毛羽帶黃。人莫不驚異。當其舞時，宛然素壁也；舞罷而去，則依然畫鶴也。自是人人爭欲來觀，辛氏遂限之以酤酒之價，非數千不能得觀也。十年之間，家貲危累千萬。

一日，其道人惠然而來，謂辛氏子曰：「向時貧道飲公酒，所答薄否？」辛見之拜，且跪謝曰：「賴先生所畫鶴，今事產方之昔日，何啻百倍！未嘗一日敢忘恩德，但恨不知先生所居。今者承蒙不棄凡俗，復此榮過。若能少留，當舉家俱廝役之職，供備灑埽。先生有意終惠之乎？」先生笑曰：「吾豈久此者耶！」於藥籃中取一短笛，作數弄，須臾有白雲自空而下，垂簷楹間，於畫鶴飛下。先生跨鶴乘雲，冉冉而去。闔郡望之，杳杳然沒於霄漢，猶聞笛聲。辛氏於是就其處建一樓，榜之曰「黃鶴樓」。後崔影（顥）題詩云：「昔人已乘黃鶴去，此地空餘黃鶴樓。」〔註94〕

道人畫鶴酬謝店主的故事，到了元代《湖海新聞夷間續志》出現異文，書中〈跨鶴道人〉云：

處州龍泉縣鳳凰山下，舊有小茅庵，一道人居之。橋頭有黃婆開酒肆，道人常往來買酒，不取錢，悉與之飲。由是買者無虛日，家由是成。甫閱一載，婆子索酒錢，道人未之償。越幾日，又問，復許之，仍借筆畫一紙鶴，以水噀之，飛舞回旋於橋之左右。婆亦不悟，

〔註94〕【金】王朋壽輯：《重刊增廣分門類林雜說》，民國嘉業堂本。

又復索錢，道人於是跨鶴而去。〔註95〕

從上述兩則故事來看，飲酒道人以畫鶴酬謝店主或償抵酒債，無論店主接受與否，最終皆是道人跨鶴而去。故事最吸引人的部分，是畫鶴成真的情節，故被祁連休稱為「道人畫鶴型」故事。〔註96〕

　　黃鶴樓相傳建於三國時期，南朝時此處就有仙人騎鶴而過的傳說，如梁任昉《述異記・黃鶴樓》云：「荀瓌，字叔瑋，潛棲卻粒。嘗東遊，憩江夏黃鶴樓上，望西南有物飄然，降自霄漢，俄頃已至，乃駕鶴之賓也。鶴止戶側，仙者就席，羽衣虹裳，賓主歡對。已而辭去，跨鶴騰空，眇然而滅。」〔註97〕在《述異記》任昉沒有說明這位仙人的身分，不過從同時代蕭子顯於《南齊書》稱：「夏口城據黃鵠磯，世傳仙人子安乘黃鵠過此上也。」〔註98〕黃鵠磯是黃鶴樓的所在地，而「子安」據是劉向《列仙傳》所載與黃鶴淵源極深〔註99〕，可見這位騎鶴仙人應是子安。唐代閻伯瑾〈黃鶴樓記〉引《圖經》云：「費褘登仙，嘗駕黃鶴返憩於此，遂以名樓。」〔註100〕這三個較早與黃鶴樓有關傳說，有仙人駕鶴來去的情節但卻無畫鶴一事，直至金代才將橘皮畫鶴與跨鶴仙人結合，解釋黃鶴樓的由來。到了宋代，黃鶴樓與呂洞賓產生了聯繫，張栻《南軒集・黃鶴樓說》：「樓旁有石照亭，不知何妄男子，題詩窗間，遂相傳曰：『此唐仙人呂洞賓所書也。』文人才士又為之誇大其事。」〔註101〕紐約大都會博物館也藏有南宋〈呂洞賓過黃鶴樓〉圖〔註102〕，可知宋代的黃鶴樓也有呂洞賓仙跡。元代時，趙道一《歷世真仙體道通鑒》卷四五「呂喦」條就云：「一

〔註95〕【元】佚名：《湖海新聞夷堅續志》，頁135。

〔註96〕祁連休：《中國民間故事類型研究（中）》，頁792。

〔註97〕【南朝梁】任昉：《述異記》，收入《景印文淵閣四庫全書》第1047冊，頁620。

〔註98〕【南朝梁】蕭子顯：《南齊書・州郡志下》（北京：中華書局，2000年1月），頁187。

〔註99〕【漢】劉向：《列仙傳・陵陽子明》：「陵陽子明者，鄉人也，好釣魚於旋溪。釣得白龍，子明懼，解鉤拜而放之。後得白魚，腹中有書，教子明服食之法。子明遂上黃山，采五石脂，沸水而服之。三年，龍來迎去，止陵陽山上百餘年。山去地千餘丈，大呼下人，令上山半，告言：『中子安，當來問子明的軒車在否。』後二十餘年，子安死，人取葬石山下。有黃鶴來，棲其塚邊樹上，鳴呼子安云。」收入《中華道藏》第45冊，頁14。

〔註100〕【唐】閻伯瑾：〈黃鶴樓記〉，收入《全唐文》卷440，頁4483。

〔註101〕【宋】張栻：《南軒集》卷十八〈黃鶴樓說〉，收入《景印文淵閣四庫全書》第1167冊，頁573。

〔註102〕揚之水：《物中看畫》（香港新界：香港中和出版有限公司2016年9月），頁99～100。

云歷江州，登黃鶴樓，以五月二十日午刻升天而去，不知何年。」〔註103〕更使黃鶴樓成為呂洞賓飛升之處。明代吳元泰吸收黃鶴樓傳說，進一步將《增廣類林雜說》中的畫鶴仙人附會為呂洞賓，寫成《東遊記》第二十六回〈洞賓斬龍畫鶴〉的故事：

> 洞賓斬蛟之後，遊至岳陽，或施藥於街市，或云遊於鄉村。欲得立心好善者而度之，遍觀無有其人。適有辛氏素業酒肆，洞賓入其肆，大飲而出，竟不以錢償之，辛氏亦不問索。明日又至，飲之而去。如此者飲之而半年，辛氏終不典索錢。一日復去其肆，飲畢，乃呼主人為之曰：「多負酒債，未能償。」命取橘皮畫一鶴於壁上。曰：「但有客至此飲者，呼而歌之，彼自能舞，以此報汝，數年之內，可以富汝矣。」主人復留之飲，乃竟別而去。後人至飲者但歌之，其鶴果從壁上飛下，跳舞萬狀，止則復居壁上。人皆奇之，自是遠近來觀，飲者填肆，不數年，果大富。一日洞賓復至。主人見其人，延歸拜謝，大飲。洞賓問之曰：「家資可充否？」主人曰：「富足有餘矣。」洞賓乃三弄其笛，其鶴自壁上飛至膝前，跨之乘空而去。主人神異其事，於跨鶴之處，築一樓，名黃鶴樓，以誌其事。〔註104〕

相似的情節也出現在同時代的《列仙全傳》中，不過其中的畫鶴仙人為費文褘。〔註105〕雖然子安、費褘等為騎鶴仙人的說法出現較早，但呂洞賓的知名度較前兩者高，所以明代以後的畫鶴仙人，大多都被認為是呂洞賓，如清代褚人穫《堅瓠辛集・黃鶴樓》就直說唐代呂洞賓以瓜皮畫鶴酬主人〔註106〕。

　　道人畫鶴的故事主要發展過程為：「道人酬謝主人——畫鶴成真——鶴

〔註103〕　【元】趙道一：《歷世真仙體道通鑒》，收入《中華道藏》第47冊，頁515。

〔註104〕　【明】吳元泰：《新刊八仙出處東遊記》，頁116～118。

〔註105〕　《列仙全傳》：「費文褘，字子安，好道得仙。偶過江夏辛氏酒館而飲焉。辛復飲之巨觴，明日復來，辛不待索而飲之。如是者數載，略無吝意。乃謂辛曰：『多負酒錢，今當少酬。』於是取桔皮向壁間畫一鶴，果蹁躚而舞，迴旋宛轉，曲中音律，遠近莫不集飲而觀之。逾十年，辛氏家資巨萬矣。一日子安至館曰：『向飲君酒，所償何如？』辛氏謝曰：『賴先生畫鶴而獲百倍，願少留謝。』子安笑曰：『未詎為此？』取笛數弄，須臾，白雲自空而下，畫鶴飛至子安前，遂跨鶴乘雲而去。辛氏即於飛升處建樓，名黃鶴樓焉。」見【明】王世貞輯次：《列仙傳》，明萬曆時期汪雲鵬校玩虎軒刊本。

〔註106〕　【清】褚人穫，李夢生校點：《堅瓠辛集・卷四・黃鶴樓》，頁1333。

離去」，八仙傳說中符合此程式者尚有江蘇〈呂純陽與白鶴樓〉與浙江〈理髮祖師爺〉。前者講述周姓酒店老闆為人善良，常讓窮人喝酒賒帳，呂洞賓聽聞刻意下凡測試周老闆，見其果然如傳聞般仁厚，離開前便在酒店牆上畫了兩隻仙鶴，並說：「閒著沒事，你就抓把米放在桌上，喚兩聲白鶴白鶴下來，它就飛下來啄米吃；吃完了，再喚兩聲白鶴白鶴上去，它就會飛上去。可要記住，千萬不能捉它。」語畢，人就消失了。周老闆遇仙得鶴之事傳於四方，酒店也因此生意興隆，故周老闆將店名改為「白鶴樓」。後來，地痞白額虎到白鶴樓鬧事，要求見白鶴，周老闆不得已喚鶴下來，白額虎卻想捉住它們養在籠裡，卻被啄傷了眼，白鶴也化光沖天而去。〔註107〕這故事用了洞賓畫鶴的情節，後來的結局但卻改變了，白鶴不再隨仙人離去，而是懲罰惡人後自行飛離酒店。浙江的〈理髮祖師爺〉則是以「畫鶴」情節來警惕貪心者，主要說呂洞賓為了付理髮店的剃頭錢與飯錢在理髮鏡上畫鶴，此鶴只要客人進店就會起舞相迎。但老闆貪心，希望呂洞賓多幫他畫幾隻鶴來招攬更多生意，呂洞賓因此讓鶴從鏡中離開，跨鶴而去，使貪心的老闆懊悔莫及。〔註108〕

　　湖北〈黃鶴樓〉傳說是結合「道人畫鶴」與「井水化酒」兩類型的複合故事，敘述有位道士來到辛氏老夫妻經營的小酒鋪白吃白喝，店主夫婦不曾與他計較，一直熱情款待。一日，道士又來喝酒，且邊喝邊剝橘子吃，吃完後拿起剝下來的橘皮，在酒鋪的粉牆上畫了一隻飛舞的仙鶴，稱只要拍拍手，仙鶴就會飛下來跳舞助興；接著，道人將屋後的那口井的水化為美酒，讓老夫婦不用再熬夜做酒。老夫婦憑藉仙鶴與美酒賺了大錢，但當道人再次前來酒店後，卻向他抱怨無酒糟餵豬，道人聽完長嘆，並說：「天高不算高，人心第一高，井水當酒賣，還嫌豬無糟。」之後吹笛引鶴而下，跨鶴離去，而井中美酒復為涼水。〔註109〕此故事前半段「橘皮畫鶴」是黃鶴樓本有的傳說，後半段店家嫌「無糟餵豬」則借鏡於《東遊記・三至岳陽樓度飛》，皆為呂洞賓遊岳陽時的事蹟且與酬謝酒店主人有關，湖北民眾因此將兩者結合編成一個新故事，為黃鶴樓由來的傳說再添一樁異文。

〔註107〕騰正和講述，丁小祥整理：〈呂純陽與白鶴樓〉，收入余航《八仙傳說故事集》，頁227～228。

〔註108〕沈永康搜集整理：〈理髮店祖師爺〉，收入鄭土有《中國仙話》，頁492～493。

〔註109〕當地幾位居民講述，藍薪採錄：〈黃鶴樓〉，收入《中國民間故事集成・湖北卷》，頁275～276。

（三）戲女：洛陽橋型與點藥解謎型

民間視呂洞賓為一位放浪形骸的「色仙」，此號雖不光彩卻盛行於市井，故坊間流傳不少他「戲女」的故事，林保淳教授就曾分享一則呂洞賓與觀世音傳說：

> 話說有一天，呂洞賓突然心血來潮，想到南海紫竹林拜訪觀世音菩薩。當時觀世音正光著腳丫子，在紫竹林邊的池畔浴足。呂洞賓一眼就看到了觀世音那線條柔美、白皙婉孌的腳丫子，他本來就是生性風流不羈的散仙，當下就動了慾念，便化身成一條魚，游到觀世音的腳邊，來回徘徊，左鑽右動。觀世音先是不覺，後來覺得怪異，「這條魚到底是怎麼一回事」？於是睜開慧眼，一看之下，原來是呂洞賓。觀世音非常生氣，但不動聲色，悄悄地祭起淨瓶，往水中施放過去。呂洞賓感覺不妙，潑喇一聲，就往遠處竄游開去，但是卻已來不及了，淨瓶在呂洞賓的屁股上狠狠地著了一記。呂洞賓現出原形，連忙向觀世音致歉。但觀世音怒氣不息，就決定對呂洞賓施加懲罰，說道，「你既然這麼喜歡聞腳臭的味道，我就罰你變成一條魚，永遠在髒汙的水裡，吞食一些雜物」。
>
> 「所以，你看那條魚的尾巴上，有一個大黑點，那就是呂洞賓的屁股挨上一記，所留下來的疤痕。」母親最後是這樣說的。〔註110〕

這條尾巴上有大黑點，永遠在髒汙水中吞食雜物的魚，就是「鱧魚」。「鱧魚」，閩南話稱為「鮎鮴」、「鮎魽」或「鮎鮐」，客家人稱它「楊公仔」，正確學名則為「七星鱧」。魚體直長而呈棒棍狀，尾部側扁，尾鰭基部有一近圓形黑色眼斑。喜歡棲息於河流及池塘中，早年常被人類放養在井裡，據稱此魚會吃掉水中的小蟲、青苔及腐物，能保護水質，因此民眾常把它放入水井中，維持井水的潔淨。若井水出現問題，鮎鮴會死亡，達到預警的功效。過去農村生活相當依賴井水，人們對維持井水清潔的鮎鮴也相當禮遇、重視，使它有「農村的守護者」之稱〔註111〕，各種傳說、禁忌也因應而生〔註112〕。呂洞賓以風流形像

〔註110〕 林保淳（臺灣師大國文系教授）敘述：〈母親說的故事──呂洞賓與觀世音〉，詳見：https://www.facebook.com/people/%E6%9E%97%E4%BF%9D%E6%B7%B3/100000333109172/（瀏覽日期：2021 年 4 月 10 日）

〔註111〕 〈古井裡的守護神重現田間　蕭閎仁用歌聲膜拜〉檢自三立新聞網：https://www.setn.com/news.aspx?pagegroupid=8&newsid=65696&p=0（瀏覽時間：2021年 4 月 20 日。）

〔註112〕 鮎鮴尾部的大黑點，民間有一說是土地公迷了路，多虧鮎鮴帶路返家，從此

深入人心，故人們以他戲觀音變魚的故事，解釋鮕鮐的功能與合理它的神聖性。

呂洞賓戲女的傳說，也出現在〈洛陽橋傳奇〉中，觀音為了助蔡襄興建洛陽橋，化作美女站在海濱危岩上，說是誰能用銅錢投中她，就當誰的妻子。許多男子紛紛前來丟銅錢，但卻沒人可以投中。一日，呂洞賓經過，施法讓賣蚵男子投中觀音，並在觀音的協助下化身成神。〔註113〕投銀砸女的情節，目前最早見於明末清初李玉所作《洛陽橋》，其中〈神議〉、〈戲女〉兩折描述眾神經商議，命龍女幻作西洋美女，乘了採蓮畫舫去引逗王孫公子拋擲金銀，以便集資助成蔡祥（襄）造橋。呂洞賓見龍女變化的美女，故意去和她開玩笑。〔註114〕到了民間傳說中，拋銀造橋的目的仍是不變，化身美女者卻不再是龍女，如黑龍江〈呂洞賓騷仙的來歷〉〔註115〕、山東〈瑤池會（異文）〉〔註116〕上海〈呂純陽背上的劍〉〔註117〕與河南〈洛陽橋〉〔註118〕中，美女分別為牡丹仙子、觀音與何仙姑。戲曲中無投銀人投中美女，但在上述五則故事中，除了〈洛陽橋傳奇〉與〈洛陽橋〉外，其餘三者皆投銀者為呂洞賓，這應是人們因呂洞賓好色形象所做的改編。在這五則故事中，皆有「賢臣造橋──女仙化作美女引逗拋擲金銀──呂洞賓戲女仙」三情節，其他部分雖然相似處不多，但仍可視為同一類型，故筆者稱它為「洛陽橋型」故事。

在眾多呂洞賓戲女的傳說中，「戲牡丹」系列故事流傳最為廣遠，此系列內容不一，主要敘述呂洞賓調戲、捉弄「牡丹仙子」或名為「牡丹」的女子。

牠們的尾巴，被土地公「蓋上」感恩的印記。雲林東庄泰安宮祭祀白馬將軍沈彪，每當將軍生辰或忌日，村民不吃狗肉與鮕鮐魚。詳見張弘昌（2011年10月2日）：〈鬧市留綠地　助鮕復育〉。聯合報，A9，采風。黃山港：《七星面具鮕鮐狗》（雲林：雲林縣政府文化處，2010年12月），頁11。

〔註113〕林漢三蒐集整理：〈洛陽橋傳奇〉，收入《福建民間故事集》，頁83～84。

〔註114〕詳見俞為民，顧聆森：《中國昆劇大辭典》（江蘇：南京大學出版社2002年5月），頁115。

〔註115〕呂書元講述，曲志民採錄：〈呂洞賓騷仙的來歷〉，收入《中國民間故事集成·黑龍江卷》，頁314～315。

〔註116〕蔡貴講述，張西明、張艾瑛採錄：〈瑤池會（異文）〉，收入《中國民間故事集成·山東卷》，頁206～207。

〔註117〕方天男講述、採錄：〈呂純陽背上的劍〉，收入《中國民間故事集成·上海卷》，頁351。

〔註118〕邵永昌講述，梁書根蒐集整理：〈洛陽橋〉，收入《河南民間故事全集》，頁89～92。

湖北〈呂洞賓瑤池會牡丹〉中呂洞賓需用王母頭上的玉簪（定山針）降伏擾亂
民間的穿山甲，為取得玉簪，他在蟠桃會中以人間美好、紅塵夫妻挑動牡丹仙
子凡心，再以降妖救人為由託牡丹仙子盜取王母玉簪。擒拿穿山甲後，呂洞賓
將玉簪歸還王母並替牡丹仙子求情，但王母仍將仙子貶下凡塵，呂洞賓也掛念
牡丹仙子而下凡尋其芳蹤。〔註119〕這則故事中，牡丹仙子為呂洞賓倒酒，呂
洞賓輕撫牡丹仙子的手，此為一戲；當牡丹仙子送仙桃，呂洞賓重按桃盤，此
為二戲；牡丹轉身前往蓮花池，呂洞賓緊跟而去，在池邊與她對話為三戲。經
此三戲，才讓牡丹仙子觸動凡心，願意盜簪救人，故它又有〈呂洞賓戲牡丹〉
〔註120〕、〈戲牡丹〉〔註121〕、〈盜玉簪〉〔註122〕等別名。〈呂洞賓瑤池會牡丹〉
中呂洞賓挑逗牡丹仙子無涉愛情也並非好色，而是為拯救生民所施行的手段，
然在河南〈黑牡丹〉裡，呂洞賓則成為自毀名聲的登徒子。故事敘述紅牡丹仙
子以非凡美貌勾走了呂洞賓心魂，當她化作牡丹花真身後，被呂洞賓繫上繩子
為記號，希望來日相見。紅牡丹仙子因此向牡丹仙子訴苦，卻不小心被牡丹仙
子的墨染成黑紫色，當呂洞賓再次訪花時，只見昨日紅花變成黑牡丹，且以大
葉遮蓋不願被看見，呂洞賓知道與花仙無緣後便離去了。〔註123〕

「戲牡丹」系列故事中有敘述「呂洞賓點藥，少女牡丹解謎」者，如遼寧
滿族的〈呂洞賓買藥〉講呂洞賓上山採藥回來路過小鎮，見鎮上有藥店名為「百
草堂」而心生不服，故以奇怪的藥名為難店主，店主的女兒白牡丹出面，將呂
洞賓所出的難題一一化解：

> 姑娘姓白，名叫白牡丹。她說：「哪位客官要買藥？」呂洞賓一看。
> 這位姑娘長得真好。說：「我要買藥。」「你要買什麼藥？」「我要買
> 天上的空中掛，天上的一點白；人身上的空中掛，人身上的一點白；
> 地上的空中掛，地上的一點白。你有沒有？」白牡丹說：「沒有啊。」
> 「沒有？你沒有，我就端了你的櫃檯，扛了你的招牌，你藥不全，

〔註119〕 石玉琢、馬卉欣蒐集整理：〈呂洞賓瑤池會牡丹〉，收入《湖北民間故事集》，
　　　　 頁275～279。
〔註120〕 李思佳：《中外神話故事》（長春：吉林大學出版社，2008年10月），頁76～
　　　　 74。
〔註121〕 石玉琢、毛培夫蒐集整理：〈戲牡丹〉，收入鄭土有、陳曉勤編：《中國仙話》，
　　　　 頁469～472。
〔註122〕 李陳氏講述，石玉琢、毛培夫、馬卉欣搜集整理：〈盜玉簪〉，收入余航編《八
　　　　 仙傳說故事集》，頁74～76。
〔註123〕 姬明德、冀銀生講述：〈黑牡丹〉，收入《河南民間故事集》，頁130～132。

怎麼能稱百草堂呢？」白牡丹噗哧笑了：「我們有。」「有？那你說
說什麼藥，我要買。」「天上的空中掛，是望月，也就是山兔糞。天
上的一點白，是天上的白雪，叫天上水。」這兩句話一說出口，呂
洞賓愣住了，說對了，確實是這兩味藥。「人身上的空中掛，長在人
身上，又掛在空中，這是人髮，把人髮焙成炭，可止血，叫血餘炭。
人身上的一點白，是銀中白，就是尿鹼，治口舌瘡的。」「地上的呢？」
「地上的空中掛，就是寄生，土名叫冬青子。地上的一點白，就是
小根菜，也叫想媽菜。」〔註124〕

呂洞賓被白牡丹折服，從此對她念念不忘，最後兩人結為夫妻。此種點藥解謎
的故事尚有山東〈綠牡丹智鬥呂洞賓〉〔註125〕、湖北〈呂洞賓買藥〉〔註126〕
與〈巧開藥方〉〔註127〕、江蘇〈呂洞賓買藥〉〔註128〕等，它們都依循「（呂
洞賓）見藥店招牌升起挑戰之心——出題為難——少女解題——承認失敗」的
發展，故可以歸為同類型故事。呂洞賓所點的藥名，會因傳播者的知識而有所
不同，如江蘇〈呂洞賓買藥〉女主角被要求抓出與「遊子思親」、「舉目無親」、
「夫妻相親」、「兒娘無親」相應的四味藥，山東〈綠牡丹智鬥呂洞賓〉則是「心
思貼」、「順氣丸」、「家不散」、「服心寬」、「老來少」、「比蜜甜」、「黃連苦」、
「苦黃連」、「無主見」、「裡外難」十味藥。至於女主角有時是普通的凡間女子，
有時是牡丹仙子、觀音等女性神仙的化身，但她們共同的特點都是以智慧解開
呂洞賓的謎題，所以此類故事並不強調仙人的非凡與神通，而是讚美巧女非比
尋常的智慧，並有啟迪教育的生活意義。

　　女性解謎的故事祁連休稱它「巧媳婦型故事」〔註129〕，在 AT 分類法中
則被歸為 AT875D.1 型，丁乃通稱它為「找一個聰明的姑娘做媳婦」〔註130〕，

〔註124〕查樹元講述，徐奎生採錄：〈呂洞賓買藥〉，收入《中國民間故事集成・遼寧
　　　　卷》，頁 138。
〔註125〕林傳瑞講述，張崇綱蒐集整理：〈綠牡丹智鬥呂洞賓〉，收入鄭土有《中國仙
　　　　話》，頁 494～498。
〔註126〕羅學春講述，朱長文採錄：〈呂洞賓買藥〉，收入《中國民間故事集成・湖北
　　　　卷》，頁 158～159。
〔註127〕吳自強蒐集整理：〈巧開藥方〉，收入呂洪年選編：《八仙的傳說》（長沙：湖
　　　　南文藝出版，1985 年 11 月），頁 294～295。
〔註128〕劉昌年蒐集整理：〈呂洞賓買藥〉，收入《江蘇民間故事集》，頁 379～382。
〔註129〕祁連休：《中國古代民間故事類型索引》，頁 437～443。
〔註130〕丁乃通：《中國民間故事類型索引》，頁 259～263。

金榮華則說是「巧姑娘妙解隱謎」〔註131〕，然在 AT875D.1 下所收入的故事多是女子解難題後成為出題者的兒媳或妻子，故凸顯巧女合適「做媳婦」，是此類型故事特徵之一。呂洞賓買藥類故事雖也著重女子的聰慧，但娶少女為妻的結局僅見於遼寧的〈呂洞賓買藥〉，其餘不是呂洞賓羞愧離開、就是認可其智慧而為徒弟，並不涉及「做媳婦」一事，因為結局不同於中國其他巧女型故事，故筆者將此類型稱為「點藥解謎」型。

（四）隱喻猜「呂」型

呂洞賓遊歷凡間時，會化身成不同人物，並以化名、留字、裝扮或行動來顯示身分，如宋代文籍中，呂洞賓多以「回客」、「回道士」、「無上宮主」等自稱，《呂祖志》卷二中更有「更名顯化」十六條，皆是他以化名行走人間的事蹟。〔註132〕民間故事中，呂洞賓也常使用化名，如湖南〈呂洞賓重修岳陽樓〉裡，他自稱「回道人」，〈呂洞賓再修岳陽樓〉中則為「呆道士」。此外，呂洞賓會以行為或裝扮暗喻身分，在浙江〈小紹興遇仙〉中，呂洞賓化身乞丐老頭，不斷向小紹興討糕點吃，四十九日後他以靈藥治癒小紹興的母親，這位母親則從老乞丐將兩隻破碗合起來做枕頭的行為，想到碗皆有口，兩碗相合則為上下兩口的「呂」，才領悟贈糕者為呂仙。〔註133〕河北〈呂洞賓題字〉裡，討飯老頭兒以剩菜湯隨意亂刷，在呂祖廟三塊大理石上刷出了「蓬萊仙」三個仙風道骨的字蹟，廟裡監工發現老頭背著的破褡褳兩頭各有一個口，才知道是呂洞賓顯靈題字。〔註134〕〈回摟秀〉內白衣老道以仙法助長禾苗，臨走前用兩根茅草曲成了兩個草圈圈，主角媛兒悟出了圈套圈為「回」字，而回道人即為呂仙。〔註135〕

〔註131〕 金榮華：《民間故事類型索引（中）》，頁 329。

〔註132〕 在宋代魏泰《東軒筆記》中呂洞賓以華州回客設齋於興化寺，又以華州回道士謁滕宗亮。在《呂祖志》中他曾化名「絲屯乾道人」意味「純陽道人」，以「回道士」、「回道人」、「回山人」、「回處士」、「昌虛中」、「無心昌老」、「患無心」暗示自己姓「呂」，以「谷客」、「守谷客」寓「洞賓」。但在現代民間故事中，絕大部分都是以暗示「呂」姓為內容，極少見有「純陽」或「洞賓」的暗喻。詳見【宋】魏泰：《東軒筆記》，收入《宋元筆記小說大觀》第 3 冊，頁 2751。【明】佚名：《呂祖志》，收入《中華道藏》第 46 冊，頁 496～499。

〔註133〕 李永海蒐集整理：〈小紹興遇仙〉，收入余航編《八仙傳說故事集》，頁 219～221。

〔註134〕 宋洛永講述，孟寅蒐集整理：〈呂洞賓題字〉，收入余航編《八仙傳說故事集》，頁 225～226。

〔註135〕 魏書志講述，賈長棟搜集整理：〈回摟秀〉，收入余航編《八仙傳說故事集》，頁 229～231。

呂洞賓在〈熨斗臺與白鶴觀〉中行為較戲謔，他留下乩詞答應見雲遊道人，當約定的時間將過，道人才見一大一小的乞丐自橋頭走來，兩個乞丐口對口互吐嘴中的飯，道人心生厭惡而避開，回家後又上香怨訴呂洞賓不守約定，呂仙再次留下乩言：「小口吐大口，一呂連兩口，呂氏來見你，你卻躲著走。」道人才知自己錯失仙人。〔註136〕

上述「回客」、「回道士」、「無上宮主」、「串無心道人」、「無心昌老」等化名，或是兩碗相合為枕、背著兩頭各有一個口的破褡褳、兩個乞丐口對口互吐嘴中的飯的行為，皆是取寓二口為「呂」的字謎，而它們內容多依「呂洞賓化身不同人物——在凡間助人或戲人——凡人以呂洞賓行為、裝扮或留字推測其身分」的過程發展，故將它們歸納為「隱喻猜『呂』型」。「隱喻猜『呂』型」的性質與上述「點藥解謎」型故事相同，都是在故事中加入謎語遊戲，增加趣味性，不過前者為「字謎」，後者屬於「物謎」。無論是「物謎」或「字謎」，都是出題者選擇或依循事物的特徵告訴猜謎者，猜謎者再以題目線索，通過思考、分析、辨別，找出答案。這一來一往的過程，是出題、解謎雙方的較量，也展現了民眾的創造力與智慧。

三、鐵拐李故事

鐵拐李民間故事有：〈鐵拐李與孝女阿秀〉、〈洒墰峰〉、〈退秧竹〉、〈廖大仙的傳說〉、〈安慶余良卿膏藥〉、〈百藥山〉、〈沉沒山陽縣、汆入無錫城〉、〈洛陽橋〉、〈鐵拐李為何會拐〉、〈葫蘆島〉、〈鐵拐李偷鍋還鍋〉、〈聖賢愁〉、〈張邋遢成仙〉、〈葫蘆破腹〉、〈抬槓〉、〈鐵拐李怒懲葉百萬〉、〈鐵拐李的腿是怎瘸的〉等，故事異文較多可成類型者有：「偷竊型」、「贈藥（醫方）型」、「死魚復活型」與「抬槓鋪型」。

（一）偷竊型

在戲曲與小說中，鐵拐李身世與成仙經過有多種說法，皆指出鐵拐李原本英俊魁武、四肢健全，卻因「借屍還魂」而變成了醜陋的跛足乞丐。可能是這樣殘缺的外表，民間故事中常將成仙前的他塑造成有偷竊行為的貧苦漢子。遼寧〈瘸拐李成仙〉講瘸拐李家貧無米可食，故他將手中的葫蘆做為竊盜工具，卻被主人家發現，砍掉了葫蘆頭，瘸拐李也因失去了工具而出家修道。二十年

〔註136〕牛泉宏蒐集整理：〈熨斗臺與白鶴觀〉，收入《山西民間故事集》，頁36～38。

後，瘸拐李無意間打開北窗，發現家就在對面。他因思家而哭泣，其師便令其返家探親，卻又施以仙術，讓瘸拐李誤以為錯殺家人後逃走。家人醒來後，則發現瘸拐李上吊於門梁。至此兩不想，瘸拐李也能專心修道而成仙。〔註137〕故事中並未解釋瘸拐李名字的由來，而是著重描述主角因貧偷竊與無法捨離家人的凡心，最後道士以「死亡」幻象使鐵拐李專心修行，呈現了制情逆欲、離塵脫俗的修道觀。捨情棄俗的宗教思想也出現在河南〈鐵拐李出家〉中，故事中鐵拐李欲成為仙人的徒弟，卻被要求將妻兒殺死，以了卻凡塵牽掛，鐵拐李依言殺妻兒後隨神仙離開。隔日，妻兒卻發現鐵拐李吊死在門框，只留下金銀財寶與「勤儉持家」的紙條。〔註138〕

以鐵拐李貧偷竊為內容者，還有陝西〈鐵拐李偷油〉，說鐵拐李是天生的瘸子，做事不如他人，因此生活十分艱苦。他的孩子出生後，因不習慣黑暗而頻頻哭泣，鐵拐李為了安撫孩子偷鄰居的油點燈，卻被發現而砍斷了裝油的葫蘆頭，他嚇得逃走不再返家。十八年後，鐵拐李兒子成親，他返家見親人一面隨即離去。〔註139〕甘肅〈鐵拐李偷油〉〔註140〕、青海〈鐵拐李偷油〉〔註141〕、寧夏〈鐵拐李探家〉〔註142〕、黑龍江〈鐵拐李成仙〉〔註143〕與陝西〈鐵拐李偷油〉內容大致相似，多是依循著：「（鐵拐李）因貧偷竊──竊行被發現而離家（修道）──多年後返家見家人──了卻塵緣後離開」的發展模式，故筆者將它們歸為鐵拐李「偷竊型」。

河北〈鐵拐李還鍋〉也是以偷竊為題材，敘述鐵拐李是一個耿直善良的硬漢，雖以討飯為生，但見到比自己困難的人仍會幫助他。有天，他將乞來的食

〔註137〕 張義秋講樹，徐冰娜蒐集整理：〈瘸拐李成仙〉，收入《遼寧民間故事集》，頁365～366。

〔註138〕 鄭三書講述，鄭之水採錄：〈鐵拐李出家〉，收入：《中國民間故事集成·河南卷》，頁193。

〔註139〕 張家牢講述，張應民採錄：〈鐵拐李偷遊〉，收入《中國民間故事集成·陝西卷》頁210～211。

〔註140〕 白銳講述，青野採錄：〈鐵拐李偷油〉，收入《中國民間故事集成·甘肅卷》，頁154～155。

〔註141〕 王文蘭講述，丁秀萍採錄：〈鐵拐李偷油〉，收入《中國民間故事集成·青海卷》，頁107。

〔註142〕 杜鳳霞、張萬泰採錄整理：〈鐵拐李探家〉，收入祁連休、馮志華編：《道教傳說大觀》（南昌：百花文藝出版社，1999年6月），頁109～120。

〔註143〕 方少章講述，萬國臣採錄：〈鐵拐李成仙〉，收入《中國民間故事集成·黑龍江卷》，頁316～318。

物送給受傷的乞丐，自己卻在天寒地凍的夜晚中，忍受不住飢餓偷行竊偷鍋，欲邊賣換錢買食物，但忐忑不安的心情，讓他決定歸還贓物。此時天將明，怕丟臉的他不知如何是好，神仙鍾離權被他焦急還鍋的心情感動，以陰陽扇助他順利還鍋。〔註144〕浙江〈鐵拐李偷鍋還鍋〉中，鐵拐李是個以偷竊為生的貧漢，在道士的喝斥與教誨下，改邪歸正，之後拿著道士所送的藥葫蘆行走世間，救濟眾生，最終成了仙人。〔註145〕這兩則偷鍋故事與上述「偷竊型」內容雖有差異，但其共同點為主角的惡念皆因飢貧所生，最後也都在神仙的協助下改過向善或修道成仙。

鐵拐李「偷竊型」故事，展現下層人民為求溫飽鋌而走險的現況，也教育人們「知錯能改，善莫大焉」，所以容易被人所接受，眾多省分皆有流傳。

（二）贈藥（醫方）型

傳說中鐵拐李的葫蘆裝滿靈丹妙藥，因此被人們譽為「藥仙」，故民間出現不少他施藥或贈藥方的故事。安徽有〈安慶余良卿藥膏〉，敘述鐵拐李見余良卿醫術醫德皆佳，故特化為長滿膿瘡、一身惡臭的老叫化子，來到余良卿的藥店測試此人品行，余良卿果然不畏膿瘡惡臭，盡心醫治他。當老叫化子基本痊癒時，仍有膝蓋與肚子兩處瘡口不見好轉，老叫化子不願再治療就離開了，余良卿也因自己沒讓他痊癒而自責。之後老叫化送來兩個荷葉包，包中有著大鯉魚，老叫化告知余良卿以魚鱗、魚骨製藥後離去，而這帖藥果然成功治癒了其他病人膝蓋與肚子的瘡口。事後余良卿聯想老叫化子的外貌，才驚覺是鐵拐李來贈藥了。〔註146〕湖北〈鐵拐李三試李時珍〉中則是鐵拐李化身道童、老頭、農夫三試李時珍的醫術與醫德，李時珍皆順利通過，他因此留下醫書，希望李時珍以它救死扶傷。〔註147〕浙江〈萬年青七奇方〉講述朱震亨無償為爛腳老頭治病卻不能使之痊癒，而爛腳老頭離開時以萬年青相贈，並要求他種上。朱震亨之後在萬年青的七個葉片上發現七張奇方，將藥方用於治療傷寒果

〔註144〕李鳳蘭講述，張俊青蒐集整理：〈鐵拐李還鍋〉，收入余航編《八仙傳說故事集》，頁3～4。

〔註145〕毛念廷講述，吳會議採錄：〈鐵拐李偷鍋還鍋〉，收入《中國民間故事集成‧浙江卷》，頁244～245。

〔註146〕鄭伯俠、蕭士太蒐集整理：〈安慶余良卿藥膏〉，收入陳慶浩、王秋桂主編：《安徽民間故事集》，頁201～204。

〔註147〕諶中義講述，鄭伯成採錄：〈鐵拐李三試李時珍〉，收入《中國民間故事集成‧湖北卷》，頁114～116。

效驗如神，醫名因此遠播。〔註148〕〈鐵拐李訪朱養心〉是鐵拐李化身跛腳乞丐，藉著為難朱養心的方式，間接傳授他專治瘡毒的綠銅膏藥方。〔註149〕〈鐵拐李贈藥〉講鐵拐李因感藥店夥計的誠懇善良，而傳授他醫術、治瘡祕方與五毒蒸水。〔註150〕上述的故事內容雖各有不同，但故事發展模式皆為：「（鐵拐李）以化身試醫術與醫德──醫者善心無償救助──仙人直接或間接贈藥（醫方）」，故筆者將此類故事歸為「贈藥（醫方）型」。〔註151〕

　　鐵拐李「贈藥（醫方）」型故事中，常見治「瘡」的情節，而「瘡」是皮膚或傷口的潰瘍，通常是因為傷口無法受到良好照顧引起細菌感染所致，這種瘡病較常出現在衣食不足，無力療養的百姓身上（如乞丐），這些人也是神仙故事主要的傳播與接受者，且鐵拐李病丐形象也與這類人符合，人們就理所當然地認為他能體會貧窮百姓受瘡病所苦的情況，所以故事中的他常以身患瘡病的乞丐出現，或是贈予治瘡的良方。

（三）死魚復活型

　　死魚復活的故事最早出現於清代樂均《耳食錄》，其卷十〈捕魚仙〉云：

> 捕魚仙者，不知何許人也，出捕魚得仙，故云。仙性憨而誠。家近大溪，捕魚為業。兄某甲客於邊地，十餘年未歸。仙竭力奉母，未嘗缺乏。一夜宿溪畔，聞鬼語曰：「明午鐵拐仙人過此，吾輩當遠避。」仙嘗聞里老談說，知鐵拐乃八仙之一，並識其狀類丐者，因跪而俟之。
>
> 次日午晌，果見一丐者蓬頭跣足，蹣跚而來，瘡穢臭惡，不可向邇。仙候其過，抱其足，乞大仙度世。丐者笑曰：「爾知我仙乎？視爾緣分。」因探葫蘆中得藥一丸，如櫻桃大，謂仙曰：「是爾造化，尚帶得此丸，可將去。」仙拜受之，視丐者，忽不見。
>
> 仙得丸，喜極玩弄。歸以告母及鄰人，人咸嗤之。後偶以丸置魚甕

〔註148〕馮湘榮講述，諸葛佩蒐集整理：〈萬年青七奇方〉，收入余航編《八仙傳說故事集》，頁316～317。

〔註149〕馮湘榮講述，里故蒐集整理：〈鐵拐李訪朱養心〉，收入余航編《八仙傳說故事集》，頁321～324。

〔註150〕馮湘榮講述，鄭百俠蒐集整理：〈鐵拐李贈藥〉，收入余航編《八仙傳說故事集》，頁329～331。

〔註151〕贈藥治病的故事是屬於神仙故事中常見的題材，因此八仙眾人都有此類故事，其中以鐵拐李試人贈醫方故事最多。

中，魚死者盡活，仙益喜。每魚死，輒以丸活之，用是賣得數倍利，鄉之人始聞其異矣。有譎者私計是丸殆真仙丹也，以投魚，活魚，若以咽人，當不死；謀奪之。仙覺而吞之，忽點首大悟曰：「原來如此！」自是言未來事，無不奇中，而神施妙用不可測識（試）矣。

一日，謂母曰：「兒當迎兄歸，計明日可到。」母雖知其術，猶未甚信。仙別去，明日兄果歸。母驚問其得歸狀，兄曰：「弟昨暮省我。我以離家久，初猶不識，叩其姓字，乃知弟也。大怪其來，弟乃言來迎我。我辭以程遠費乏，不然，且早歸。弟笑曰：「無慮也，頃刻即至耳。」我深嗤其妄。弟言：「試一行，何害？」固令我附肩上，堅戒閉目。時已四更餘，但覺風聲貫耳，雲氣侵肌，迅鳥奔馬莫喻其速，殆凌虛也。終食之間，倏已投地，令我開目，曰：「兄可步行以歸，吾訪青城山人去，不日亦返。」言訖不見。我視其地，依稀記是某村，去家十餘里，遂尋路得歸。今見阿母，猶疑夢中也。」母告以吞丸之事，於是咸知仙蓋已仙云。

數日，仙歸，曰：「母子兄弟闊絕多歲，今得聚首，良可樂也。當大會賓客親朋，以賀斯遭。第舍宇太隘，當少謀之。然明日便可召客，毋迫於事。」至明日，舍外甲第大啟，傑閣重門，雕欄曲榭，廣十餘畝。供帳之盛，埒於公侯。酒肴歌舞，莫不極精盡妙。鮮衣盛飾，進母及兄。客至，罔不駭異，見所未見也。慶宴三日，遠近來觀。先是，溪旁有高塔，名會仙塔。新宅甫成，適當門庭之要。仙漫言當移之他所，乃不礙車馬輻輳。言罷，伏幾而寐。有頃，客且至，兄乃呼之。仙醒而慍曰：「適移塔南海之岸，安置未正，兄乃促我歸，亦缺事也。」兄趨視門外，塔已不見。後有鄉人遊南海，見塔於岸上，「會仙」二字依然，雖欹側而終不傾塌，蓋仙故為之，以留奇跡也。

後辭家人入武夷山，遂不返。其捕魚敝筍，一日風雨之際，忽化為青龍，騰空而去。〔註152〕

故事講捕魚人得鐵拐李仙丹，不但能讓死魚復活，服食後更有不可測知的神施妙用，祁連休依特徵將其歸為「死魚復活型」故事。此類故事在光緒年間

〔註152〕【清】樂均著，辛照校點：《耳食錄》（濟南：齊魯書社，2004年1月），頁122～123。

出現異文，程趾祥《此中人語》卷四〈張邋遢〉，敘述張邋遢夢中聽聞夜遊神與土地神的相問答，得知明日八洞神仙將過此橋，故在天明之後，凝神靜候，果真見八仙前來，最末者為一丐，張邋遢知其為鐵拐李，便趨前持袖要求「仙度我」。鐵拐李不認，但取身上瘡疤一握付張，隨後不知所往。隔天，張邋遢將些許瘡疤放入死魚中，魚皆復活後賣之，因此得錢數百。一日，眾人偷窺張邋遢復活死魚，知其手中瘡疤神異，破門欲奪，張將瘡疤盡掩口中，騰空而去。〔註153〕相較於〈捕魚仙〉，〈張邋遢〉未描述主角服食仙藥後種種的神奇，而是保留獲寶過程與寶物復活死魚的奇效，讓寶物成為故事的重心。現代民間故事中，與《此中人語·張邋遢》內容接近者有湖南〈鐵拐李的果子〉〔註154〕與〈跳魚潭〉〔註155〕、江蘇〈張邋遢成仙〉〔註156〕、安徽〈張邋遢〉〔註157〕、天津〈張邋遢遇八仙〉〔註158〕、四川〈會仙橋〉〔註159〕與浙江〈張賣魚得寶〉〔註160〕等，這些故事經後人改編後內容略有差異，但發展大致仍為：「某人聞神（鬼）語八仙將過——遇八仙——要求八仙相度——仙人賜寶（收徒）——死魚復活——歹人欲陷害、奪寶——服食寶物而有異能（或將寶物丟棄）」，故將它們皆歸為「死魚復活型」。〔註161〕

〔註153〕【清】程趾祥著，胡協寅校勘：《此中人語》（上海：廣益書局，1946 年 12 月），頁 28～29。

〔註154〕熊得權講述，朱娟娟採錄：〈鐵拐李的果子〉收入《中國民間故事集成·湖南卷》，頁 226～227。

〔註155〕金克劍蒐集整理：〈跳魚潭〉，收入陳慶浩、王秋桂主編《湖南民間故事集》，頁 381～385。

〔註156〕章老講述，章齊化採錄：〈張邋遢成仙〉，收入《中國民間故事集成·江蘇卷》，頁 228～230。

〔註157〕邰永聰講述，邰永水採錄：〈張邋遢〉，收入《中國民間故事集成·安徽卷》，頁 287～258。

〔註158〕王貴有講述，陳瑞生採錄、蒐集整理：〈張邋遢遇八仙〉，收入《中國民間故事集成·天津卷》，頁 115～117。

〔註159〕段雲璞僧集整理：〈會仙橋〉，收入余航編《八仙傳說故事集》，頁 50～51。

〔註160〕里故蒐集整理：〈張賣魚得寶〉，收入余航編《八仙傳說故事集》，頁 222～224。

〔註161〕如四川〈會仙橋〉敘述一魚郎為協助心上人葬母而賣魚，但到城中魚已死亡，正當他心急如焚巧時，得知八仙正要過橋，魚郎向他們苦苦哀求協助，最後八仙留下能使魚復活的仙石後便消失。此故事符合了「遇八仙——要求八仙相度——仙人賜寶（收徒）——死魚復活」四點。浙江〈張賣魚得寶〉則說張賣魚夜宿道院，遇呂洞賓賜髯鬚使魚復活，之後所賣皆為活魚了。魚行老闆因此眼紅陷害，但屢不成功。張得寶因不願幫貴妃復活金魚，而將髯鬚丟入西湖。此則故事有「遇八仙——仙人賜寶（收徒）——死魚復活——歹人欲陷害、奪寶——將寶物丟棄」五點。

熟語有「雞吃叫、魚吃跳」，就是說吃雞要吃活雞，吃魚要吃鮮魚，因為新鮮的東西味道才鮮美，這在水產品中更為明顯，死、活間的價格差異甚大，所以故事中主角藉由將死魚復活獲取巨利，所以「死魚復活型」故事雖有著豐富的想像成分，但也反映現實人們的飲食偏好。

（四）抬槓型

孔子在中華文化中是「至聖先師」、「聖人」，但在民間故事中，他則生活化、平民化了許多，甚至在與市井小民對話論理時，成為落敗的一方，四川的〈抬槓〉講述他在周遊列國時，在槓房所發生的事：

> 據說，有些能言善辯的人，開設專門與人辯論的店鋪，名曰「槓房」。因此，「辯理」又稱「抬槓」。
>
> 一天，孔夫子路過楚國，聽說天下第一家槓房每次收掛號銀二兩，從沒一人取勝。孔子不信，特意要去拜訪一下。走去一看呀！果然十分氣派：屋舍堂皇，青磚綠瓦，紅漆大門黑漆櫃檯，裡面立著六七位掌櫃師傅，一個個都是穿華貴衣服，長得肥頭大耳。他們見孔子走進來，也不打招呼，只說了聲：「抬槓的取二兩銀子掛號。」孔子掏出二兩銀掛了個號，接著就出來一個青年掌櫃問孔子：「是你先說嗎還是我先說？」孔子謙遜道：「那就讓你先說吧！」青年掌櫃問孔子：「來者何幹？」孔子答：「周遊列國。」青年說：「你常說過『父母在不遠遊』，你何故外遊喃？」孔子答：「遊必有方。」青年掌櫃說：「你身為名人志士就是專來此處抬槓的嗎？」一言問得孔子瞠目結舌，自愧不如，啄起腦殼走了。
>
> 孔子回到客店悶悶不樂，後來又跑到酒樓上去喝酒。恰恰鐵拐李也在那裡，鐵拐李見孔子滿面愁容，就上前問孔子為啥子事情不高興？孔子便將他去槓房的情況告訴了鐵拐李。李聽後很不以為然，自告奮勇願去槓房贏回銀子。於是孔、李二人再來槓房。李交了掛號銀，一位中年掌櫃問鐵拐李誰先說，鐵拐李謙讓了。掌櫃問李：「你手執何物？」李答：「鐵拐。」又問何用？李答：「我有病可助一臂之力。」又問：「你身背何物？」「仙丹。」「何用？」「能治百病！」掌櫃正色道：「全是騙人之談。」李問：「何也？」答曰：「既能治百病，為何治不好你的病呢？」李無言以對，二人遂不歡而出。
>
> 孔、李二人來到玉蘭香茶社品茶。談起槓房之事，適有一莽漢聞之

大笑，請求借銀二兩，幫二人效勞贏回銀八兩。孔子不信，鐵拐李叫孔子出銀一兩，自己出一兩，交與莽漢前往試試。莽漢執銀到店，將銀擲於櫃上，口稱掛號「抬槓」，一老掌櫃問誰先說，「我先說」，莽漢叫道：「你的腦袋多重？」老頭說：「不知道。」莽漢說：「我已知你腦袋八斤半。」老頭答：「這可沒準。」莽漢說：「你不信可割下來稱！」說著在身上掏出一把明亮的牛耳尖刀，要割老掌櫃的頭。老頭慌了趕忙說：「我認輸，我認輸！」便取出二兩銀子賠上。莽漢說：「二兩可不行，要八兩。因為你們先得人家四兩，如今再賠上四兩。從此以後再不准你們開『槓房』，因為你們只憑一張嘴，弄人錢財，庶民百姓已恨之入骨。以上兩項，如不答應，我就割你的腦袋。」老掌櫃和幾位管事的都嚇得面如土色。眾口同聲說：「答應！答應！」於是雙手拿出八兩銀子，當時就把槓房店門關了。從此，其他槓房也陸續關閉了。〔註162〕

與上述故事相似者還有湖北〈孔子住店〉〔註163〕、福建〈孔子無奈拗事館〉〔註164〕、寧夏〈抬槓〉〔註165〕、山東〈抬槓鋪〉〔註166〕、上海〈孔子打賭〉〔註167〕等，這些故事的發展大多為：「孔子與人抬槓失敗──鐵拐李知情後欲幫忙贏回但也敗北──屠戶（莽夫、豆腐攤主）贏了槓鋪幫忙兩人贏回了財物」，所以此類故事金榮華將其歸納為「AT1559 抬槓」〔註168〕。

　　兩人各持己見，互相辯駁的行為稱之為「扳理」、「抬槓」，其中「抬槓」這一詞源自中國北方的一種民間風俗。每逢正月十五，很多地方都要舉辦「抬槓會」，其形式是由大力士們抬著一根木槓，槓上裝有一把椅子，上面坐著一個搖頭晃腦的丑角官。丑官並沒有什麼固定的表演內容，只是隨機應變地回答圍觀人

〔註162〕王華山講述，刁錫甫採錄：〈抬槓〉，收入《中國民間故事集成‧四川卷》，頁743～744。

〔註163〕劉本漢講述，趙義勇採錄：〈孔子住店〉，收入《中國民間故事集成‧湖北卷》，頁48～49。

〔註164〕李開珍講述，李媚採錄：〈孔子無奈拗事館〉，收入《中國民間故事集成‧福建卷》，頁25～26。

〔註165〕康守貴講述，馬效龍採錄：〈抬槓〉，收入《中國民間故事集成‧寧夏卷》，頁32～34。

〔註166〕董均倫、江源蒐集整理：〈抬槓鋪〉，《山東民間故事集》，頁159～163。

〔註167〕蔡維禮講述，張震霆採錄：〈孔子打賭〉收入《中國民間故事集成‧上海卷》，頁33～35。

〔註168〕金榮華：《民間故事類型索引（中）》，頁567～568。

群的問題。一問一答、你來我往，往往是五花八門，熱熱鬧鬧。這種唇槍舌劍，互相爭論的逗樂形式，就被人們稱作「抬槓」，廣泛地流傳開來後，成一句常用的俗語。〔註169〕「抬槓型」故事中有四種人物，分別為：聖人（孔子）、神仙（鐵拐李）、凡人（槓者與屠戶），其中聖人與神仙皆因槓者的應對而啞口無言，然同為凡人的屠戶卻為他們討回了公道，顯示出人們認為滿腹的學問與高深的法力未必能在社會中生存，只有歷練過的生活智慧才能應對現實產生的問題。

四、張果老故事

民間故事中張果老者有：〈張古老〉、〈萬塘縣水壩蘿蔔〉、〈馬王堆〉、〈張果老憤辭圓夢官〉、〈張果老與李子〉、〈酒館掛胡蘆酒幌的來歷〉、〈張果老和他的紙驢〉、〈雲橋掛雪〉、〈肴肉不當菜〉、〈張果老鬥妖〉、〈仙人請客〉、〈張果老倒騎毛驢〉、〈張果老倒騎驢成仙〉、〈張果老耍把戲出家〉、〈張公洞〉、〈張果老賣韭菜〉、〈張果老試魯班〉、〈張果老過趙州橋〉、〈張果老巧計救蘇杭〉等，其中異文較多可自成一型者有：「騎驢試橋型」、「吃藥騎驢成仙型」及與「誇壽型」三種，其餘故事以敘述張果老如何成仙與為何倒騎驢者居多，這些故事雖無法成為一型，但題材相似，故仍探討之。

（一）騎驢試橋型

「趙州石橋魯班爺爺修；玉石欄杆是老天爺爺留。張果老騎驢橋上走，柴王爺推車軋了一條溝。」〔註170〕是河北民謠〈小放牛〉其中一段，講述魯班造橋與張果老、柴王爺試橋的內容。此最早出現在元代的《湖海新聞夷堅續志》中的〈魯般（班）造石橋〉：

> 趙州城南有石橋一座，乃魯般（班）所造，極堅固，意謂古今無第二手矣。忽其州有神姓張，騎驢而過橋，張神笑曰：「此橋石堅而柱壯，如我過能無震動乎？」於是登橋，而橋搖動若傾狀。魯般（班）在下以兩手托定，而堅壯如故。至今橋上則有張神所乘驢之頭尾及四足痕，橋下則有魯般（班）兩手痕。此古老相傳，他文未載，故及之。〔註171〕

〔註169〕王玉林：《名稱由來1001》（北京：中國青年出版社，1996年2月），頁286。
〔註170〕《中國民間歌曲集成》全國編輯委員會：《中國民間歌曲集成・河北卷》（北京：中國ISBN中心出版，1995年11月），頁397。
〔註171〕【元】無名氏：《湖海新聞夷堅續志》（北京：中華書局，1986年5月），頁218。

這則記載中，沒有說明這位張姓神仙的名字，但同時代無名氏有〔雙調・水仙子〕套曲，其中歌詠張果老的句子中有「向趙州城壓倒石橋」〔註172〕，因此推斷〈魯般（班）造石橋〉中騎驢試橋的張姓神仙就是張果老。民間故事中內容相似者有：河北〈張果老過趙州橋〉〔註173〕與〈試魯班〉〔註174〕、河南〈趙州橋〉〔註175〕、湖南〈張果老和魯班〉〔註176〕、山西〈嵐水長虹〉〔註177〕、廣西〈花橋的故事〉〔註178〕等，其內容發展為：「魯班造橋——張果聞名騎驢試橋——橋成功通過測試」，祁連休依《湖海新聞夷堅續志》將此類故事稱為「魯班造橋型」〔註179〕，然筆者認為張果老騎驢試橋為這類故事的重點，故稱它為「騎驢試橋型」。

　　〈魯般（班）造石橋〉中被試者為趙州橋，因此這故事最早應是流傳在此橋所在的河北，再流傳至鄰近的河南、湖南一帶，所以這三地試橋故事內容大致相似，然為了強調試橋時的重量，口傳者會在張果老驢背上的褡褳裡裝入日月星辰或泰山，〔註180〕或是讓張果老的驢背著五湖四海水、柴王爺車載五嶽，兩人同時上橋，前者留下了幾個驢蹄印子，後者壓出了三尺長一道車溝。〔註181〕故事有時還加入了魯班因「不識神仙」而挖眼的情節，解釋「木

〔註172〕　隋書森：《全元散曲》（北京：中華書局，1964 年 2 月），頁 1892～1893。
〔註173〕　趙二山講述，韓華彩採錄：〈張果老過趙州橋〉，收入《中國民間故事集成・河北卷》（北京：中國 IBNS 中心，2003 年 1 月），頁 290～291。
〔註174〕　李久峰講述，茂樞採錄：〈試魯班〉，趙二山講述，韓華彩採錄：〈張果老過趙州橋〉，收入《中國民間故事集成・河北卷》，頁 292～293。
〔註175〕　曾茂、平水等人蒐集整理：〈趙州橋〉，收入《中國仙話》，頁 569～572。
〔註176〕　唐久忠講述，孫開國採錄：〈張果老和魯班〉，收入《中國民間故事集成・湖南卷》（北京：中國 IBNS 中心，2002 年 12 月），頁 228～229。
〔註177〕　牛泉宏搜集整理：〈嵐水長虹〉，收入《山西民間故事集》，頁 25～27。
〔註179〕　鍾建興搜集整理：〈花橋的故事二〉，《廣西民間故事集（一）》，頁 31～33。
〔註179〕　祁連休：《中國民間故事類型研究（卷中）》，頁 794。
〔註180〕　河北〈張果老過趙州橋〉：張果老「施了法術，把日月星辰都招了來，裝在了毛驢背上的褡褳裡。」《中國民間故事集成・河北卷》，頁 291。湖南〈張果老和魯班〉說：「魯班在一個地方修一座木橋，橋剛完工，張果老趕著一頭驢子，驢子馱著泰山從這裡經過。」《中國民間故事集成・湖南卷》，頁 228～229。
〔註181〕　河北的〈試魯班〉：「八仙裡邊有個張果老，是個好管閒事的仙人，他為了試驗一下趙州橋結實不結實，就倒騎著毛驢，約了柴王爺推著獨輪車，一道來到橋頭。這毛驢背上的褡褳裡裝的是五湖四海水，獨輪車不光是金車銀把，車上裝的是五嶽奇峰和四大名山。」見《中國民間故事集成・河北卷》，頁 293。

匠用獨眼平準吊線」及「馬王爺為何三隻眼」的由來。〔註182〕

　　張果老所試的橋因故事所在區域而不同，但都具備「魯班造橋」、「果老試橋」這兩個情節，如山西的〈嵐水長虹〉說魯班興建嵐河大橋後，張果老與韓湘子分別化身一老一少推車過橋，車上載著泰山，將橋壓得東歪西扭、搖搖欲墜。〔註183〕在廣西〈花橋的故事〉中，魯班造好了水橋，引來張果老好奇而試橋，他滿意水橋的牢固，又招呼其他七仙以不同方式試橋、過橋及固橋，使橋更為堅、美，並由此產生「花橋」之名。〔註184〕

（二）吃藥騎驢成仙型

　　張果老是如何成仙呢？在民間故事中最常見的說法是：他偷吃寶物後，焦急逃跑而倒騎驢成仙。如河南〈張果老成仙〉敘述出身窮苦人家的張果，長年趕驢子替人運送貨物，一天循著香味來到破廟，發現廟中有鍋燉肉，他認為這是神仙顯靈的賜與，高興地享用它。然而這鍋肉湯是附近教書先生用成精的何首烏所燉，當張果老吃完了肉，將剩下的一些湯餵驢，卻發現湯的主人來了，慌張之下倒坐驢背後直接催驢離去，此時何首烏藥效發作，張果老與它的驢子就這樣邊跑邊升天了。故事張果老能成仙，是誤食成精且能化作人型的何首烏或人參，所以這故事除了講述張果老的幸運，但也強調「何首烏」、「人參」等靈藥能化作人型且食之升天的神奇。

　　中國藥物成精化人的傳說，早在劉敬叔《異苑‧土精》就已記載：

　　　人參一名「土精」，生上黨者佳。人形皆具，能作兒啼。昔有人掘之，
　　始下鑱，便聞土中呻吟聲，尋音而取，果得人參。〔註185〕

可能是因人參根有手有足，甚至面目如人，故認為它能如人般有靈性，甚至可以向人示警，如隋朝時上黨參曾借呼聲警告隋文帝，晉王楊廣有奪宗之計，可惜文帝不悟，讓楊廣得逞。〔註186〕靈藥能化為生物，且食之成仙的說法在唐

〔註182〕河南〈趙州橋〉、山西牛泉宏搜集整理：〈嵐水長虹〉《山西民間故事集》，頁
　　　　25～27。）與青海嚴永章講述，立早採錄：〈馬王爺為何三隻眼〉（《中國民間
　　　　故事集成‧青海卷》，頁31。）中皆有魯班因有眼不識人而慚愧挖眼，被馬
　　　　王爺撿到後安放於額頭上的情節。
〔註183〕牛泉宏搜集整理：〈嵐水長虹〉，《山西民間故事集》，頁25～27。
〔註184〕鍾建興搜集整理：〈花橋的故事二〉，《廣西民間故事集（一）》，頁31～33。
〔註185〕【劉宋】劉敬叔：《異苑‧卷二‧土精》，頁607。
〔註186〕【唐】魏徵等：《隋書‧卷三十二‧五行下‧草妖》（北京：中華書局，2000
　　　　年1月），頁437。

代出現，如沈汾《續仙傳》記載朱孺子見兩花犬相戲，後沒入枸杞叢下，遂掘之煮食後升雲而去。〔註187〕《太平廣記》亦載楊正見吃了能變化為孩童的茯苓，因而白日升天。〔註188〕可見人們相信吃能化為生物的藥物就可成仙，是以食靈藥成仙的故事層出不窮，元代《湖海新聞夷堅續志》〔註189〕、明代《五雜俎》〔註190〕、清代《咫聞錄》〔註191〕與《客窗閒話》〔註192〕等，都有捕食人參精、茯苓精、何首烏精後成仙或長壽的故事。這類食靈藥升天的情節被套用在許多仙佛飛升傳說上，如上述河南〈張果老成仙〉、河北〈竹林寺傳說〉〔註193〕、北京〈懸空寺〉〔註194〕、陝西〈合和二仙〉〔註195〕等。祁連休將

〔註187〕 【五代】沈汾《續仙傳‧朱孺子》：「朱孺子，永嘉安固人也。幼而師事道士王元正，居大若巖，巖即陶隱居修《真誥》於此，亦謂之真誥巖。……日就溪濯蔬，忽見岸側有二花犬相趣。孺子異之，乃尋逐，入苟杞叢下，歸語元正，訝之，遂與孺子俱往伺之。復見二犬戲躍，逼之，又入苟杞下。元正與孺子共尋掘，乃得二苟杞根，形狀如花犬，堅若石。洗澤挈歸，煮之。……俄頃，孺子忽然飛昇在峰上。元正驚異。久之，孺子謝別元正，昇雲而去。至今俗呼其峰為童子峰。元正後餌其根盡，不知其年壽，亦隱巖之西。陶山有採樵者，時或見之。」收入《中華道藏》第45冊，頁410。

〔註188〕 【宋】李昉：《太平廣記‧卷六十四‧楊正見》：「楊正見者，眉州通義縣民楊寵女也，幼而聰悟仁憫，雅尚清虛。……忽於汲泉之所，有一小兒，潔白可愛，才及年餘，見人喜且笑。正見抱而撫憐之，以為常矣。由此汲水歸遲者數四，女冠疑怪而問之，正見以事白，女冠曰：「若復見，必抱兒徑來，吾欲一見耳。」自是月餘，正見汲泉，此兒復出，因抱之而歸，漸近家，兒已僵矣。視之尤如草樹之根，重數斤，女冠見而識之，乃茯苓也。……女冠方歸，聞之嘆曰：「神仙固當有定分，向不遇雨水壞道，汝豈得盡食靈藥乎！吾師常云：『此山有人形茯苓，得食之者白日升天。』吾伺之二十年矣，汝今遇而食之，真得道者也。」自此正見容狀益異，光彩射人，常有眾仙降其室，與之論真宮天府之事。歲餘，白日升天，即開元二十一年壬申十一月三日也。」（北京：中華書局，1986年3月三刷），頁397～398。

〔註189〕 【元】無名氏：《湖海新聞夷堅續志‧神仙門‧女食茯苓》，頁139～140。

〔註190〕 【明】謝肇淛撰，傅成校點：《五雜俎‧卷十一‧物部三》，收入《明代筆記小說大觀》第2冊，頁1728～1729。

〔註191〕 【清】慵訥居士：《咫聞錄‧人參》，收入趙生群、陸林編《清代筆記小說類編‧勸懲卷》（合肥：黃山書社，1994年6月），頁255。

〔註192〕 【清】吳熾昌：《客窗閒話‧卷三‧何首烏》收入江慶柏、陸林編《清代筆記小說類編‧精怪卷》（合肥：黃山書社，1994年6月），頁426～427。

〔註193〕 趙軼講述，雷實富採錄：〈竹林寺傳說〉，收入《中國民間故事集成‧河北卷》，281～283。

〔註194〕 徐大如講述，韓杰採錄：〈懸空寺〉，收入《中國民間故事集成‧北京卷》，頁539。

〔註195〕 袁宏毅蒐集整理：〈合和二仙〉，收入鄭土有《中國仙話》，頁367～370。

其皆歸為「人參精型」故事，稱此類故事大致寫：

> 道士某見山間有二小兒（或花犬）常出來嬉戲，甚感奇異。後在其
> 出沒處掘得二棵人參（或何首烏、枸杞根、茯苓等），即洗淨煮食（一
> 說探知其為人參精或首烏精，乃捉而煮食），道士（或其徒）竟飛升
> 成仙。〔註196〕

但經比較後發現〈張果老成仙〉、〈竹林寺傳說〉等，只是將「人參精型」故事化
作情節單元，其內容發展與祁連休所敘述者，差異較大，所以將〈張果老成仙〉
的故事獨立出來為另一類型，與之相似者有黑龍江的〈張果老成仙〉、安徽的〈張
果老〉〔註197〕與〈張果老與南大寺〉〔註198〕、〈張果老倒騎驢〉〔註199〕、〈果
老騎驢〉〔註200〕，內容大致為「（張果老）吃了成精的靈藥——被靈藥主人發現
——焦急離開而倒騎驢——升天成仙」，筆者將其稱為「吃藥騎驢成仙型」。

在「吃藥騎驢成仙型」中，張果老或為貧漢、車夫、雜工或小和尚，在社
會地位上是相對弱勢者，但卻能因靈藥而成仙，這顯現出成仙之事並非能力高
或財富多方可，更重要的是機緣，即便身分再低下，只要掌握住機緣，就能成
仙。這類故事除了反映服食成仙的觀念外，更顯示人們對不經磨練、修行，就
能白日飛昇的幻想與渴望。

（三）誇壽型

相互比年壽的故事成型於宋代《東坡志林》中〈三老語〉，內容為：

> 嘗有三老人相遇，或問之年。一人曰：「吾年不可記，但憶少年時與
> 盤古有舊。」一人曰：「海水變桑田時，吾輒下一籌，爾來吾籌已滿
> 十間屋。」一人曰：「吾所食蟠桃，棄其核於崑崙山下，今已與崑山
> 齊矣。」以余觀之，三子者與蜉蝣朝菌何以異哉？〔註201〕

〔註196〕祁連休：《中國民間故事類型研究（上卷）》，頁394。

〔註197〕葛劍秋講述，葛世奇採錄：〈張果老〉，收入《中國民間故事集成·安徽卷》
（北京：中國IBNS中心，2008年10月），頁267～268。

〔註198〕唐濤採錄：〈張果老與南大寺〉，葛劍秋講述，葛世奇採錄：〈張果老〉，收入
《中國民間故事集成·安徽卷》，頁269～270。

〔註199〕潘臻編：《中國民間故事珍藏系列·仙話》（上海：上海文藝出版社，2001年
2月重印），頁110～113。

〔註200〕金麥田編著：《中國古代神話故事全集》（北京：京華出版社，2004年1月），
頁433～439。

〔註201〕【宋】蘇軾撰，趙學志校注：《東坡志林》（西安：三泰出版社，2003年1月），
頁126～127。

此類故事祁連休稱「誇年高型」，〔註202〕金榮華將其歸為 AT1920J「漫天撒謊，
比誰最老」。〔註203〕民間故事中誇壽高型故事常以彭祖為主角，與他比壽者有
禍害、張果老、鐵拐李等，其中張果老是最常出現者，〔註204〕如河南〈彭祖
誇壽〉〔註205〕、福建〈彭祖添壽〉〔註206〕、〈張果老訓彭祖〉〔註207〕、〈桃
花子、彭祖、張果老〉〔註208〕與〈彭祖活到八百二十歲〉〔註209〕等，其中河
南〈彭祖誇壽〉為：

> 這天童子（彭祖）〔註210〕上街轉悠，碰上個倒騎毛驢的老人。毛驢
> 走過童子身邊，一蹄子把他踢倒了。童子爬起來訓斥那老人說：「你
> 這娃娃真無禮！你的毛驢把老漢我踢倒在地，也不攙我一把。」老
> 人一聽哈哈大笑：「你小小年紀口出狂言，咋敢在我面前稱老漢？」
> 兩個人都說自己年紀大，你爭我吵互不服氣。老人說：「咱倆打個賭
> 吧，我要比你年紀小，給你磕頭喊大老。」童子說：「我若沒你年紀
> 大，許你家裡一枝花」！口說無憑，他倆就找個中間人立了字據。
> 立好字據，童子先說：「我叫童子住江北，至今已活整八百。」老人

〔註202〕 祁連休：《中國民間故事類型研究（上卷）》，頁 115～117。
〔註203〕 金榮華：《民間故事類型索引（中）》，頁 637。丁乃通《中國民間故事類型索
引》稱 1920J「誰最老」，頁 507～508。
〔註204〕 筆者收集的彭祖誇壽的故事有《遼寧民間故事集‧彭祖誇壽》、《中國民間故
事集成‧湖北卷‧彭祖比壽》、《中國民間故事集成‧河南卷‧彭祖誇壽》、《道
教傳說大觀‧彭祖添壽》、及《花蓮客家民間文學集》中〈張果老訓彭祖〉、
〈桃花子、彭祖、張果老〉與〈彭祖活到八百二十歲〉數則，與彭祖比壽者
第一則為一和尚，第二則為鐵拐李（異文：禍害），第三則為禍害（異文：張
果老），其餘皆為張果老。此外《中國民間故事集成‧湖南卷‧張果老》中也
有誇壽的情節，不過與果老誇壽者為八百八十歲的「童元」，疑「童元」也是
彭祖別稱。
〔註205〕 姚仁貴講述，姚仁奎採錄：〈彭祖誇壽（異文）〉，收入《中國民間故事集成‧
河南卷》，頁 128～183。
〔註206〕 李聖回講述，藍清盛整理：〈彭祖添壽〉，收入祁連休、馮志華編：《道教傳說
大觀》，頁 78～80。
〔註207〕 邱琳福講述，蔡可欣等人採錄，范姜灴欽整理：〈張果老訓彭祖〉，收入劉惠
萍：《花蓮客家民間文學集》，頁 48～50。
〔註208〕 彭怡石講述，蔡可欣、劉惠萍等人採錄：〈桃花子、彭祖、張果老〉，收入劉
惠萍：《花蓮客家民間文學集》，頁 43～45。
〔註209〕 彭子雲講述，劉蕙萍等人採錄，范姜灴欽整理：〈彭祖活到八百二十歲〉，收
入劉惠萍：《花蓮客家民間文學集》，頁 41～42。
〔註210〕 書中注稱「童子」為傳說中的彭祖。見《中國民間故事集成‧河南卷》，頁 182
注①。

大笑起來：「就你這麼點年紀，還敢誇口？我家住蓬萊叫張果，開天
闢地就有我！」童子一聽嚇了一跳，只好自認倒楣。

張果老倒騎著毛驢來到童子家，看見童子的女人正在紡線，就下了
毛驢，把打賭的事對她說了一遍。童子妻聽罷一笑，說：「童子和你
誇口賭輸了，我還沒輸呀！我的年紀比你大，按理你該喊我奶奶！」
張果老直搖頭：「不信不信，說說看。」童子妻說：「王母出嫁我牽
親，接生一兒張果老。你若不信去問問，玉帝王母忘不了。」張果
老一聽，趕忙騎上毛驢溜了。〔註211〕

彭祖與張果老都是中國有名的長壽神，民間常用他們為長者祝壽，如滿族的
百姓會在壽堂正廳懸掛「張果老騎驢圖」或是「彭祖」像，並在兩邊配有壽
聯。〔註212〕張果老年歲為何，古籍裡並無固定的答案，在《明皇雜錄》中
張果老自稱見過八百五十二年前漢武帝所狩獵的白鹿，葉法善又說他是「混
沌初分白蝙蝠精」。至於民間對於張果老的歲數說法更是不一，河南〈披麻
帶孝〉中稱張果老活了八千六百歲〔註213〕；湖北〈不到黃河心不死〉五百
年黃河水清一次，張果老看了九次〔註214〕；花蓮〈張果老訓彭祖〉中的張
果老已有兩萬一千歲了〔註215〕。至於彭祖的年壽，無論是古籍或民間傳說
大約都在八百餘歲左右，這也是為何張、彭比壽都是彭祖落敗，也由此引出
彭祖妻出面巧答張果老，才扳回一城。「妻子巧答」情節在 AT 分類下，屬於
AT857 型，故「張果老與彭祖誇壽」為 AT1920J＋AT857 型的故事。有時它
也會與八仙添壽結合〔註216〕，成為 AT829A＋AT1920J＋AT857 型的多重複
合故事。

〔註211〕姚仁貴講述，姚仁奎採錄：〈彭祖誇壽（異文）〉，收入《中國民間故事集成·
　　　　河南卷》，頁 128～183。在河北王正常講述，馬昆山採錄〈彭祖比壽〉中，
　　　　內容與河南〈彭祖誇壽〉類似，只是張果老成了鐵拐李。見《中國民間故事
　　　　集成·湖北卷》，頁 43～44。

〔註212〕吳書純：《滿族民間禮儀》（瀋陽：瀋陽出版社，2004 年 8 月），頁 43。

〔註213〕管海菊講述，喬吉煥採錄：〈披麻帶孝〉，收入《中國民間故事集成·河南卷》，
　　　　頁 346～347。

〔註214〕朝寶男講述，李征康採錄：〈不到黃河不死心〉，收入《中國民間故事集成·
　　　　湖北卷》，頁 45～46。

〔註215〕邱琳福講述，蔡可欣等人採錄，范姜炘欽整理：〈張果老訓彭祖〉，收入劉惠
　　　　萍：《花蓮客家民間文學集》，頁 48～50。

〔註216〕彭怡石講述，蔡可欣、劉惠萍等人採錄：〈桃花子、彭祖、張果老〉，收入劉
　　　　惠萍：《花蓮客家民間文學集》，頁 43～45。

（四）其他

「倒騎驢」是民間傳說中張果老的特徵之一，此說出於何時並不清楚，但在《東遊記》第二十回〈果老騎驢應召〉有張果老「常乘一白驢，每倒騎之」〔註217〕，可見此說在明代就已流傳。清代翟灝《通俗編》則認為「倒騎驢」者應是宋代的潘閬，〔註218〕民間可能認為倒騎驢的形象相當特殊、有趣，而張果老又是以驢為坐騎的神仙，故人們將此舉附會在他身上，進而出現各種張果老為何倒騎驢的說法。

甘肅的〈張果老倒騎毛驢〉稱張果老上京十六年，終於考中了狀元，回鄉探親時調戲路偶遇的美女，得知女子是自己的女兒後心生羞愧，慌忙中倒騎驢子離開。〔註219〕河北有〈傅荷姑娘的金剪〉，故事講述張果老贈傅荷金剪，傅荷見張果老年紀大，故剪頭紙驢供他代步，紙驢一噴水就變成真驢，再一拉尾巴又變回紙驢，張果老所以倒騎驢就是為了方便拉驢尾巴。〔註220〕張果老倒騎驢的原因也與其他成仙故事結合，如河南〈張果老成仙〉說張果老偷吃靈藥被發現，急忙上驢倒騎而升天，這原因同甘肅的〈張果老倒騎毛驢〉般，都屬於羞愧中慌忙不分方向導致。同在河南尚有另一解釋倒騎驢故事〈張果老倒騎驢成仙〉，內容敘述張果老本是個善良的農人，到了泰山玉皇廟，與驢子一起吃了老道士用仙穀、神水做成的米粥而成仙有了道行，但因驢子吃的比較多，不願聽他叫騎，不停尥蹶子，張果老只好倒騎在驢身上，表明他的道行沒有驢子大，驢子也就不再尥蹶子了。〔註221〕張果老倒騎驢的特徵也被用在風物傳說上，如河南〈壯年得子倒騎驢〉說：「滎陽一帶，男人到了壯年得子，村裡人就會鬧著叫他倒騎驢。他也像瘋了一樣倒騎著驢，逗得人們哈哈大笑。這風俗說起來跟張果老有關。」這個故事講述張果老的妻子接二連三生下女兒，當

〔註217〕【明】吳元泰《新刊八仙出處東遊記》，收入《明清善本小說叢刊初編‧第四輯》（臺北：天一出版社，1985 年 7 月），頁 92。

〔註218〕【清】翟灝《通俗編‧卷三十七‧故事‧張果騎驢》：「【按】俗言張果老倒騎驢，各傳記未云，蓋倒騎驢，乃宋潘閬事。」收入《續修四庫全書》第 194 冊（上海：上海古籍出版社，2002 年 4 月），頁 651～652。

〔註219〕丁春來講述，縣錦旺採錄：〈張果老倒騎毛驢〉，收入《中國民間故事集成‧河北卷》（北京：中國 ISBN 中心出版，2001 年 6 月），頁 153～154。

〔註220〕郝寶明搜集整理：〈傅荷姑娘的金剪〉，收入余航《八仙傳說故事集》，頁 32～34。

〔註221〕中國民間文學集成全國編輯委員會：《中國民間故事集成‧河南卷》（北京：中國 ISBN 中心出版，2002 年 9 月），頁 195～196。

妻子再次懷孕時，張果老已對生兒子不抱希望，鄉人因此與之打賭若生兒子就「叫他咋着他咋着」。妻子此胎果真生下男孩，張果老依約倒騎驢、以夜壺當茶壺、花臉遊街，當地還為此事編了個順口溜：

> 張果老今年四十一，呀油兒咿呀油兒，
>
> 添個仙童抱懷裡，呀油兒呀油兒咿呀油兒。
>
> 心裡高興得入了迷，呀油兒咿呀油兒，
>
> 拿著夜壺把茶沏，呀油兒呀油兒咿呀油兒。
>
> 眾位鄉親你甭笑，呀油兒咿呀油兒，
>
> 壯年得子倒騎驢，呀油兒呀油兒咿呀油兒。〔註222〕

歌詞中的「呀油兒咿呀油兒」是重複出現的泛聲語助詞，雖沒有任何意義，但讓整首歌謠充滿質樸之趣。

張果老如何成仙，除了服食靈藥，民間尚有其他說法，江蘇〈張公洞得名〉說他是老不正經，會偷會搶的凡人，卻因愛唱歌又夜以繼日地唱而成歌仙；〔註223〕〈張果老憤辭圓夢官〉則敘述張果老考中狀元，但因擅長圓夢只被皇帝封為圓夢官，大失所望，因而在廟中修道成仙；〔註224〕〈張果老耍把戲出家〉中張果老是個「人有本事講話壯，開口合口不思量」的戲法高手，因說話自滿而受到鐵拐李教訓，後因仰慕神仙之能而上終南山修道成仙。〔註225〕在這些故事中，張果老的身分多元且善惡不一，可見民間對於張果老成仙前形象沒有特定的概念。民間故事中的張果老形象會如此豐富，可能是因為在仙傳與筆記小說中對張果老成仙的經過並無明確記載，他與其他七仙之間也無緊密的師承關係，導致人們對張果老的身分與成仙過程產生著無數的想像，因此編造種種說法，並將自身經驗與期待投射其中，如他倒騎毛驢並非展現仙人特有的脫俗、優雅，反而是因為種種不堪或不得已所導致。這樣的世俗化的設定，不但讓故事有真實感而得到認同，更滿足了不同階層的人對於成仙的渴望。

民間還有張果老在月宮守樹、砍樹的傳聞，其實這是從少數民族傳到漢族來的。在少數民族有位神話人物「張古老」，其相關傳說有「張古老造天、李

〔註222〕趙衍生講述，趙子謀採錄：〈壯年得子倒騎驢〉，收入《中國民間故事集成‧河南卷》，頁338～339。

〔註223〕余航編：《八仙傳說故事集》，頁23～24。

〔註224〕陳慶浩、王秋桂主編：《江蘇民間故事集》，頁383～358。

〔註225〕中國民間文學集成全國編輯委員會：《中國民間故事集成‧河南卷》，頁194。

古老造地」、「張古老鬥雷公」等，這些多屬於創世神話，而「古老」應是少數民族對於上古神明的敬稱。劉守華認為「古老」是苗語「固婁」的轉音，意為老頭、公公的意思，有些紀錄者以漢字記載苗語故事時，將張古老誤譯成為八仙之一的張果老，因而產生了苗族借用張果老創造神話的誤解。〔註226〕此外，「果老」與「古老」在漢語中音近，當少數民族神話傳入漢人生活區時，因漢人不識「張古老」，故會將此人習慣性帶入已熟知的神仙，漢族地區張果老月中砍樹的情節因此而產生，如花蓮〈張果老訓彭祖〉〔註227〕、湖南〈張果老〉〔註228〕。

五、何仙姑故事

何仙姑是八仙中唯一的女仙，一些女性神仙的故事常被附會在他身上，於是她在民間故事中有著不同的身分，故事數量亦不少，如〈何秀姑成仙〉、〈升仙橋〉、〈增城掛綠〉、〈何仙姑〉、〈仙人石〉、〈落馬橋〉、〈成仙〉、〈巧遇軒轅帝〉、〈紫芝塢與芙蓉峽〉、〈饅頭山〉、〈何仙姑的半大腳〉、〈傅荷姑娘的金剪〉、〈智救靈芝女〉、〈何仙姑請神趕蚊子〉、〈金焦二山一旦挑〉、〈何仙姑衡州度雞〉、〈撒草救鄉親〉、〈何仙姑與五蓮山〉、〈巧開藥方〉等。出生與成仙是何仙故傳說最常見的題材，其中又以「吃穢物成仙」異文較多，能歸為一個故事類型。

（一）出生與成仙

何仙姑的出生地，以廣東增城最具權威性，當地流傳的〈何仙姑〉敘述何女出生時有祥瑞異象，十四、五歲時吃雲母而身輕飛天，能一日間來回羅浮山。武則天聽聞何仙姑能飛一事遣使召見，她卻在上京的途中離奇失蹤後，在家鄉重新現身。何女雙親擔心再出事故，因此強行為她婚配，不過在新婚當晚何女飛至羅浮山，成為麻姑女仙群體的一員。後來，何女託道士轉告父母，曾遺留一雙布鞋在井邊，希望他們能夠妥善保管。道士來到增城，果然在井邊找到了布鞋，一抬頭發現井旁的荔枝樹掛了一條何女留下的綠絲帶，之後這棵樹所長

〔註226〕劉守華、黃永林：《民間敘事文學研究》（武漢：華中師範大學出版社，2005年8月），頁55～56。

〔註227〕邱琳福講述，蔡可欣等人採錄，范姜灯欽整理：〈張果老訓彭祖〉，收入劉惠萍：《花蓮客家民間文學集》，頁48～50。

〔註228〕尹緒銀講述，李述早採錄：〈張果老〉，收入《中國民間故事集成·湖南卷》，頁227～228。

出的荔枝果實中間有著一條綠痕，被稱為「增城掛綠」。〔註229〕

　　廣東何姓女仙傳說於唐代《廣異記》中已出現〔註230〕，宋代當地有何女食雲母輕身升天的傳聞，其居所也被改建成「會仙觀」祭祀她。〔註231〕元代趙道一最先給予何女較明確的身世，稱她為「廣州增城縣何泰之女也」〔註232〕。明洪武十一年（1378）客寓增城的文人孟士穎，彙整了明代前各類輿地志、類書、神仙傳記、文人詩文等文獻中關於何氏女服食雲母且於羅浮山得仙的傳說，並新添入古籍未見的「井陘遺履」、「敕令賜霞衣」等情節，完成了〈何仙姑井亭記〉，讓增城何仙姑生平與形象更加具體。〔註233〕民間增城何仙姑的故事就是以上述舊籍為基礎改寫而成。不過，這些典籍敘述何仙姑時，多將其作為增城在地女神，與八仙並無關聯。

　　增城何仙姑傳說，經由民眾改編後與八仙產生聯繫，如遼寧〈武后請何仙姑〉、湖南〈何仙姑的傳說〉。在〈武后請何仙姑〉中，何仙姑是一位尋名山採仙藥的奇人，武則天聞其事跡，欲得仙姑所採仙藥，派遣使節往增城召仙姑至京。然仙姑拒絕武則天的詔令且戲要使節，武則天大怒，派兵前往增城強請之。

〔註229〕黃雨蒐集整理：〈何仙姑〉，收入《廣東民間故事集》，頁230～236。

〔註230〕【宋】李昉：《太平廣記‧女仙七‧何二娘》，頁390。

〔註231〕【宋】方信孺《南海百詠‧會仙觀》：「在增城縣南三百步許，何仙姑所居也。姑生於唐開耀中，嘗於旁穴得雲母石，服之，體內漸覺清舉，有凌雲之志。一日告其母，以群仙之會，吾將暫往，遂不復見。今祠堂、丹井俱在觀中。」（揚州：廣陵書社，2003年5月），頁84～85。

〔註232〕【元】趙道一：《歷代真仙體道通鑒後集》收入《中華道藏》第47冊，頁651。

〔註233〕【明】孟子穎〈何仙姑井亭記〉：「仙姑姓何氏，邑人何泰女也。生唐開耀間，有孝行，性靜柔簡淡。所居春岡，即今鳳凰臺，東北與羅浮山相望。仙姑常告其母曰：將遊羅浮。父母怪之，私為擇配，親迎之夕，忽不知所之。明旦起，視家側井陘遺履一。頃有道士來自羅浮，見仙姑在麻姑石上，顧謂道士曰：而之增城，囑吾親收拾井上履。道家所謂尸解者，其信然與？鄉人因稱之曰仙姑，祠於姑居，今會仙觀是也。初仙姑生，紫雲遶室，頂有六毫，四歲能舉移一鈞，恆自謂則天童子時，唐固未羆（罹）武氏禍也。所居地產雲母，常夢老人授服餌法，漸覺身輕健。尸解之術，信有之與？唐賜仙姑朝霞服一襲，宋元豐邑士譚粹為文刻之石，今井具存，而石竟燬於景炎之兵燹矣。洪武十有一年，吉安謝君、江夏沙君與余偶過祠下，會教諭唐君，訓導溫君白其事，因為亭於井上，俾余記諸壁。嗟乎，夫神仙之說，若誕幻不足深信，如何仙姑者，詢之故老，考之郡乘，歷歷在人耳目，抑尤有可信者焉。況何氏之族，至今尚繁衍，有足徵也。」收入【清】蔡淑、陳輝璧等纂修：《（康熙）增城縣誌》卷十四〈外志‧寺觀‧會仙觀〉（上海：上海書店出版社據清康熙二十五年（1686）刻本影印，2003年），頁12a～13a。

仙姑為不連累鄉親同意前往長安，途中要求下轎採藥為鐵拐李所化的傷腿老人治病，卻被老人拖著騰雲駕霧前往終南山修道成仙。〔註234〕這故事改編自《歷世真仙體道通鑑後集》中「天后遣使召赴闕」一段，除了仙姑為增城何氏女的設定外，其餘內容則多為虛構，如武則天召請何仙姑的原因，何仙姑反覆捉弄使節使其狼狽不堪過程，及被鐵拐李拯救前往終南山修道等，特別是捉弄使臣與抗旨的情節，顯示出何仙姑的智慧與勇氣，讓故事多了幾分趣味與諷刺性。〈何仙姑的傳說〉則是保留《歷世真仙體道通鑑後集》中食雲母身輕、天后遣使召赴闕與蔡天一識仙姑三個情節，添加了食桃而長生，紅玉洞修練、降伏鯉魚精、永州飛升等內容，將她從增城仙姑轉變成永州女仙。〔註235〕

其餘何仙姑成仙的故事與舊籍差異較大，如湖南〈何仙姑請神趕蚊子〉敘述永州何姓女子經營伙食鋪，一日來了一位叫化子乞食，不但要酒要肉，吃完後便倒在門口呼呼大睡，何女不以為意，不曾想過驅逐乞丐，忽然乞丐便成了鐵拐李，答應為何女做一件事。何女見當地蚊子太多，擾亂人們的正常生活，便要求神仙把蚊子趕走。鐵拐李幫何女實現願望後，見她心善便度她修練，成仙後被稱為「何仙姑」。〔註236〕此故事與一般成仙故事類似，是神仙見人心善而度之，其中鐵拐李用扇將蚊子搧到河西的舉動，成了河東沒蚊蟲而河西蚊蟲聚集的原因，可見它是因當地特色附會八仙而編成。江蘇的〈何瑞蕊招贅成仙姑〉則解釋何仙姑為何手持荷花。故事中稱何仙姑本名何瑞蕊，身為富家女卻潛心修道，當父親要她成親時提出「男子文才要高，人品要好；貧富不嫌，年老也要」的條件，何父便將條件寫成文告張貼，被當時的「七仙」所見，七仙感何瑞蕊誠心向道，商量讓張果老下凡度化她。張果老與何瑞蕊明為夫妻實為師徒，數年後何員外夫婦逝去，何瑞蕊也隨張果老仙遊去了，此後「七仙」添了何仙姑成為「八仙」。她手中持「荷」來代表「何」，以紀念父親養育之恩。〔註237〕張果老與何仙姑的師徒關係也出現在〈傅荷姑娘的金剪〉中，不過這

〔註234〕于成家講述，唐政宗搜集整理：〈武后請何仙姑〉，收入余航《八仙傳說故事集》，頁137～140。

〔註235〕吳少鳳講述，蒲偉採錄：〈何仙姑的傳說〉，收入《中國民間故事集成・湖南卷》，頁221～222。

〔註236〕屈大明講述，屈永清搜集：〈何仙姑請神趕蚊子〉，收入楊軍：《漫話中國神仙》（長春：吉林大學出版社，1999年7月），頁596～597。

〔註237〕蔣希講述，萬葉樹蒐集整理：〈何瑞蕊招贅成仙姑〉，收入《江蘇傳說故事集》，頁386～390。

裡因主角名為「傅荷」，成仙後成了「荷」仙姑了。〔註238〕民間八仙圖中仙姑手持荷花，人們不明其因，故編造不同的故事來解釋，而民間故事又多係口傳，同音通假的情況時常出現，因此導致人們「何」、「荷」不分的情況，八仙中的「何仙姑」因此變成「荷仙姑」了。

（二）吃穢物成仙型

「吃物成仙」是神仙故事常見的情節，楊正見食茯苓成仙、張果老吃何首烏升天，至於何仙姑則有食雲母、食桃成仙之說，但無論是茯苓、何首烏、雲母、桃都屬於藥物或傳說的仙果，服食者因它們成仙，並不讓人感到突兀，然在何仙姑故事裡，尚有吃穢物成仙的內容。如湖南〈何秀姑成仙〉中，何秀姑為童養媳，養母勢利且好吃懶做，不時對她惡言相向、拳腳相加。某日，七位乞丐向秀姑討食，秀姑煮麵供他們食用，被養母發現後，遂要求乞丐將麵吐出並逼秀姑吞下。秀姑強忍著將穢物吃下後，身子一輕，竟朝乞丐離開的方向飄去。原來，這七位乞丐是鍾離權、呂洞賓等七仙所化，他們聽聞何秀姑雖窮困但很善良，因此下凡試驗她並度其成仙，何秀姑也因此成為八仙之一。〔註239〕河南有〈升仙橋〉，主角何三姑被母親賣予飯店章老闆為家僕。章老闆對三姑極為苛刻，不時打罵，但她仍保持著善心，常背著老闆為逃荒乞食的窮人供應食物。在某個廟會節慶之日，三姑於店中遇到了七位客人，知道他們的錢財都被搶走，目前身無分文，希望三姑可以給他們一些吃的。三姑為他們煮麵時卻被飯店老闆發現，老闆搶奪麵條並倒入豬槽，要求三姑吃下。三姑為了不連累七位客人咬牙吃了豬食，也因此得到七人的認可，帶著她蹬上彩雲，飛騰而去。〔註240〕〈何秀姑成仙〉與〈升仙橋〉皆依循著「弱女子被欺負──神仙試驗──吃穢物升天」過程發展，與其相似者尚有陝西〈七仙巧度何仙姑〉〔註241〕、河南〈何仙姑吃麵成仙〉〔註242〕、安徽〈何

〔註238〕郝寶明蒐集整理：〈傅荷姑娘的金剪〉，收入余航《八仙傳說故事集》，頁 32～34。

〔註239〕李恒瑞蒐集整理：〈何秀姑成仙〉，收入《湖南民間故事集》，頁 225～228。

〔註240〕徐志新搜集，鄭本檀整理：〈升仙橋〉，收入余航《八仙傳說故事集》，頁 26～29。

〔註241〕閔智亭講述，李恒瑞採錄〈七仙巧度何仙姑〉，收入《中國民間故事集成·陝西卷》，頁 213～214。

〔註242〕丁廣有講述，張楚北、張書中採錄：〈何仙姑吃麵成仙〉，收入《中國民間故事集成·河南卷》，頁 198。

小姑十里上天梯〉〔註243〕及〈何仙姑的傳說〉〔註244〕、廣東〈何仙姑遇丐成仙〉〔註245〕，因此筆者將這些歸為「吃穢物成仙型」故事。

　　骯髒、汙穢、貧窮是人們本能討厭、排斥的，然在傳說中仙人卻常化身為低賤身分且面目醜陋出現。他們有時會刻意展現不雅的舉動，有時則提出要人吃下穢物的要求，前者如〈永安老兵〉中呂洞賓，他化為老兵乞食於齋會，藉口畫圖卻用絹布擦拭嘔吐物，令主人厭惡；〔註246〕後者有〈楊教授弟〉，其中的黃衣道人要求楊宜中教授之弟喝下大鉢裡的髒水，他一吸而盡毫無憎穢心。〔註247〕為何神仙會以髒惡、不雅等事物考驗人呢？這應當有著宗教上的意義。神仙入凡時，常化身貧丐、賤役、惡病者，此皆一般人所輕視且不願親近之人，要求人們舔、嚥髒惡之物，更是違反生理與心理的需求，如果受試者不生嫌棄心反而有憐憫、救助的行為，依佛家之說是具備慈悲且無我慢之心，加上忍辱、不生嗔心的品性，即擁有成佛的可能。以道家的觀念來說，能慈悲、施捨、濟苦且能忍辱，就已經具備了五戒十善中「慈心萬物」、「忍性容非」、「損己救窮」等德性，便是近道，神仙自然可度化接引之。〔註248〕

　　「吃穢物成仙」類故事中，何仙姑供應給乞者的食物以麵條為主，這可能與她以笊籬為法器有關。金代董明墓中的何仙姑手提內裝笊籬的花籃〔註249〕，元代范康《陳季卿悟道竹葉舟》稱她「貌娉婷笊籬手把」〔註250〕，可見何仙姑最早的法器為笊籬。笊籬為烹飪器具，主要用來撈取食物，使之與油或湯水分離，常在煮麵時使用，因此故事中何仙姑常與麵條產生關聯。何仙姑在故事中的身分不是童養媳，就是養女或奴僕，與欺負她的養母（或老闆）成了身分上的對比，兩者對待乞丐態度不同，凸顯出窮者與人為善的優點，她為乞者吃

〔註243〕袁本義講述，劉新平採錄：〈何小姑十里上天梯〉，收入《中國民間故事集成‧安徽卷》，頁270～271。

〔註244〕張華安講述，張鱗採錄：〈何仙姑的傳說〉，收入《中國民間故事集成‧安徽卷》，頁271～272。

〔註245〕李善修講述，利桂雄採錄：〈何仙姑遇丐成仙〉，收入《中國民間故事集成‧廣東卷》，頁282～283。

〔註246〕【宋】洪邁：《夷堅志‧支甲‧卷六‧遠安老兵》（北京：中華書局，1981年10月），頁755～756。

〔註247〕【宋】洪邁：《夷堅志‧支戊‧卷一‧楊教授弟》，頁1052～1053。

〔註248〕詳見胡萬川：《真假虛實──小說的藝術與現實》（臺北：五南圖書出版有限公司，2019年1月），66～67。

〔註249〕楊富斗、楊及耕〈金墓磚雕叢探〉，《文物季刊》1997年04期。

〔註250〕王季思主編：《全元戲曲（四）》，頁665。

下穢物的行為則展現捨己救人的高尚品格，因此通過仙人考驗而成仙。這種能常人所不能的行為，及忍辱吞穢後的奇蹟，不但為故事帶來絕處逢生的驚奇感，也安慰、救贖了弱勢的善良百姓。

六、韓湘子故事

目前所見將韓湘子作為較重要的角色敘述的故事有：〈湘子橋〉、〈玉屏蕭傳說〉、〈韓湘子與試心橋〉、〈韓湘子戲皇帝〉、〈韓愈投書蒼龍嶺〉、〈韓湘子修仙〉、〈韓湘子成仙〉、〈盜穀〉、〈老鷹的來歷〉、〈韓愈和韓湘子〉、〈韓湘子拜壽〉、〈韓湘子借地〉、〈韓湘子學棋〉、〈韓湘子印像〉、〈登天石〉、〈韓湘子討封〉與〈韓湘子討皇封〉等。其中〈韓湘子借地〉、〈跟龍王借地〉可歸納至「借地型」故事，〈韓愈投書蒼龍嶺〉、〈韓愈和韓湘子〉、〈韓湘子與土地公〉以度文公為題材的創作，〈韓湘子修仙〉、〈韓湘子成仙〉等則是敘述韓湘子如何成仙的故事。

（一）借地型

借地故事最早出現於元代《湖海新聞夷堅續志‧盧六祖》中，敘述六祖慧能向人借地建寺的過程：

> 盧六祖，名能，廣東新州人。學佛見曹溪水鄉，遂於其地擇一道場，
> 求之地主，但云：「只得一袈裟地足矣。」地主從之。遂以袈裟鋪設，
> 方圓八十里，今南華山六祖道場是也。〔註251〕

以神通讓袈裟擴張，覆蓋周圍大片土地者，亦見於明代的《昨非庵日纂》與清代《雲南通志》，故事中主人翁分別為地藏王菩薩金喬覺與觀音，它們皆屬於佛教故事。後來這類型的故事被套用在其他人身上，內容出現變化，除主人翁以神通覆地外，也出現以智取地的情節。金榮華將兩者分別歸納為 2400 一張牛皮大（用牛皮量地）的地與 2400A 一袈裟之地（用和尚袈裟影子量地）〔註252〕，祁連休則統稱為「借地型」故事〔註253〕。

四川的〈韓湘子借地〉屬神通借地型故事，講述韓湘子是父母雙亡、流浪四方且終日以簫為伴的窮書生。他自終南山回鄉時發現長輩韓愈強占百姓田地蓋韓王府，便以修仙練道為藉口，向韓愈借一件衣服大小之地，獲得同

〔註251〕　【元】無名氏：《湖海新聞夷堅續志》，頁176。
〔註252〕　金榮華：《民間故事類型索引（中）》，頁695。
〔註253〕　祁連休：《中國古代民間故事類型研究（中卷）》，頁795～796。

意後以仙法將衣服覆蓋了整個方山。韓愈見狀立即反悔,而韓湘子也因為無法幫忙鄉親而吹簫解悶,其簫聲感動佛祖,派遣二十八位菩薩來協助他。菩薩們天天到韓愈家中大吵「借地」,過了四十九天,韓愈不堪其擾將地還給了鄉親。〔註254〕大部分的神通借地型故事,都以施法者成功獲得大片土地為結局,但在〈韓湘子借地〉中,則增加韓愈反悔與菩薩們討地的內容,應是作者有意強化富者不仁的形象與善者天助的觀念,借以教化人心。韓愈與韓湘子立場是對立的,前者顯赫且魚肉鄉民,後者貧窮卻心繫百姓。韓湘子對韓愈食言的無可奈何,則反映官民互鬥時,民不勝官的社會現實。至於佛祖派菩薩們討地,可能是這故事源於佛教,且民間信仰中經常佛、道不分,出現佛助道現象是相當普遍,未必是佛道爭勝的結果。

河北的〈跟龍王借地〉則屬智慧借地型,講述韓湘子來到渤海邊一個靠山的小漁村,見當地窮山惡水,人民生活不易,便以造船為藉口向龍王借地,請他將海水退五十里,讓出一塊平坦的區域,並約定每年歸還一縣之地,直至還完。之後,漁民們到此居住,以種五穀、果樹為生。龍王因為相信韓湘子,並沒有檢查兩人借地時所簽的契約,到了來年收地之際,才發現契約上寫的是「一線之地」,龍王雖氣憤,但也無奈,只好就坡騎驢,將人情給了韓湘子,讓他每年歸還一線之地。〔註255〕在〈跟龍王借地〉中,韓湘子並沒有施展任何神通,而是巧用「縣」與「線」同音,為漁民們爭取到千年以上土地的使用權,其行雖有誑人之嫌,但在助民生存的立意之下,此事反成為美談。

(二)成仙與討皇封型

韓湘子成仙的故事,除了以《韓湘子全傳》為基礎出改編外,民間也有附會韓湘子之名的自行創作。如福建〈韓湘子成仙〉中,韓湘子是位孝順的馬快,因母親病死而悲傷不已,王母娘娘憐其孝心,下凡化身為其姨母,被韓湘子當作母親侍奉。姨母生病後,韓湘子為她萬里尋藥,並吞噬排泄的髒物協助療病。姨母病癒留下地址後離開,韓湘子前往探詢,才知姨母為王母,並完成考驗走過獨木橋而成仙。〔註256〕此故事結合神仙試驗、吞噬穢物、數日千年等情節,

---

〔註254〕 彭萬清講述,陳鑫明整理:〈韓湘子借地〉,收入余航編:《八仙傳說故事集》,頁35~36。

〔註255〕 王國新搜集整理:〈跟龍王借地〉,收入祁連休、馮志華編:《道教傳說大觀》,頁158~161。

〔註256〕 林德賓講述,蔡榮萱採錄:〈韓湘子成仙〉,收入《中國民間故事集成·福建卷》,頁168~169。

內容極富想像力。遼寧〈韓湘子修仙〉講述韓湘子與妻子林英皆由鳥修成人身，韓湘子不辭而別前往終南山修道，林英因思念丈夫也前往終南山，途中遇一老道調戲，卻不知此道人為韓湘子化身來度化她。韓仙子欲成仙，需經皇帝的冊封，故他向皇帝化緣一小筐錢，但搬空了國庫也裝不滿這小筐，皇帝驚稱此為神仙之舉，韓湘因而成仙。〔註257〕湘子度妻首見於《韓湘子全傳》中，民間歌曲、說唱文學也常以其為題材創作，不過它較少出現於民間故事中，目前只見〈韓湘子修仙〉對戲妻情節有較詳細描繪。

「向皇帝討封」是〈韓湘子修仙〉中另一個重要情節，也見於河北〈韓湘子討封〉與黑龍江〈韓湘子討皇封〉中，前者韓湘子是人蔘娃娃的化身，修練成仙後，前往金鑾殿向皇帝展現神通，並獲得上八仙的封號；後者韓湘子則為南極星君之徒，於終南山修煉有成後，前往長安向皇帝討封成仙。〔註258〕上述三個討封故事中，皆循「韓湘子修練──唐王面前展現仙術──皇帝開口讚其為仙──成仙」發展，故亦可將它們歸為「討皇封」型故事。「討皇封」型故事，是「皇帝口封型」的亞型。張紫晨對「皇帝口封型」故事解釋為：

> 一地方的跡象或事物之所以出現或存在，是由於某皇帝親口封下的。
> 如劉秀被王莽追到太行山中，又渴又餓，靠稱為「馬齒莧」的野菜
> 活了命。他感激說：「馬齒莧，你救了我的命，以後你水淹不爛，見
> 土就長，太陽也曬不死你。」馬齒莧如今確實具有這種特性。〔註259〕

古人認為「王者父天母地，為天之子也」〔註260〕、「天子受命於天，天下受命於天子」〔註261〕、「王者受命於天，為民父母」〔註262〕，所以皇帝是天於人間的代言人，他說的話就是「聖旨」，讓不可能發生的事成為事實。成仙對人們而言，就是不可思議之事，故百姓認為當皇帝稱修行者為仙時，此人立即成

〔註257〕陳桂芳講述，胡良木整理：〈韓湘子修仙〉，收入陳慶浩、王秋桂主編：《遼寧民間故事集》，頁367～369。

〔註258〕白雲輝講述，李英女採錄：〈韓湘子討皇封〉收入《中國民間故事集成・黑龍江卷》（北京：中國 ISBN 中心出版，2005年9月），頁315～316。

〔註259〕「皇帝口封型」故事詳見張紫晨：《中國古代傳說》（長春：吉林文史出版社，1986年7月），頁19。

〔註260〕【清】陳立疏證，吳則虞點校：《白虎通疏證》（北京：中華書局，1994年8月），頁2。

〔註261〕【漢】董仲舒撰，王心湛校勘：《春秋繁露集解》（上海：廣益書局，1936年5月），頁97。

〔註262〕【漢】班固撰，【唐】顏師古注：《漢書・卷七十二・王貢兩龔鮑傳》，頁2301。

仙，這應是民間「討皇封」故事形成的原因。八仙中除了韓湘子外，山東也有〈張果老討封〉故事，其討封過程與〈韓湘子討皇封〉類似。〔註263〕

（三）度文公題材

當《青瑣高議》將開花奇術坐實到韓湘子身上時，度韓愈故事的跡象也開始形成，雖然在宋、元筆記小說中不見韓湘子度韓愈的記載，但《錄鬼簿》中有紀君祥《韓湘子三度韓退之》一劇，可見湘子度文公之說在元代已出現，明代韓湘子小說與戲曲也都以度文公為重要情節，民間也有以度文公為題材所創作的故事。

河北〈韓愈和韓湘子〉中，韓湘子生性清靜恬淡，一心修道，韓愈託媒為他娶妻林英，湘子卻拒絕圓房，後更離家前往終南山拜師修道，道成入凡度韓愈，然屢不成功。韓愈被貶赴潮州時，路過秦嶺，天降鵝毛大雪，他猛然想起湘子所贈對聯：「雲橫秦嶺家何在，雪擁藍關馬不前」，感嘆或許韓湘在此能救自己時，湘子即出現並接引韓愈修道。韓愈成道後，因不捨妻室，心境未清而升不了天，故只能屈居凡間成為土地神。〔註264〕湖北〈韓湘子與土地神〉，也有韓愈為土地神的情節：

> 韓文公的侄兒是八仙中的韓湘子，湘子從小死了爹媽，全靠叔嬸撫養成人。他得道成仙後，九度文公十度妻，讓叔嬸成了土地神。那一年，韓文公被貶到潮州，路過藍關，遇上漫天大雪。韓湘子扮成個漁翁坐在江邊，一邊釣魚一邊唱：「獨在寒江釣寒魚。」文公過去問路，湘子不告訴他，跑過來倒把他的馬蹄砍了。文公著急地說：「我還要到潮州上任哩。」湘子說：「我代你去做三年官就是。」說罷送給文公一個花籃，說是裡面吃喝玩樂、四時景致裝的都有，讓他提著去雲遊天下。這就是「四季發財」的來歷。韓湘子到潮州三年任滿，轉過來再度叔叔上天。韓文公說：「我一個人上天，你嬸嬸怎麼辦？」聽侄兒說做土地公能帶婆婆上任，他便要求去當土地神。韓湘子就給他一根箭，讓他射多遠地方蓋多大的廟。文公是個文人，箭射出去只有上十步。這一來，土地廟就只是一間獨屋，剛剛夠住

〔註263〕姜國思講述，張振連採錄：〈張果老討封〉，收入《中國民間故事集成・山東卷》頁213～214。

〔註264〕李煥宇講述，董寶瑞採錄：〈韓愈與韓湘子〉，收入《中國民間故事集成・河北卷》，頁79～80。

老兩口。〔註265〕

民間韓湘度叔的故事多脫胎於《韓湘子全傳中》，內容幾乎都保留了「貶潮州」與「過藍關」的元素，〈韓湘子與土地神〉亦是，不過卻失去了最為人熟知的「雲橫秦嶺家何在，雪擁藍關馬不前」兩句詩，而是利用諧音將詩改成「獨在寒江釣寒魚（韓愈）」。潮州官職也改由韓湘替韓愈赴任，韓愈則是拿花籃雲遊天下。這樣的情節，明顯有拼湊的痕跡，可能是口述者只記得潮州、藍關、土地神幾個要點，便憑自己的記憶與對韓湘子的認知，編出代替赴任及贈花藍的情節。

　　在元、明的戲曲與小說中，都不見韓愈成為土地神的情節，為何在民間故事中卻出現？《禮記‧郊特牲》曰：「地載萬物，天垂象。取財於地，取法於天，是以尊天而親地也，故教民美報焉。」〔註266〕人們為了酬謝土地負載萬物、生養萬物之功，所以有「后土」崇拜，然能祭后土者只有皇帝，而各地村社則奉祀該區的地方小神，這種地方小神初稱社、社公，後被稱為土地神。土地神被人格化後，各地土地神擁有自己的姓氏和名諱，如京師土地神黃崇、豫州土地神范禮、雍州土地神修理、梁州土地神黃宗等。〔註267〕東晉以後，民間多奉善者或廉正官員為土地，如《搜神記》中的蔣子文、《夷堅志》中的陳彥忠、李允升等。明清時期，則以歷代名人作各方的土地，王士禎《池北偶談》：「今吏部、禮部、翰林院衙門土地祠，皆祀韓文公。」〔註268〕戴璐《藤蔭雜記》曰：「吏部、翰林院、禮部、國子監土地俱祀韓昌黎，未知所自」〔註269〕，趙翼亦有「瀛洲署中坎社鼓，社公傳是韓吏部」〔註270〕之詩，句中「瀛洲署」即為翰林院，「韓吏部」即為韓愈。韓愈為唐代古文運動的領袖，被稱為唐宋八大家之首，更是文人最敬仰的人物之一。明代時官署、衙署盛行設立土地祠，清代亦「沿明之舊而加釐整」〔註271〕，祠中需找「先代有名

〔註265〕楊翠菊講述，宋虎採錄：〈韓湘子與土地神〉，收入《中國民間故事集成‧湖北卷》，頁159。

〔註266〕【漢】鄭玄注，【唐】孔穎達疏：《禮記正義》，頁917～918。

〔註267〕佚名：《道要靈祇神鬼品經》，收入《中華道藏》第28冊，頁372。

〔註268〕【清】王士禎：《池北偶談》（北京，中華書局，1982年1月），頁50。

〔註269〕【清】戴路：《藤蔭雜記‧卷一》（北京：北京古籍出版社，1982年10月），頁8。

〔註270〕【清】趙翼：《甌北集‧卷九‧翰林院有土地祠相傳祀韓昌黎詩以解嘲》（上海：上海古籍出版社，1997年4月），頁158。

〔註271〕【清】張廷玉等：《詞林典故‧卷六下‧廨署》，收入傅璇琮、施純德編《翰學三書（二）》（瀋陽，遼寧教育出版社，2003年3月），頁143。

德者祀之」〔註272〕，所以吏部、翰林院、禮部、國子監與文化關係較大的機構皆以韓愈為土地神，表達對他的敬仰之情，也希望他能護佑此機關文化鼎盛發展。京師的官署、衙署的信仰傳至民間後，人民也將韓愈奉為地方的土地神，又因湘子度文公的傳說，所以韓愈難捨親緣滯留凡間為土地的故事就產生了。

　　〈韓愈投書蒼龍嶺〉亦為度文公的題材，但未使用「藍關雪」情節，而是以華山蒼龍嶺作為事件的發生地。故事講述韓湘欲度韓愈成仙，得先開其「靈均之穴，坦蕩之胸」，於是韓湘勸叔父前往「洗人肺腑」的華山一遊。韓愈帶著家人與書童遊遍大半個華山，見「回心石」擋路，仍不減遊興，執意前行，並寫下「千古回心石，嵯峨無人識。狂客猶駐足，昌黎且不服！」最後一行人登上了險要蒼龍嶺。欲下山時，湘子用陰陽扇扇了幾下，讓天地亂位、峭壁欲塌，韓愈見狀，心生驚恐不敢前行，以為將亡於此而涕淚不止，故提筆寫訣別信給好友黃西壁，並把此信扔下蒼龍嶺。韓湘見信中內容，嘆道：「老叔終缺仙緣，只能為一代文豪，是當不成神仙的了！」之後韓愈果然成了文豪，卻成不了仙。〔註273〕

　　韓愈登華山的實況，在其〈答張徹〉詩中就曾提過，摘錄如下：

　　　洛邑得休告，華山窮絕陘。倚巖睨海浪，引袖拂天星。日駕此迴轄，
　　　金神所司刑。泉紳拖脩白，石劍攢高青。磴蘇達拳跼，梯颮颭伶俜。
　　　悔狂已咋指，垂誡仍鐫銘。〔註274〕

詩中敘述韓愈登華山，臨谿攀崖，愈登愈險，當他佇立山巔，見雲海茫茫，星月可摘，然石階險惡難行，扶梯殘朽被風吹得咯咯作響，讓他後悔自己一味攀登不知自止而身陷絕境，故鐫銘記遊，願後人能引以為戒。李肇《唐國史補》中亦載此事：

　　　韓愈好奇，與客登華山絕峰，度不可返。乃作遺書，發狂慟哭。華
　　　陰令百計取之，乃下。〔註275〕

〔註272〕曾國藩〈祭禮部韓公祠文〉：「京師官署，尤多有土地祠，往往取先代有名德者祀之。」收入《曾國藩詩文集》卷二，（上海：上海古籍出版社，2005年10月），頁237。
〔註273〕唐光玉整理：〈韓愈投書蒼龍嶺〉，收入《陝西民間故事集》，頁43～47。
〔註274〕【唐】韓愈：〈答張徹〉，收入《全唐詩》第10冊，頁3780。
〔註275〕【唐】李肇撰，曹中孚點校：《唐國史補》，收入《唐五代小說筆記大觀》，頁180。

相較於〈答張徹〉詩，李肇文中多了「作遺書」、「發狂慟哭」、「華陰令百計取之」等情節，這些部分應是李肇據〈答張徹〉詩中對華山的形容，加上想像而成文。〈韓愈投書蒼龍嶺〉是後人據李肇所記加上韓湘度叔的情節加以擴寫，將「華山絕峰」坐實為蒼龍嶺，將韓愈好奇而凌高歷險，變成了被湘子慈惠而登山賞景。《唐國史補》中韓愈最後得華陰縣令協助而順利下山，但故事中卻未提及韓愈是否下山，而是藉湘之口惋惜他雖有絕人之膽，只是當他面臨危難時，仍勘破對生命的執著而失去成仙的資格。

七、鍾離權故事

鍾離權傳說在宋代就已出現，現存元代的九齣八仙雜劇中皆有他的身影，然關於他的民間故事並不多，其中對他描述較多者有：〈仙人洞〉、〈漢鍾離巧試呂洞賓〉、〈扇面河〉、〈甌江香魚〉、〈鍾離岩〉、〈漢鍾離寫匾〉、〈漢鍾離測字〉、〈漢鍾離遺扇〉、〈漢鍾離贈鐘〉、〈金竹嶺和自滿臼〉等。在大部分故事裡，鍾離權的個性與特徵並不明顯，行事作為與一般神仙並無差異，不過〈仙人洞〉、〈漢鍾離巧試呂洞賓〉中，鍾離權形存在感較強，是位引人入道的恩師，至於在〈扇面河〉、〈鍾離岩〉則是凸顯其武力或憨厚外型。

（一）度人之師

鍾離權在宋代傳說中，通常是以度人之師的身分出現，從文獻可知他曾度化呂洞賓、陳朴、鄭文叔、王老志等人，〔註276〕其中最著名者為呂洞賓，民間故事就有不少鍾離權試驗、度化呂洞賓的故事。在江西〈仙人洞〉中，呂洞賓為避黃巢兵亂，逃難至廬山下佛手巖隱居，一日出門時見：

> 一朵雲彩飄忽而來，定睛看時，卻見一人從高空中飛落到洞前。只

〔註276〕【宋】佚名《宣和書譜》：「神仙鍾離先生，名權，不知何時人，而間出接物，自謂生於漢。呂洞賓於先生執弟子禮，有問答語及詩成集。」收入《景印文淵閣四庫全書》第813冊，頁307。【宋】陳朴〈陳先生內丹訣序〉稱：「先生名朴，字沖用，唐末五代初人也。五代離亂，避世入蜀，隱居青城大面山，受道於鍾離先生，與呂洞賓同師也。」收入《中華道藏》第19冊《陳先生內丹訣》，頁181。【宋】魏了翁《鶴山集·卷四三·泉州紫帽山金粟觀記》引《唐仙傳》云：「長樂鄭文叔與回翁，皆師鍾離於此，郡立鄭君祠，號元德真人。」收入《四部叢刊初編》（上海：商務印書館，1936年），頁1。【宋】蔡條《鐵圍山叢談》：「老王先生老志者，……其後每往來市間，遇一丐人，見輒乞之錢。一旦丐人自言：『我鍾離生也。』因授之丹。老志服其丹，始大發狂，遂能逆知未來事。」收入《宋元筆記小說大觀》第三冊，頁3101。

> 見那人：又矮又胖，袒胸露腹，頭上梳兩隻娃娃丫髻，手執一把芭
> 蕉扇，像個傻乎乎的莊稼漢，但是眉宇之間，卻有一股仙氣。呂洞
> 賓見來人非同尋常，忙迎上去說：「請問仙師尊姓大名？」那人看了
> 呂洞賓一眼，說：「我乃漢鍾離是也！」呂洞賓一聽，心裡一喜。他
> 早就聽說，鍾離是一位劍仙，有很高的道術，飛劍能斬虎，點石即
> 成金！他手裡那把芭蕉扇，有遮月捲日、收霧行雲之功。想不到今
> 天竟能遇上這麼一位神仙，真是機會難尋呀！〔註277〕

之後鍾離權收呂洞賓為徒，教授他劍術並贈予兩把寶劍，當劍術大成時，鍾離
權又告知需找到長生木才能成仙。前往尋找長生木途中，呂洞賓遭遇山中猛虎
攔路、木橋上婦人色誘、草叢大蟒襲擊。當難關盡過後，鍾離權才現身笑稱此
三關為他所設，目的是要試驗徒弟膽量與心誠。呂洞賓通過試驗後，便在佛手
巖修道，最終羽化成為八仙之一。〔註278〕

　　「鍾、呂授受」出現於宋代，不過當時文獻對呂洞賓成道過程並無詳細記
載，元代時馬致遠、苗善時等人以唐代傳奇〈枕中記〉的情節，寫鍾離權以黃
粱夢度化呂洞賓，而苗善時又參考《神仙傳》裡「張道陵七試趙昇」的情節，
讓黃粱夢醒的呂洞賓，接受雲房以親情、財物、女色、生死、鬼神為題的五場
考驗，這使「黃粱夢」與「雲房試洞賓」常被人相提並論，如同呂洞賓尋道過
程的上下篇，明清創作者也以它們為創作材料，特別是「雲房試洞賓」一事，
常被小說家演繹擴張，如鄧志謨《飛劍記》中將五試增為七試〔註279〕，王世
貞《列仙全傳》、吳元泰《東遊記》與汪象旭《呂祖全傳》裡皆為十試，可見
呂洞賓成仙的過程在小說家的鋪陳下，愈加困難艱辛。呂洞賓所經歷的一系列
試驗與磨難，是道教「去欲淨心」以獲得內善的途徑與標準，彰顯主角向道之
心是堅不可摧。小說的盛行使「雲房試洞賓」的故事深入人心，然而七試與十
試的內容多且複雜，口傳者有時無法牢記於心，故他們傳播此故事時，減化了
考驗的次數，讓故事簡潔易懂，也使節奏更加緊湊。

　　呂洞賓在宋代傳說中就以劍術聞名，至於其劍法源於何處，歷代文獻中
有兩種記載：一為鍾離權，一為火龍真人，〈仙人洞〉故事採用前者。鍾離權

〔註277〕熊侶琴、蕭士太蒐集整理：〈仙人洞〉，收入《江西民間故事集》，頁28～29。
〔註278〕熊侶琴、蕭士太蒐集整理：〈仙人洞〉，收入《江西民間故事集》，頁28～33。
〔註279〕《飛劍記》第二回標題為〈呂純陽遇鍾離師　鍾離子五試洞賓〉，但據內容所
　　　　述實為七試。詳見【明】鄧志謨：《呂祖飛劍記》（北京：中國戲劇出版社，
　　　　1999年12月），頁9～15。

授呂洞賓劍術之說，宋王質的《雪山集・文石贊》就已記載：「世所摹寫鍾離多髯而呂衣白，且呂晚得鍾離劍訣，始能變化以飛騰。」〔註280〕元代秦志安《金蓮正宗記》內〈正陽鍾離真人〉亦稱：「（鍾離）唐文宗開成年間，因遊廬山，遇呂公洞賓，授以天遁劍法，自稱天下都散漢。」〔註281〕《安慶府志》則載：「呂嵓，字純陽，別號洞賓，天寶時人。以進士授江州德化縣令。私行廬山，遇鍾離真人，授天仙劍法。」〔註282〕至於火龍真人之說較為晚出，明代的《列仙全傳》卷六「呂巖」稱：「（呂）後遊廬山遇火龍真人，傳天頓劍法。」〔註283〕清代《江城名蹟》〔註284〕、《歷代興衰演義》〔註285〕等亦採此說，但在民間傳說中，以火龍真人授呂洞賓劍術為題材者，極為少見。

〈漢鍾離巧試呂洞賓〉也是師對徒的試驗，故事敘述鍾離權與呂洞賓師徒在外雲遊，三年來呂洞賓奉師命揹著石頭包裹卻毫無怨言。一日，鍾離權以法術將石頭變成了黃金，並欲將此法傳授給徒弟，但呂洞賓了解用術法點出的黃金五百年後會恢復成石頭，恐傷害五百年後得到黃金的人，因此不願學習。呂洞賓此舉得到了鍾離權肯定，於是帶他到廬山仙人洞修煉，數年後得道成仙。〔註286〕鍾離權授呂洞賓點金術事在宋代陳師道《後山叢談》中已記載〔註287〕，苗善時則將它置於雲房五試洞賓後，小說《醒世恆言》中〈一文錢小隙造奇冤〉及《八仙得道傳》第八十二回〈作棒喝點醒迷境，發偉論傾倒真仙〉中亦有此

〔註280〕 【宋】王質：《雪山集》，收入《景印文淵閣四庫全書》第 1149 冊，頁 442。

〔註281〕 【元】秦志安：《金蓮正宗記》，收入《中華道藏》第 47 冊，頁 31。

〔註282〕 【清】陳夢雷等人編：《古今圖書集成》第 509 冊（上海：中華書局據雍正銅活字印原本縮小影印，1934 年 10 月），頁 32。

〔註283〕 【明】王世貞輯次：《有象列仙全傳》，明萬曆時期汪雲鵬校玩虎軒刊本。

〔註284〕 【清】陳弘緒：《江城名蹟》卷三「永寧寺」條：「予考仙傳，呂岩始在繈褓，馬祖見之曰：『此兒骨性不凡，自是風塵表物，他時遇廬則居，見鐘則扣，留心記取。』後遊於廬山，始遇大龍真人，傳天遁劍法。」收入《景印文淵閣四庫全書》第 588 冊，頁 344。此段中「大龍真人」應是「火龍真人」，「大」、「火」二字型可能因型體相似導致刻版的訛誤。

〔註285〕 【清】呂撫《歷代興衰演義》第十回〈李老子釋迦氏說法談經〉：「（呂）少聰明，日記萬言，矢口成文。身長八尺二寸。遊廬山，遇火龍真人，傳天遁劍法。」（北京：北京燕山出版社，1996 年 11 月），頁 49。

〔註286〕 王永貴講述，王霖植蒐集整理：〈漢鍾離巧試呂洞賓〉收入祁連休、馮志華編：《道教傳說大觀》，頁 125～127。

〔註287〕 【宋】陳師道《後山談叢・呂翁不受鍾離乾汞為白金法》：「道者呂翁某，初遇鍾離先生權，授以乾汞為白金法，翁曰：『後複變否？』曰：『五百歲後藥力盡，則複故。』曰：『五百歲後當複誤人！』謝不受。先生驚嘆，謂有受道之質，遂授出世法。」收入《宋元筆記小說大觀》第 2 冊，頁 1626。

情節，故它也是鍾呂師徒間較著名的事蹟。這故事的出現最初可能與道教內、外丹派的修行思想差異有關。「點石成金」本屬於外煉之術，外丹派修行者認為煉丹與作金關係密切，《黃帝九鼎神丹訣》云：「作丹華成，當試以作金。金成者藥成也，金不成者藥不成。」〔註288〕、「金若成，世可度。金不成，命難固。徒自損費，何所收護（穫）也。」〔註289〕「以玄膏丸，置猛火上，須臾成黃金。又以此丹二百四十銖，合水銀百斤，火之赤即成黃金，金成者藥成也。」〔註290〕故煉石是否能成金對外派而言，是丹藥成功與否的依據之一，所以「點石成金」是外丹派重要的煉丹方法。然「黃金」是世間通用的財物，「點石成金」在望文生義的訛傳下，成了道家變化財帛的仙術。鍾、呂二人為內丹派的祖師，其所重視的並非外煉而是內修，故此故事出現於宋代時，應是反映內丹派對外煉丹藥的觀感。內丹派修行者不反對煉丹，但認為以丹藥修行是取巧的方法，即使軀體因服食產生變化，若不修煉心靈讓自身產生「質量」上的變化，那麼時間一久一切皆會復原甚至產生惡果。故事中鍾離權欲傳授點石成金法，呂洞賓因黃金最終仍會恢復成石頭而拒絕學習，即顯示內丹派「輕外重內」的修行觀，也呈現了呂洞賓不願誤人的慈悲。

（二）俠士與莊家漢

在古籍與道教神仙傳記中均稱鍾離權為將軍，因戰爭失利而入山修道成仙，但在福建所流傳著的〈鍾離岩〉則有另一種說法。〈鍾離岩〉稱鍾離權為富翁之子，曾佩劍漫遊四方，除惡懲凶，而被百姓稱為義俠。後入山經太姥點化，全家皆升天為仙，相傳他升天時留下的肉身，後來化做「鍾離岩」。〔註291〕太姥娘娘是福建著名的女神，《歷世真仙體道通鑑》曾記載她於混沌初開時就居住在太姥山上〔註292〕，這則故事結合鍾離權與福建的太姥傳說，將他塑造成武功高強、除暴安良的俠士，有以武入道的意味。〈扇面河〉將鍾離權視為八仙之中最強壯的一位，在其他仙人口渴難耐時受託尋找水源，用頭在沙灘上砸出了泉眼，離開時將手中的芭蕉扇蓋在泉眼上，使泉水沿著扇摺形成扇型的

〔註288〕【漢】佚名：《黃帝九鼎神丹訣》，收入《中華道藏》第18冊，頁78。
〔註289〕【漢】佚名：《黃帝九鼎神丹訣》，收入《中華道藏》第18冊，頁78。
〔註290〕【漢】佚名：《黃帝九鼎神丹訣》，收入《中華道藏》第18冊，頁82。
〔註291〕莊永西整理：〈鍾離岩〉，收入余航編：《八仙傳說故事集》，頁1～2。
〔註292〕【元】趙道一：《歷世真仙體道通鑑》卷四〈武夷君〉：「混沌初開，有神曰聖姥，母子二人居占此山，秦時人號為聖姥，眾仙立為太姥聖母，今人祝廟呼大元夫人是也。」收入《中華道藏》47冊，頁253。

河流。〔註293〕故事裡稱鍾離權個性率直，是個具有九牛二虎之力的大梆子頭，而上述〈仙人洞〉故事中則說他又矮又胖，像個「傻乎乎的莊稼漢」，可見在八仙故事中，鍾離權多是以憨厚壯實的形象出現。

八、藍采和故事

在民間故事中以藍采和為重要角色的故事不多，目前所見有：〈藍采和幫老叟賣柴〉、〈藍采和酒店贈金〉、〈藍采和金殿上壽〉、〈行醫成仙〉、〈韓湘子造八甲石橋〉、〈美人石〉、〈撒尿收妖〉、〈藍采和與浮山〉等。藍采和為八仙中古今形象差異最大的一位。古籍所載藍采和是位成年乞丐，但在現今八仙圖中，他卻是個提籃童子，這兩種全然不同的形象也影響到民間對藍采和的塑造。

（一）拍板行歌的乞者（道人）

藍采和最早出現在五代《續仙傳》時，就是位「破衫、跣足、拍板行歌」但又不畏寒暑、容貌不變的神奇乞丐，之後歷代的小說與道教仙傳多承《續仙傳》中對藍采和敘述，直至《八仙得道傳》中才有著較大的改變。在民間傳說中，藍采和的最初行歌遊乞形象有時仍保留，如在〈藍采和幫老叟賣柴〉中，他化身為打著竹板行乞者，以歌向善良的賣柴老翁諭示：「賣柴之人你老叟，要賣柴火往南走，准賣銅錢一百文，兩個饅頭一壺酒。」老翁不信，認為自己的玉米骨頭能賣到八十文就謝天謝地了，更何況能有一百文與點心呢？乞者與其打賭，後來老翁果然賣柴得百文錢與點心，再遇乞者時欲向他道謝時，乞者才自言自己是藍采和，謝絕老翁禮物而升天。〔註294〕故事中的賣柴老翁，因心善送乞者餅子，而得到藍采和的預言，並因此獲利，此內容可歸為 AT750「施者有福」型故事〔註295〕，不過其中賣柴得錢與點心的情節，則是借鏡於《封神榜》第十六回〈子牙火燒琵琶精〉中姜子牙為劉乾卜卦一事。〔註296〕

〔註293〕陳連生蒐集整理：〈扇面河〉，收入陳慶浩、王秋桂主編：《河北民間故事集》，頁82～84。

〔註294〕白泉搜集整理：〈藍采和幫老叟賣柴〉，收入祁連休、馮志華編：《道教傳說大觀》，頁184～187。

〔註295〕AT750「施者有福」型故事，金榮華解釋：「神仙對不吝所有而幫助別人者作了獎賞，對慳吝貪婪者作了懲罰。」見金榮華：《民間故事類型索引（上）》，頁275。

〔註296〕《封神記》中姜子牙曾在朝歌為樵夫劉乾算命言：「一直往南走，柳陰一老叟。青蚨一百二十文，四個點心兩碗酒。」之後果然應驗。詳見【明】許仲琳：《封神演義》（南京：江蘇古籍出版社，1991年12月），頁130～131。

〈藍采和酒店贈金〉則說藍采和為天上的赤腳大仙，大雪天裡光腳破衫，提著花籃在酒店門口傻笑，酒店老闆不捨他挨餓受凍，供應以吃喝，他卻在酒店門口便溺，然而這些穢物卻在隔天早上變成了黃金，黃金下有一張紙條署名藍采和，才知道昨晚遇到了神仙考驗。〔註297〕江蘇所流傳的〈美人石〉中有個擅長音樂的年輕後生，被音調清晰、格調非凡的雲板聲所迷，尋聲而去，才發現是位衣衫不整，手捏雲板的行走道人，這個道人就是八仙中的藍采和。〔註298〕

　　道教本有遊乞的習俗，〔註299〕他們因訪名師、遊道觀或四處宣傳佈道而需雲遊在外時，常行乞途中，故他們會以清貧落拓的乞丐形象，或直接以乞丐的面目出現在世人之前，在《太平廣記》就記載成都酒肆有位異人，手持二竹節相擊，以唱歌應和，乞丐於人，所唱歌之詞旨皆合道意，有著被焚後又復生的神蹟，儼然也是位神仙道士。〔註300〕將乞丐、道士、神仙三種形象合而為一的仙人在筆記小說中並不少見，八仙眾人都曾化身乞丐遊世，但以乞丐為原始形象者只有藍采和，所以這位時會拍板行歌驚醒世人，時又舉止隨興似狂非狂的仙人，成了乞丐道士神仙化的代表人物，並以這種形象出現在民間傳說中。

（二）提籃童子

　　在今日所見八仙圖中，藍采和是位提籃童子，不過此形象在民間故事中卻很少出現，目前所知唯一有關者是〈行醫成仙〉，內容敘述藍采和：

> 他有顆金不換的好心眼兒，還有顆撞倒山的實心眼兒，更有顆問不夠的靈通心眼兒，獨沒有連狗也不吃的壞心眼兒。你猜他手中提的那花籃，是做什麼用的？盛花？不對。是盛治百病的草根草藥的。
>
> 〔註301〕

藍采和在故事中以少年身分出現，父母雙亡後四處採藥行醫，某日採藥途中遇

〔註297〕龐富岩講述，唐政宗搜集整理：〈藍采和酒店贈金〉，收入余航編：《八仙傳說故事集》，頁124～126。
〔註298〕吉維明搜集整理：〈美人石〉，收入陳慶浩、王秋桂主編：《江蘇民間故事集》，頁66～68。
〔註299〕岑大利：《中國乞丐史》（臺北：文津出版社有限公司，1992年10月），頁264。
〔註300〕【宋】李昉：《太平廣記·異人五·擊竹子》，頁550。
〔註301〕周恩惠蒐集整理：〈行醫成仙〉，收入鄭土有、陳曉勤編：《中國仙話》，頁554。

鐵拐李，鐵拐李設下難題與難關考驗他，最後在曹國舅與何仙姑的協助下完成試驗，服用仙酒而白日升天，他的藥籃就是今日手中的花籃。〔註302〕

　　八仙師承於文獻中多種說法，但只有元雜劇《漢鍾離度脫藍采和》明確說明兩人的關係，然在〈行醫成仙〉中，度藍采和的三仙並無鍾離權，故此故事應是人們借花籃少年的形象為藍采和所編造。藍采和從成年男子轉變成少年之因前文已敘述〔註303〕，至於花籃，在元、明戲曲中，是韓湘子的穿關，藍采和則手持拍板。可能「藍」與「籃」、「和」與「禾」同音，因韓湘子取代了持笛的張四郎，所以花籃就變成藍采和的法器了。〔註304〕民間故事以藍采和花籃為重要情節者尚有〈藍采和金殿上壽〉，講述采和見皇帝壽誕前往皇宮獻禮，並展奇術幻化出數位美女，並要求皇帝將花籃裝滿銀子為聘禮，但耗盡國家大半個金庫仍裝不滿花籃，最後花籃、美女與仙人皆在皇帝面前消失了。〔註305〕相同的情節在〈韓湘子戲皇帝〉中也曾出現，只不過獻禮者是韓湘子。〔註306〕〈藍采和金殿上壽〉與〈韓湘子戲皇帝〉皆出現在河南，內容發展幾乎完全相同，推測可能是故事中的仙人藉由花籃展現神通，而花籃前後分別為韓湘子、藍采和的法器，口傳者敘述故事時以自己對八仙的印象，自行為花籃搭配主人，導致故事情節相同但主角不同的情況。

九、曹國舅故事

　　曹國舅在八仙中的影響力不如其他七人深，民間以他為主角的故事數量更是有限，目前所見有：〈曹國舅散財成仙〉、〈曹國舅悔罪升天〉、〈鐵拐李三激曹國舅〉、〈呂祖化度曹國舅〉、〈學仙〉、〈曹國舅治服佟善人〉、〈牙子三塊板〉、〈吉板為啥減掉一塊〉、〈曹國舅的陰陽版〉、〈曹國舅嚼草根〉、〈曹國舅戲耍綢緞商〉、〈曹國舅制服佟善人〉等。這些故事中前五則以曹國舅修道成

〔註302〕周恩惠蒐集整理：〈行醫成仙〉，收入鄭土有、陳曉勤編：《中國仙話》，頁554～556。
〔註303〕詳見本文第二章第四節。
〔註304〕詳見林保淳：〈八仙法器異說考〉收入《紀念婁子匡先生百歲冥誕之民俗學國際學術研討會論文集》（臺北：萬卷樓圖書股份有限公司，2015年1月），頁398～402。
〔註305〕賀良生講述，丁嘉寶採錄：〈藍采和金殿上壽〉，收入《中國民間故事集成·河南卷》，頁197～198。
〔註306〕張鳳慧蒐集整理：〈韓湘子戲皇帝〉，收入余航編：《八仙傳說故事集》，頁127～129。

仙為題材，至於〈牙子三塊板〉、〈吉板為啥減掉一塊〉、〈曹國舅的陰陽版〉、〈曹國舅戲耍綢緞商〉則是敘述因法器所衍生的習俗。

（一）修道成仙題材

仙傳小說一般都認為曹國舅是宋仁宗曹皇后之弟，各地民間故事也沿用此說，因此曹國舅的身世是八仙民間故事中變動最小。如山西〈呂仙渡化曹國舅〉敘述曹國舅前往終南山修道途中，因缺錢渡河而將皇帝御賜的金牌拿出付帳，嚇壞了船主與其他船客，經呂洞賓喝斥而將金牌丟入河中，繼續前往終南山。途中經歷了風吹日曬、分無分文、來使迎接等試驗，終於得到呂洞賓的認同，與之乘鶴往終南山而去。〔註307〕此內容本於苗善時的《純陽帝君神仙妙通紀》，〔註308〕傳播者針對其中呂洞賓度化曹國舅的過河的一段加以補充，虛構許多困境與誘惑來強化曹國舅捨離富貴權勢，一心向道的決心，與一般神仙試驗收徒型故事差異不大。

江蘇〈曹國舅悔罪升仙〉則是描述曹國舅與其他三個兄弟身為國舅，卻倚官仗勢無惡不作。四人見珠寶商的還魂珠心生覬覦進而殺人奪寶。此命案被揭發後，包公以還魂珠救回商人並聽他陳述冤情，派人逮捕四位國舅，最終做出：「你等謀財害命，按法當斬。幸人已救活，截寶未遂，姑免死罪」的判決。包公要求國舅們不得再為非作歹。其中大國舅悔恨不已，在二龍山出家修行幾十年，飛升成仙後成為八仙的一員。〔註309〕國舅犯罪包公判案的情節最早出現於明代，明成化年間《包龍圖斷曹國舅公案傳》詞話就是講述這個故事，其內容大致：曹二國舅垂涎張氏美色，殺害其夫袁文正與三歲小兒，大國舅為護弟而計殺張氏，後袁文正鬼魂請託包拯申冤，張氏也乘機逃出至開封府告發兩位國舅，包拯查案後逮捕國舅們並判決兩人死刑，但在仁宗的干涉下只殺了二國舅放了大國舅。大國舅經此事後，遂看破紅塵入山林修道。〔註310〕後來萬曆年間傳奇《袁文正還魂記》、明末小說《百家公案·當場判放曹國舅》與《龍圖公案·獅兒巷》情節多承詞話，雖然人物名稱與破案的過程略有不同，但最

〔註307〕 姚忠寬講述，張力收集整理：〈呂仙渡化曹國舅〉，收入余航《八仙傳說故事集》，頁41～43。

〔註308〕 【元】苗善時：《純陽帝君神化妙通紀》，收入《中華道藏》第46冊，頁458。

〔註309〕 戴鼎震搜集整理：〈曹國舅悔罪升仙〉，收入余航《八仙傳說故事集》，頁39～40。

〔註310〕 上海書店出版社編：《新刊說唱包龍圖斷曹國舅公案傳》，收入《明成化說唱詞話叢刊》第六冊，上海：上海書店，2011年7月。

終結局都是「斬殺二國舅，大國舅出家」。〔註311〕成書於清初的《歷代神仙演義》中〈回先生諸方顯化　曹國舅二祖傳經〉提及曹大國舅出家的原因則與小說、詞話不同：

> 丙申，改元嘉祐。以龍圖待制包拯，權知開封府。吏民為之語曰：「關節不到，有閻羅包老。」以其笑比黃河清。時皇后有二弟。長名景休，不親世務。弟曰景植，恃勢妄為。帝每戒飭，不俊，常不法殺人。至是，包拯按之伏罪。
>
> 景休深以為恥，遂隱跡山岩，葛巾野眼，矢志修真。一日，鍾、呂二師來，問曰：「聞子修養，所養何物？」對曰：「養道。」曰：「道何在？」景休指天。曰：「天何在？」景休指心。二師笑曰：「心即天，天即道。子親見本來矣。」遂授以還真秘旨，令其精煉。未幾道成，二師引入商山，朝謁師祖王君。山童出，曰：「季夏，種玉子於山賚諸重寶，往賭於青城也。」鍾、呂復攀追尋。〔註312〕

《歷代神仙演義》中曹國舅性格較接近《純陽帝君神仙妙通紀》中的設定，在品行與為人方面較為高潔，但這樣的國舅人情味淡薄，修道舉動是順勢為之，成仙過程也是極為順遂。相較之下，《包龍圖斷曹國舅公案傳》與《龍圖公案》中，曹國舅狂傲自私的性格與行為較接近一般人對皇親國戚的認知，且他先為貴人後為罪犯，逃過死劫而大澈大悟，遁入山林修道成仙，生死、善惡、仙凡的轉變，增加了故事的衝突性與複雜性，也給閱聽者帶來刺激與反思。

曹國舅弟亡出家的情節被民間故事沿用，如〈曹國舅散財成仙〉，說他見弟弟因犯罪被處刑，又於夢中受鐵拐李點化，最終散盡家財救濟貧苦，換上道袍出家修道，後來真成了仙人。〔註313〕〈學仙〉則是曹國舅因為無法制止弟弟為非作歹，一氣之下離開京城，求仙慕道去了。途中遇呂洞賓化身的船家，怒斥他以金牌展現身分，不符合修道求仙者的行為，曹國舅因此道歉並拜呂洞賓為師。呂洞賓帶他前往雙溪北邊的石洞，曹國舅在洞中修練了八十一年後成仙，而這個石洞就被稱為曹仙洞。〔註314〕

〔註311〕詳見第三章第二節。
〔註312〕【明】徐道撰，周晶等點校：《歷代神仙演義（下）》卷十八第九節〈回先生諸方顯化　曹國舅二祖傳經〉，頁 1069～1070。
〔註313〕趙衍生講述，趙子謀採錄：〈曹國舅散財成仙〉，收入《中國民間故事集成・河南卷》，頁 196。
〔註314〕劉文運講述，何標瑞整理：〈曹仙洞〉，收入鄭土有《中國仙話》，頁 589～591。

（二）法器與渡河題材

　　一般民間對於曹國舅的印象是「官服」與「持笏」，他手中的笏板也有「玉板」、「雲陽板」、「陰陽板」等稱呼。《東遊記》中曹國舅以此玉板渡河，民間傳說則以它作為登岸時的跳板，如湖北的〈牙子三塊板〉稱八仙受王母邀請前往壽筵唱戲，曹國舅以檀香雲陽板敲的雲散日出，為演出增添不少氣氛。宴席上王母以好酒招待八仙，他們因此在宴會中喝得酩酊大醉，回程時無法登船。何仙姑便提議要從曹國舅四塊雲陽板抽下一塊，作為登船的跳板，但下船時曹國舅忘了收回那塊雲陽板，自此這塊板子就成了船上的跳板，四塊雲陽板也變成了三塊，之後唱戲藝人所用的鼓板的也都是三塊板。唱戲的過河不出船錢，因為船上有一塊檀香板。〔註315〕河北有〈曹國舅戲耍綢緞商〉，故事敘述曹國舅持八塊陰陽拍板乘船渡黃河，同在渡船上還有船家、紮笤帚與鋸簸箕的手藝人和綢緞商人。船家以綢緞商人貨多量重欲增加他的船資，綢緞商卻要渡河的三人平攤，曹國舅本要負擔所有人船錢，手藝人誠實與之平攤，商人狡詐不出一毛。後曹國舅以法術招來風雨，沉了全船的工具與貨物，當船擱淺時則抽出八塊陰陽拍板中的一塊作了跳板，使大家下船順利登岸。上岸後，手藝人的工具隨河水順流而下，回到他的身邊，但綢緞商的貨物卻永沉河底了，自此紮笤帚、鋸簸箕的人認曹國舅為祖師爺，並學他那只剩下七塊陰陽拍板的模樣，做成「滴答板」招攬生意。北方的碼頭也留下不收紮笤帚、鋸簸箕藝人的船錢的規矩，因為船家跳板是向曹國舅借來的，收了船錢怕手藝人抽走船上的跳板。〔註316〕

　　〈牙子三塊板〉與〈曹國舅戲耍綢緞商〉都將船上的跳板視為曹國舅法器中的一部分，由此衍生出不收某些特定職業船錢的習俗。故事中的板有四塊與八塊之別，應是不同職業所用的節奏樂器有異，如小販「叫賣」多唱念數來寶，其所用的節奏樂器稱「七塊板」或「七塊瓦」，其中包括兩塊「乍板」的大板和五片由小竹板串成的「節子板」，〔註317〕因此所附會的法寶是八塊陰陽板。而戲曲鼓師演奏用的板則稱「檀板」或「快板」，是由三塊束

〔註315〕張先登講述，閆俊蒐集整理：〈牙子三塊板〉，收入俞航《八仙傳說故事集》，頁 72～73。

〔註316〕孟衍蒐集整理：〈曹國舅戲耍綢緞商〉，收入俞航《八仙傳說故事集》，頁 232～234。

〔註317〕王友蘭、王友梅：《弦鼓唱千秋舌間畫人生：臺北市說唱藝術發展史》（臺北：臺北市政府文化局 2012 年 9 月），頁 39。

腰形條狀的底板、中板、蓋板組合，〔註318〕所以相關故事中出現的是四塊檀香雲陽板。

　　相對於七仙，曹國舅故事除了成仙與法器故事外，並無相當顯明的特徵，流傳度也不如其他七仙，這或許是與曹國舅傳說為八仙中最晚出有關。一般道教的神仙，大多先在傳說、戲曲或小說等中出現，獲得人民承認與信仰後，才被道教吸收成為神仙譜系中的一員。少部分則是先被道教列為神仙，先有了身分與位置後，民間才開始傳播相關故事，加深民眾對他的認同。〔註319〕曹國舅屬於後者，所以他的故事與仙傳小說中所描述差異不大，濟世救人的傳說也和一般神仙傳說雷同，較無自己的特色。

第三節　八仙風物傳說

　　「風物傳說」是民間故事中相當重要的一類，鍾敬文〈《浙江風物傳說》序〉中說：「所謂『風物傳說』主要是指那些跟當地自然物（從山川、岩洞到各種特殊的動、植物）和人工物（廟宇、樓臺、街道、墳墓、碑碣等）有關的傳說。自然，這些事物，是不免要有各種人的關係乃至於跟妖怪等的關係。他們也當然要出現在故事中。」〔註320〕也就是說「風物傳說」會出現各種人物，但其主要目的是解釋山川古跡、花鳥蟲魚、地方特產、風俗習慣之由來。鄭土有曾說：「在漢語語言體系中，『仙』字是頗具魅力的。如人們稱治病良藥為仙丹，將容貌姣好的姑娘喻為仙女，把美味可口的果品呼為仙果。以仙命名的生活用品、山川地名、動植物更是不可勝數。」〔註321〕可見人們偏好以神仙傳說解釋、命名各種事物，這種揉合宗教信仰、民間風俗與集體意識產生的作品，多了幾分親切與浪漫。民眾心中八仙愛遊歷人間，又有濟世救人、消災滅禍之能，故風物傳說常附會八仙，兩者間的關係就如同呂洪年所說：「這些傳說故事使各地風物帶上一種神奇色彩，而同時又由於這些風物的存在，使八仙的傳

〔註318〕黃鈞、徐希博主編：《京劇文化詞典》（上海：漢語大詞典出版社，2001年12月），頁185。

〔註319〕詳見趙杏根：《八仙故事源流考》（北京：宗教文化出版社，2002年11月），頁170。

〔註320〕鍾敬文：〈《浙江風物傳說》序〉，收入《鍾敬文文集‧民間文藝學卷》（合肥：安徽教育出版社，2002年12月），頁530。

〔註321〕鄭土有：《曉望洞天福地──中國的神仙和神仙信仰》（西安：陝西人民出版社，1991年9月），頁1。

說流傳得更為久遠。」〔註322〕以下將八仙相關傳說以「人、跡化石」、「留物成景」與「濟世渡人」三部分論析。

一、人、跡化石

桂林灕江右岸有八個山頭，形似八仙而被稱為「八仙過江」，傳說是八仙來此，見當地山水奇秀，勝過仙界風光，故自願放棄神仙身分，化為山峰永留於此。中國十大元帥之一的陳毅曾賦詩云：「願做桂林人，不願做神仙。」就是以此傳說為依據，讚嘆桂林山水之美。〔註323〕同樣因美景讓八仙讚嘆而滯留凡間者，還有安徽的〈仙人石〉，故事敘述八仙渡海後，在「吳塘曉渡」處上岸駕雲升天，但在隊伍末位的何仙姑被天柱山美景所惑，產生不捨之情，心中掙扎著：

> 上天去，還是留下來？她停住了腳步，低著頭在想。最後，想來想去，還是留了下來。這樣，她便一直在崖邊站著，站著，終於變成了一塊俊美多情的仙人石。〔註324〕

人化成山、石的傳說是中國民間故事的一個主題，有貞婦化石、情侶化石等，〔註325〕這類故事雖與忠貞、情愛、離別有關，但它們都以「化石」來代表執著與永恆。神仙捨棄了煩惱情慾，超脫物外，當不執著於兒女私情的他們卻被凡間風景所吸引進而化成山、石長留當地，則凸顯此地山水更勝仙境，讓當地的風景添了許多神祕與浪漫。

除了「仙人化石」外，有些地方以仙人留下的痕跡命名。廣東白堤鎮有座名為「石仙崗」的山麓，清嘉慶《三水縣誌》載：「其上有仙人足跡。」當地鄉人傳說此仙人為呂洞賓。〔註326〕浙江蘭溪有八仙崗，此崗本名紅石岡，傳說八仙中的鐵拐李遊歷至此，見當地紅石潔淨，便在崗頂席地而坐，用鐵拐劃出個大棋盤，叫來曹國舅等人走棋。走棋時，呂洞賓耍詐，鐵拐李怒舉拐杖追打，呂洞賓奔逃，至今現在崗上還有八仙當時所留下的棋盤、臀印、足印等，

〔註322〕呂洪年選編：《八仙的傳說》，頁 12。

〔註323〕山曼：《八仙信仰》，頁 120。

〔註324〕徐定元講述，方君默搜集整理：〈仙人石〉，收入《安徽民間故事集》，頁 101～102。

〔註325〕在祁連休《中國古代民間故事類型研究》有「望夫石型」故事，所收錄者多講述貞婦登山望夫，乃化為石，屹立山間。頁 392～394。

〔註326〕廣東省佛山市地名志編委員會：《廣東省佛山市地名志》（廣州：廣東科技出版社，1991 年 6 月），頁 222。

紅石岡也因此改名為八仙崗。〔註327〕湖南省沅江縣有「大仙石跡」，當地縣誌載：「明月灣山坡下有青石一塊，縱橫八九尺。相傳鐵拐李曾裸坐於此，股痕足跡，至今宛然。」〔註328〕沅水流域有一個「腳板崖」，據傳是張果老放木排時，一隻腳蹬在岸邊的山崖，山崖上便留下了他的腳印。恆山上果老嶺的石徑上，有數行形似驢蹄印的小圓坑，據說是張果老的小白驢所留下的。〔註329〕浙江天臺山有名景「瓊臺月夜」，附近的桐柏山與萬年山各有一個腳印，是呂洞賓為鐵拐李摘仙桃時所留下。〔註330〕

　　呂洞賓腳印傳說，也出現在臺東「三仙臺」、臺北「仙跡岩」與澎湖的「望安和花嶼」。「三仙臺」是由離岸小島和珊瑚礁海岸構成的特殊景觀，當地流傳：「當年八仙過海，風流呂洞賓與何仙姑在島上幽會，李鐵拐在一旁偷窺，因此三塊巨石上留下清晰可見的三雙足印以及合歡洞，故名三仙臺。」〔註331〕「仙跡岩」座落於臺北景美與木柵之間，「仙跡」一詞的來源，據臺北市政府於山上涼亭所立牌示〈仙跡岩傳說之二〉載：「相傳八仙之一的呂洞賓，於仙界欲追求何仙姑，一個不留神，卻被仙姑推下凡界，第一個落腳的地方就是今天公館的蟾蜍山，因不滿其地理位置，便跨出一步來到景美仙跡岩，而今仙跡岩上的足印即是當年呂洞賓所留下的足跡。」仙跡岩腳印由來在當地還採錄到另一個說法，稱妖怪在公館蟾蜍山吃人，呂洞賓見狀欲為民除害，便站在仙跡岩上將蟾蜍吊起，石上的「三寸」腳印就是他站立的地方。〔註332〕《澎湖民間故事》記載兩則「望安與花嶼」地形傳說，其中一

〔註327〕〈浙「八仙遺跡」為恐龍足跡〉（2019 年 10 月 9 日）。《澳門日報》，第 B3 版。

〔註328〕沅江人民政府編印：《湖南省沅江縣地名錄》（沅江：沅江人民政府，1981 年 8 月），頁 342。

〔註329〕丁師肇琴於《五嶽民間傳說之研究》中曾對恆山果老嶺故事做一整理，發現果老嶺驢蹄印的傳說有〈果老嶺的驢蹄印〉、〈虎風口和懸根松〉、〈張果老得寶〉三則，可惜的是張果老的腳印與小白驢的蹄印至今不得見，因為它們在修路的時候被壓在馬路下了。詳見丁肇琴：《五嶽民間傳說之研究》（臺北：國家出版社，2005 年 2 月），頁 405～409。

〔註330〕俞航：《八仙傳說故事集》，頁 17～19。

〔註331〕陳錦昌：《圖解魔幻八仙》（臺北：遠流出版事業股份有限公司，2005 年 11 月），頁 198。

〔註332〕李德治講述，李思穎採錄：〈仙蹟岩腳印傳說〉，詳見本章附錄一。仙人除害之說，亦見於仙跡岩涼亭牌示〈仙跡岩傳說之一〉：「傳說五百年前的某一天，劉海仙翁雲遊到景美地方，遙望北方山巔，妖氣沖天，仔細察見一隻大蟾蜍正在為害人畜，仙翁決心收妖。便利用魚竿釣魚的方法，誘引怪物上鉤，但

則載：「澎湖本來是蓬萊仙島，呂洞賓常在冬天駕著北風來玩，有一次，他想把各個島全部連接起來，所以用扁擔把遠處的島嶼擔起，可是有人不要他把南邊的七美和望安連接，就用炸藥去炸他。他用力一跳，把望安和花嶼兩個島撐開了，一個跑西，一個跑東，到現在兩座島上還有仙人留下的兩個腳印，一個左腳，一個右腳。」〔註333〕

《史記・周本紀》載：「姜原出野，見巨人跡，心忻然說，欲踐之，踐之而身動如孕者。」〔註334〕王符《潛夫論》云：「大人跡出雷澤，華胥履之生伏羲。」〔註335〕其中「巨人跡」、「大人跡」都是自然界經侵蝕作用而形成，古人不明這些巨型足跡的來源而將它們神化，再與英雄崇拜結合，故出現「履跡生子」的感生神話。隨著宗教的發展與變遷，神仙信仰取代了英雄崇拜，因此人們以仙人事蹟解釋這些石痕、石印由來，凸顯它們的不凡與神異。由於八仙是神仙中最喜歡下凡遊歷者，經由人們附會，這些特殊形狀的石跡就成了他們所留下的。

二、留物成景

「留物成景」指神仙留下的寶物或法器變成山、石等特殊景觀，是名勝傳說常見的一種。雁蕩龍西附近有兩座奇峰，一座像裝滿果子的筐籃稱為「仙岩」，另一座山則型似拐杖名為「仙杖峰」，此兩座奇峰傳說是鐵拐李遊雁蕩山時所留下來的果籃與拐杖。〔註336〕桂林岩洞裡常有鐘乳石所凝結成的各種物像，其中在七星岩洞岩壁上有一把扇面烏黑的「無把葵扇」，當地傳說很

　　　　用力過猛，雙腳竟硬生生的陷入石內，才將身子穩住。怪物既除，仙人大笑離去，遂留下岩石上的足跡供後人瞻仰，而北方的那座山，後來就被習稱為蟾蜍山。」故事內容與李德治講述〈仙蹟岩腳印傳說〉幾同，不過吊蟾蜍的仙人從劉海便成了呂洞賓。劉海在明代王世貞的《列仙全傳》中，取代張果老成為八仙之一，民間亦有劉海以金錢吊蟾蜍的說法，仙跡岩劉海除妖的傳說可能因此而來。同為傳說中的八仙，呂洞賓較劉海更為人所知，故在傳播的過程中，除妖仙人就成了呂洞賓了。

〔註333〕金榮華：《澎湖民間故事》（臺北：中國口傳文學學會，2000年10月），頁84。
〔註334〕【漢】司馬遷撰，【宋】裴駰集解，【唐】司馬貞索隱，【唐】張守節正義：《史記》（北京：中華書局，2000年1月），頁81。
〔註335〕【漢】王符著，汪繼培箋，彭鐸校正：《潛夫論箋校正》（北京：中華書局，1985年9月），頁384。
〔註336〕楊聲富講述，劉瑞坤搜集整理：〈龍西仙蹤〉，收入余航《八仙傳說故事集》，頁106～107。

久以前，鍾離權自南海赴宴回來，因值秋老虎時節，天氣炎熱，在廣州買了把葵扇一路搧到桂林，把扇子把都搧斷了。他到了桂林後前往七星岩洞賞景，洞內涼爽，斷把扇失去了用處，鍾離權便將它甩到石壁上，變成了石頭。〔註337〕武夷山有酒罈峰，據說是鐵拐李因喝不到美酒，一氣之下打落了釀酒大仙手中的酒罈，酒罈滾落人間武夷山五曲南岸的山中化為奇峰。不知來歷者，見此山矗天兀立，故稱它為天柱峰；知道它來歷者，都稱他為酒罈峰。〔註338〕連江定海有一玲瓏奇巧的礁嶼，高一丈餘，形似葫蘆，人稱「葫蘆瓶」，相傳是鐵拐李成仙後路經此地，適逢東海龍王興風作浪，定海成水漲三丈，鐵拐李就將隨身的酒壺拋入定海灣，鎮住了海龍王後所留下。〔註339〕遼寧錦西海邊有座葫蘆島，據傳是鐵拐李與當地有賽神仙之稱的莊稼人比試，輸掉了肩上的寶葫蘆，賽神仙將到手的寶葫蘆往海裡扔，葫蘆碰到海水變成了島嶼。葫蘆島出現後，八仙過海就改從筆架山登陸，怕再次遇到賽神仙，將法寶全輸在那兒。〔註340〕因八仙葫蘆而命名者，還有臺灣臺中的「葫蘆墩」。葫蘆墩即今日的豐原，當地有一個小墩和一個大墩，像極了葫蘆而命名。然居民卻認為這個葫蘆並不普通，是八仙中張果老將火葫蘆遺落在此，變成了葫蘆寶穴。〔註341〕

在民間對八仙認知中，葫蘆一般被視為是鐵拐李的法器，暗八仙中的葫蘆也多被認為是鐵拐李的象徵，民間更流傳著「鐵拐李葫蘆——不知賣的什麼藥」的歇後語。然而，寶葫蘆為神話的母題之一，它的創造與傳承和道教關係密切，《史記》中有齊、燕諸侯與秦始皇派人出海尋蓬萊、方丈、瀛洲三神山求藥之事，此三神山到《列子・湯問篇》和王嘉《拾遺記》中則被稱為「蓬壺」、「方壺」、「瀛壺」，而「壺」則是「葫蘆」另名，「蓬壺」、「方壺」、「瀛壺」意味著三島呈葫蘆形。〔註342〕《後漢書・費長房傳》中，費長房遇懸掛葫蘆的

〔註337〕劉英蒐集整理：〈無把葵扇〉，收入鄭土有《中國仙話》，頁454。
〔註338〕徐貫行蒐集整理：〈酒罈峰〉，收入《福建民間故事集》，頁24～30。
〔註339〕盧榮壽：《八仙》，頁121。
〔註340〕中國民間文學集成全國編輯委員會：《中國民間故事集成・遼寧卷》（北京：中國ISBN中心出版，1994年9月），頁291。頁291～292。
〔註341〕詳見陳景昌：《圖解魔幻八仙》，頁196。
〔註342〕《列子・湯問篇》：「渤海之東，不知其幾億萬里，有大壑焉，實惟無底之谷，其下無底，名曰『歸墟』。八紘九野之水，天漢之流，莫不注之，而無增無減焉。其中有五山焉，一曰岱輿，二曰員嶠，三曰方壺，四曰瀛洲，五曰蓬萊。」其中的「方壺」就是「方丈」。王嘉《拾遺記・卷一・高辛》：「三壺，則海中

賣藥的老翁，自稱仙人的他教授費長房醫術，長房行醫時把葫蘆背在身上以紀念老翁。由上述可知，葫蘆與仙境、仙人、治病產生了連結。又葫蘆在古代常用來盛酒裝藥，酒、藥是傳說中仙人、道士隨身攜帶之物，道教故事裡許多神仙、道人都攜帶葫蘆。八仙中，鐵拐李在金代磚雕上背揹葫蘆，元代雜劇徐神翁以葫蘆為法器，到了明代小說、戲曲中，鐵拐李、呂洞賓與張果老也曾攜帶或使用葫蘆，如《東遊記》的〈八仙東遊過海〉中呂洞賓以葫蘆渡海與燒海〔註343〕，〈洞賓二敗太子〉〔註344〕與〈八仙火燒東洋〉〔註345〕兩回有呂洞賓與鐵拐李以葫蘆為法寶燒海的情節。明代戲曲《爭玉板八仙過滄海》中張果老以葫蘆為穿關，對此林保淳教授認為張果老與葫蘆的關係，可推至鄭處誨《明皇雜錄》中：「善於胎息，累日不食，食時但盡美酒與三黃丸。」《爭玉板八仙過滄海》中的葫蘆，想來即將「美酒與三黃丸」捏合為一。〔註346〕民間傳說也有張果老與葫蘆的故事，如吉林〈酒館掛胡蘆酒幌的來歷〉就是敘述張果老來到醉仙居喝了「醉八仙」，留下了腰間的酒葫蘆抵債，被老闆掛在高掛在大門口等失主認領，被人認出而招來眾多酒客，之後掛起了腰葫蘆做酒幌的店家變多了。〔註347〕湖北〈古老廟〉則說：「張果老下牛扶起挖藥老漢，取出

<hr />

三山也。一曰方壺，則方丈也；二曰蓬壺，則蓬萊也；三曰瀛壺，則瀛洲也。形如壺器。此三山上廣、中狹、下方，皆如工製，猶華山之似削成。」見【戰國】列禦寇，楊伯峻：《列子集釋》（北京：中華書局，1985年3月），頁151～152。【晉】王嘉撰，【梁】蕭綺錄，齊治平校注：《拾遺記》（古小說叢刊本）（北京：中華書局，1988年2月），頁20。

〔註343〕 【明】吳元泰《新刊八仙出處東遊記·八仙東遊過海》：「鐵拐即以拐杖投水中，自立其上，乘風逐浪而渡。鍾離以拂投水中而渡。果老以紙驢投水中而渡。洞賓以葫蘆投水中而渡。湘子以花籃投水中而渡。仙姑以竹罩投水中而渡。國舅以犀帶投水中而渡。……洞賓乃把火葫蘆放入海中，須臾變出千百個葫蘆，燒的水面皆紅，海中鼎沸。……左右送采和上岸，正過洞賓，略言被擒之故。洞賓收了葫蘆，與采和同見仙友商議去了。」收入《明清善本小說叢刊初編·第四輯》（臺北：天一出版社，1985年7月），頁192～193。

〔註344〕 【明】吳元泰《新刊八仙出處東遊記·洞賓二敗太子》：「鐵拐曰：『水族小妖，何得如此無禮？眾友不必用力，只憑我這葫蘆，燒乾其海取之，不愁不得玉板也。』」頁197。

〔註345〕 【明】吳元泰《新刊八仙出處東遊記·八仙火燒東洋》：「龍王奔入海中，鐵拐、洞賓放出葫蘆之火，燒乾海水，煙焰騰天。」頁203。

〔註346〕 林保淳：〈八仙法器異說考〉，收入《紀念婁子匡先生百歲冥誕之民俗學國際學術研討會論文集》，頁395。

〔註347〕 王希杰蒐集整理〈酒館掛胡蘆酒幌的來歷〉，收入《吉林民間故事集·壹》，頁141～142。

葫蘆筒，倒出幾滴甘露給挖藥老漢，他當時氣一轉，就醒了過來。」〔註348〕民間八仙人物造型中，也有張果老攜帶腰葫蘆造型，清末民間的稱葫蘆為神仙種原因也是在此。〔註349〕

　　因為民間認為葫蘆為鐵拐李的法寶，因此葫蘆化為山、石的傳說多與他有關，但由《爭玉板八仙過滄海》、《東遊記》、〈酒館掛胡蘆酒幌的來歷〉、〈古老廟〉等敘事文學來看，知葫蘆亦能伴隨呂洞賓或張果老出現，所以豐原張果老留下葫蘆成為葫蘆寶穴傳說，並不能因葫蘆與鐵拐李關係密切而認為此說有張冠李戴之嫌。

三、遊世濟人

　　八仙故事中以遊世濟人題材最多，仙人們的事蹟與地形、建築或物產結合，成為當地風物傳說。如洞庭湖地區流傳秦始皇修長城時，搬走了老君以寶石煉成的擋水大山，導致雨季時湘、資、沅、澧四條大河與其他四條小江水匯集因而氾濫成災。鐵拐李為了拯救當地百姓，從各地背來了九個山頭擋水，但仍被洪水沖走。之後他求助於觀音菩薩，菩薩賜他一塊蓬萊大寶石，並借出淨水寶瓶。鐵拐李以淨瓶吸乾南邊四條大河、九條小江的水，再將蓬萊大石插在湖底，形成一座大山擋住南來的洪水，洞庭湖因此風平浪靜，不過之前被沖走的九座山散落在湖中，成為今日的「九龜山」。〔註350〕福建的「退秧竹」又稱為「仙人拐」，相傳鐵拐李曾以此竹為小孩治病，「退秧竹」也因此成為一味良藥。〔註351〕「孝順筍」是張果老見惡媳婦虐待婆婆，且狡言稱婆婆喜歡吃質老莖粗的筍腦，果老便拔起竹筍從新種下，讓「筍尖變老逞兒媳，腦根變嫩敬老人」，自此浙江慶元山鄉一帶就長出根嫩頂硬的「孝順筍」了。〔註352〕福州

〔註348〕朱型邀講述，萬立煌搜集整理：〈古老廟〉，收入俞航《八仙傳說故事集》，頁112。

〔註349〕《中國秘語行話詞典》：「【神仙種】shén xiān zhǒng 清末民初蔬菜行稱葫蘆。《切口・行號・蔬菜行》：『神仙種：葫蘆也。』係民間神話傳說的八仙之一張果老隨身攜帶一隻丫腰酒葫蘆。」見曲彥斌、徐素娥編著：《中國秘語行話詞典》（北京：書目文獻出版社，1994年3月），頁659。

〔註350〕童咏芹搜集整理：《七十二仙螺（洞庭湖民間故事）》（北京：中國民間文藝出版社，1983年4月），頁7～9。

〔註351〕陳錦登、吳文菟集整理：〈退秧竹〉，收入《福建民間故事集》，頁493～494。

〔註352〕姚得安蒐集整理：〈張果老倒插筍〉，收入余航《八仙傳說故事集》，頁114～116。

有熟語「渡雞口好心雞成仙」，意味著人「好心有好報」，好心的雞都能成仙，何況是人呢？「渡雞口（亦作渡圭口）」為地名，《福州市地名志》稱此處原稱土街口，該處有隻善心的公雞，能啄去過往行人腿上的爛瘡，診治即癒。此事為八仙之一的李鐵拐發現，便超度公雞成仙，攜牠雲遊各地，為患腿腳爛瘡的百姓除疾，「土街口」因此改名為「渡雞口」。〔註353〕相同的內容也被湖南人用來解釋衡陽「仙姬巷」的由來，度雞的仙人則是從鐵拐李變成何仙姑，故事最後稱衡州人將仙姑度雞那條街道改名為「仙雞巷」，但「後來又怎麼把『仙雞』改為『仙姬』，就不知道了。」〔註354〕其實「姬」與「雞」兩字同音，而前者較後者文雅且能代表「何仙姑」，當人們在口耳相傳時，將重點從「雞」轉變成「何仙姑」，巷名遂因此而轉變。

　　高雄鳳山有「半屏夕照」美景，此「半屏」位左營、楠梓交界的半屏山，山的一面像是被削去一半，這半面的石頭、樹木、花草全不見，遠遠望去，似半座大屏風，故得名「半屏山」。半屏山地形由來傳說眾多，其中之一與仙人下凡試探人心及收徒有關，如《臺灣民間故事集》中的〈半屏山〉：仙人下凡來到高雄，想找一個不貪且知足者為徒，他用扇子搧下了半座山，將山上的石塊、泥土變成了堆積成山大的餅，之後仙人便在街上叫賣：「一文錢，買一枚。兩文錢，任意拿。」消息一出，眾人都前往攤位前，花兩文錢盡情的又吃又拿。但有一位少年，卻一直用一文錢買餅，村人笑他是傻瓜，但他仍堅持付一文拿一個。仙人又用扇子一搧，大餅都消失，只剩下一個。仙人將這個大餅送給少年，稱自己為八仙之一，特來人間以此方法試心收徒，終於找到了這個知足常樂的人，所以決心收他為徒弟。之後，少年徵求父母同意後，隨著仙人修道去了。不過，那座被仙人搧到一半的山卻留了下來，兀立在高雄，警醒人們要知足不貪心。〔註355〕

〔註353〕詳見福州市地方誌編纂委員會編：《福州市地名志》（福州：海潮攝影藝術出版社，2004 年 8 月），頁 40。此故事有另一說根據《閩都別記》寫成仙後的林汝光化作乞丐來到此處，無人理會。突然一隻公雞從店家中跑出，一邊咯咯咯地叫著，一邊將林汝光小腿腳踝潰爛處輕啄乾淨。公雞的舉動令林汝光相當高興，他將這隻公雞超度上了天，而林汝光度雞處，則被后人叫作渡雞口。詳見方炳桂：《福州熟語》（福州：福建人民出版社，1999 年 3 月），頁 50～51。

〔註354〕文秀全講述，廖韵笙採錄：〈何仙姑衡州度雞〉，收入《中國民間故事集成‧湖南卷》，頁 222。

〔註355〕婁子匡蒐集整理：〈半屏山〉，收入《臺灣民間故事集》，頁 55～59。

　　在半屏山的故事中，仙人只說自己是八仙之一，並沒有道出名字，然依仙人以扇子施法的情節判斷，他應是以蒲扇為法寶的鍾離權，當地也有鍾離權賣湯圓收徒的傳說。〔註356〕而呂洞賓知名度高，故人們將此故事附會在他身上，因而有呂洞賓賣餅收徒的異文。〔註357〕「神仙賣餅（湯圓）」屬於「神仙考驗」類型，劉守華解釋：

> 「神仙考驗」是傳統民間故事中十分常見的一個類型。通常是說某個神仙為了考驗凡人，故意設計一系列難題，既可能是難以想像的艱難困苦，也可能是幾乎無法抗拒的金錢美色誘惑。故事的結局有兩種，一是此人通過考驗，於是他成了仙，或是他達到預期的目的；一是此人沒能經受住考驗，後悔莫及。有時候故事採用二元對立的手法，讓兩個凡人同時接受考驗，一人通過，一人失敗。〔註358〕

這類故事可分「主動接受」與「試探人心」兩型，前者為宗教故事中的修練故事，是自我鍛鍊與測試，如前節所述〈仙人洞〉、〈行醫成仙〉、〈曹仙洞〉等，是八仙成仙故事中見的題材；後者是凡人並不知道自己在接受考驗，只是某個神仙為了試探人心而主動下凡來考驗凡人，因而引發出一系列情節，〈半屏山〉即屬之。眾多的神仙考驗故事中，「試探人心」型較深入人心，其中的考驗雖不如「主動接受」型那麼驚心動魄、出人意料，但卻能藉由一些不起眼小事分辨人心善惡，因此更能貼近民眾的生活，人們也有更鮮明的感受。〔註359〕

　　除了地形，有名的建築如岳陽樓、黃鶴樓也與八仙有關。黃鶴樓的由來，除了辛氏紀念畫鶴仙人所建的說法外，尚有魯班為呂洞賓造樓一說。傳說呂洞賓來到武昌，被龜、蛇二山美景吸引，欲邀仙友在此建樓賞景，但七仙皆非工匠無法協助他。呂洞賓只能向魯班求助，魯班竟一夜間將樓建成，並在頂層留

〔註356〕原靜敏：〈質樸的傻趣——再尋臺灣民間故事的個中滋味質樸傻趣〉收錄一則〈賣湯圓的神仙〉，大意為：八仙中的漢鍾離到高雄左營找徒弟。揮揮扇子削山成泥，泥變湯圓，他假扮賣湯圓老頭，叫賣一個湯圓一毛錢，兩個兩毛錢，三個不用錢。村民很貪心，硬吃了三個湯圓。只有花兩毛錢買湯圓的年輕人，讓漢鍾離滿意，決定教他學習法術。見《質樸傻趣：尋找臺灣民間故事簡中滋味》（臺北：萬卷樓圖書股份有限公司，2013年11月），頁138。
〔註357〕曾老太講述，曾彥翔採錄：〈呂洞賓賣餅〉，詳見本章附錄二。
〔註358〕劉守華主編：《中國民間故事類型研究》（武漢：華中師範大學出版社，2002年10月），頁193～194。
〔註359〕劉守華主編：《中國民間故事類型研究》，頁205～206。

下一隻木製的黃鶴，呂洞賓便乘著黃鶴騰空飛進了白雲中。〔註360〕至於位在湖南省岳陽的岳陽樓，也流傳不少呂洞賓事蹟。相傳宋代，呂洞賓在岳陽留下石刻自傳，點化白鶴寺前的松樹精，以道士身分與滕子京於岳陽樓相見等。南宋有〈呂洞賓過岳陽樓〉畫，描繪呂洞賓在岳陽樓飛升上天、眾人觀看祭拜的場景，這是將呂洞賓與岳陽樓傳說圖像化，展現呂洞賓顯化岳陽樓時的盛況。元代以後，受岳陽樓傳說的影響，出現了《呂洞賓三醉岳陽樓》、《呂洞賓三度城南柳》等雜劇，小說《東遊記》、《飛劍記》也都提及呂洞賓在顯化岳陽樓一事，這些作品進一步加深呂洞賓與岳陽樓的關係。之後岳陽樓歷次重修，皆增添呂洞賓的畫像、塑像與石雕，成了民眾祭祀呂洞賓的場所，周圍更是建造「三醉亭」、「望仙閣」、「呂仙亭」等與呂洞賓相關的附屬建築。〔註361〕

　　岳陽樓素有「洞庭天下水，岳陽天下樓」之美譽，對於其創建原因與時代說法各異，唯一可確定的是宋代滕子京曾重修此樓，樓中最初的呂洞賓的畫像，據范致明《岳陽風土記》所記，是滕子京命人按呂仙真實樣貌所繪：

> 慶曆中，天章閣待制滕宗諒坐事謫守岳陽。一日，有刺謁云回巖客，子京曰：「此呂洞賓也，變易姓名爾。」召坐置酒，高談劇飲，佯若不知者，密令畫工傳其狀貌。既去，來日使人復召之，客舍主人曰：「先生夜半去矣，留書以遺子京。」子京視之默然，不知所言何事也。今岳陽樓傳本狀貌清俊，與俗本特異。〔註362〕

宋代典籍曾記載滕子京見呂洞賓一事，他命人所繪的呂洞賓像更被稱為「岳陽祖像」〔註363〕。此畫像今已不存，岳陽樓上雕像也不是滕子京所雕塑的，但岳陽樓與呂洞賓的關係仍影響著民間傳說，如〈呂洞賓三醉岳陽樓〉、〈呂洞賓幫修岳陽樓〉、〈呂洞賓再修岳陽樓〉、〈呂洞賓三訪滕子京〉、〈助建岳陽樓〉等，皆是描述呂洞賓顯化岳陽樓的故事。

　　〈呂洞賓三醉岳陽樓〉敘述揹著酒壺的窮道士與百姓們喝酒嬉鬧，太守見狀覺得有失面子，連續兩天將他們驅離岳陽樓。第三天，當太守與富戶在

〔註360〕 吳開林蒐集整理：〈黃鶴樓的由來〉，收入祁連休《道教傳說大觀》，頁604～605。

〔註361〕 梅莉：〈「三入岳陽人不識，朗吟飛過洞庭湖」——呂洞賓傳說、信仰與岳陽樓文化〉，湖北大學學報（哲學社會科學版）2017年1月第44卷第1期。

〔註362〕 【宋】范致明：《岳陽風土記》（臺北：成文出版社，1976年），頁9。

〔註363〕 【唐】呂洞賓著，石沅朋校點：《呂洞賓全集》（廣州：花城出版社，1995年11月），頁42。

岳陽樓宴會時，呂洞賓到場，並留下「朝遊北越暮蒼梧，袖裡青蛇膽氣粗。三醉岳陽人不識，朗吟飛過洞庭湖。」詩句後消失，人們才驚覺道士是呂洞賓所化。〔註364〕解釋岳陽樓上呂仙像的故事有〈呂洞賓幫修岳陽樓〉與〈呂洞賓三訪滕子京〉二則，前者寫滕子京欲重修岳陽樓，但因人力與經費而愁眉不展，一青衣蒲鞋背掛寶劍自稱回道士者到訪，願為班頭監修岳陽樓，此舉卻傷害了當地富豪利益，富豪幾次設計陷害道士，皆無功而返。岳陽樓落成那天，回道士留下了「虫二」〔註365〕牌匾與「龍門呂洞賓，幫修岳陽樓。凡人不識我，稱我回道人」的字條後化風遠去。滕子京為念他修樓之功，雕了呂仙像供於岳陽樓旁。〔註366〕後者敘述呂洞賓一訪滕子京時化身為又腥又臭的病乞丐，滕子京不但不嫌棄且將他扶入轎中，至太守府後，轎中的病丐已消失，椅子上留下了以「華州回道士」的題字扇，告誡他「體察民瘼，與民分憂」。二訪時滕子京因處理百姓中毒，忽略重病的妻子，當他因妻亡而傷心欲絕時，道人來訪，以七顆紅色藥丸讓死者復生。滕子京欲感謝道人，但其身影已消失，只拾到一把蓋有「華州二口仙」圖章的扇子。三訪於滕子京在岳陽樓喝酒時，一個氣派不凡的癲子要求同飲，太守知其為呂仙人，故令畫師為其留像，並以詩「華州呂洞賓，三訪滕子京，深感留白扇，教益如海深。」贈仙人。呂仙讚滕太守深得民心，定留名青史，後乘五色祥雲向君山飄然而去。滕子京有感呂仙教誨，請人按畫雕塑呂仙全身座像，至今仍在岳陽樓上。〔註367〕〈呂洞賓再修岳陽樓〉中岳陽樓受風暴侵襲而損壞，旅店老闆王老二以「呆道人」所贈的大木榫穩固全樓，太守認為此道人並非凡人，並以其名推測可能是呂洞賓〔註368〕，果然請王老二比對樓旁雕像，確認此道人即為呂仙。

　　浦江清先生認為，滕子京修樓後請范仲淹作記，此樓因此名揚天下，遊人甚多，又加上北宋時呂洞賓傳說盛行，名勝與傳說結合，名樓仙事因應而

〔註364〕童咏芹蒐集整理：〈呂洞賓三醉岳陽樓〉，收余航編：《八仙傳說故事集》，頁152～154。

〔註365〕「虫二」即「風月無邊」，此為呂洞賓讚賞岳陽湖波瀾壯闊，景致動人。

〔註366〕何光岳講述，遠大為採錄：〈呂洞賓幫修岳陽樓〉，收入《中國民間故事集成·湖南卷》，頁217～219。

〔註367〕童咏芹蒐集整理：〈呂洞賓三訪滕子京〉，收入《湖南民間故事集》，頁229～233。

〔註368〕呂洞賓名岩，而岩與呆在湖南方言中同音。

生。〔註369〕當呂洞賓與岳陽樓結合的故事出現並外傳他地，聽聞故事者會前往岳陽樓尋訪仙跡，使當地觀光大盛，民眾因此受惠。有鑑於此，人們不斷補充和更新相關故事，增加與傳說有關的建築，岳陽當地的呂洞賓文化因此形成。

第四節　八仙民間故事之特點

羅永麟曾說：「八仙故事是我國最流行，並為老百姓所喜聞樂見的仙話。」〔註370〕鄭土有、姜彬將仙話分為七類，其中八仙故事就自成一類，〔註371〕其在中國民間敘事作品中的地位由此可見。民間的八仙故事有些自仙傳、小說中的紀載改編而來，有些則是人民自行創作而成，然故事裡人物形象豐滿，情節參雜現實與幻想，使它們能深入人心，廣受歡迎。

一、豐滿且顯明的人物形象

《列仙傳》與《神仙傳》裡的神仙有上古人物、歷史名人，也有平民百姓，內容著重描述他們成仙的機緣或過程，其在未成仙時就有著良好的品性與堅定的信念。這樣的仙人，讓人心生嚮往卻無法產生共鳴。然民間故事中八仙，其性格與遭遇卻與一般百姓相近，如張果老會偷吃燉肉、韓湘子曾戲妻林英、藍采和父母雙亡、鍾離權仗劍遊歷、呂洞賓才高自大、何仙姑孤苦受虐、鐵拐李因貧偷竊、曹國舅仗勢欺人等，都是社會中各色人物的縮影，其經歷則呈現出人性的善念與惡欲。民間故事中八仙的身世，與仙傳、小說差異極大，因為那是民間創作者結合自己或周圍人物的遭遇融合於仙人的身上。這樣的創作，除了有消遣或抒發情感的作用外，也讓仙人的形象更加豐滿，性格鮮明許多。當讀者對這些遭遇感同身受時，就會認同並接受八仙，進而將故事傳播出去。

八仙得道後，人們並未將其視為超凡脫俗者，而是認為他們仍然保留著人性，如〈萬縣糖水壩蘿蔔〉中，張果老成仙仍記蘿蔔股救助的恩情，常將

〔註369〕浦江清：〈八仙考〉，收入吳光正《八仙文化與八仙文學的現代闡釋：二十世紀國際八仙論叢》（遼寧：黑龍江人民出版社，2006年8月），頁79。
〔註370〕羅永麟：《中國仙話研究》，（上海：上海文藝出版社，1993年5月），頁199。
〔註371〕見鄭土有、陳曉勤編：《中國仙話》，頁1～12。姜彬：《中國民間文學大辭典》（上海：上海文藝出版社，1992年6月），頁71～74。

仙鶴糞下到蘿蔔殷的地裡，讓蘿蔔更加美味。〔註372〕〈四明山氣捧藥葫蘆〉內鐵拐李因醫術比不過凡人，而將藥葫蘆捧壞。〔註373〕〈洛陽橋傳奇〉裡呂洞賓犯天條後，尋求凡人蔡襄的庇護，也會因一時玩性，破壞觀音助人的布局。〔註374〕〈碧蓮洞〉中八仙無聊而比賽寫詩，因喬不攏下筆位置而七嘴八舌的爭吵。〔註375〕成仙是道教修行的最終目的，修行過程則是心性的煉養，達到物不著、情不累境界，仙人需捨離人性中攀緣愛念、憂愁思慮等影響成道的牽累與障礙才能長生不死，這使早期仙話中的仙人，雖有救人、度世之舉，然其瀟灑脫塵、不問世事的出世形象，讓民眾無法親近。而八仙故事中仙人們如同希臘的神祇，擁有凡人的七情六慾，彼此間會爭勝、鬥氣、吵嘴甚至大打出手，但也會互相合作，抵禦外敵。希臘眾神雖情感豐富，但他們仍是站在高處俯視塵世，甚至任意懲罰人類，但是八仙卻不同。八仙對凡人抱持著憐惜與同情，他們積極入世，斬妖除魔、懲奸罰惡，更會用自身智慧來協助、點化世人。特別的是，這些神仙雖有無上神通，但有困難時仍會低頭求助於凡夫俗子，浪跡紅塵之際，也多以平等態度對待萬物。因八仙人性化的個性與樂於助人的態度，故當他們偶有任性、縱慾或闖禍時，人們能夠理解並寬容對待。

二、兼具現實與幻想的故事情節

「興利除害，賜福消災」的濟世題材是神仙故事共有的特色，主要講述仙人在凡間種種救助百姓的舉動，其中行醫贈藥是最常見的，八仙故事中如〈鐵拐李開藥方〉〔註376〕〈落馬橋〉〔註377〕、〈曹國舅嚼草根〉〔註378〕、〈韓湘

〔註372〕鄭伯俠、蕭金蒐集整理：〈萬縣糖水壩蘿蔔〉，收入《四川民間故事集》，頁90～93。

〔註373〕王劍光、金戈搜集整理：〈四明山氣捧藥葫蘆〉，收入鄭土有《中國仙話》，頁546～547。

〔註374〕林漢三蒐集整理：〈洛陽橋傳奇〉，收入《福建民間故事集》，頁79～84。

〔註375〕李肇隆、郭金良蒐集整理：〈碧蓮洞〉，收入《廣西民間故事集（一）》，頁120～124。

〔註376〕白泉蒐集整理：〈鐵拐李開藥方〉，收入祁連休《道教傳說大觀》，頁112～114。

〔註377〕王傳禹講述，周榮初、曹志天蒐集整理：〈落馬橋〉，收入余航《八仙傳說故事集》，頁209～211。

〔註378〕施蘭貞講述，蔡斌蒐集整理：〈曹國舅嚼草根〉，收入余航《八仙傳說故事集》，頁212～214。

子燒竹〉〔註379〕等皆是。此類故事或是描寫八仙不忍百姓受疾病所苦，留下藥方或寶物於良醫處，讓病人獲得醫治；或是教人識藥、用藥的知識。在醫療不發達的時代，宗教人士借仙、佛行醫救人的故事來吸引信徒，強化信仰；即使是醫學日新月異的現代，仍有無法治癒的絕症，當病痛在現實世界中無法或無力醫治時，人們就會將擺脫病魔的願望寄託在仙、佛身上，希冀藉由他們來妙手回春、藥到病除，甚至能夠起死回生。所以神佛行醫贈藥類傳說，不曾因醫學進步而斷絕，反而是隨著新疾病出現而增加。

　　「救難除害」的情節也常見於八仙故事中，內容可分成：協助抵御非人為所造成的災害與懲治禍害百姓的勢力兩種。故事中非人力所造成的災害，有時是上天懲罰，有時則是妖怪作亂。八仙見百姓苦難，會直接或間接助人度過難關。前者如浙江〈坍東都〉，呂洞賓化身老翁賣油於東都，見葛孝子尚有良知，便要他切記見石獅吐血時定要向西北奔逃，葛孝子與鄉親依言而行，果然逃過洪水滅頂之災。〔註380〕江蘇〈沉默山陽縣、氽入無錫城〉也是類似故事，是侯孝子助鐵拐李衣食，鐵拐李告知他石獅眼睛出血之際要趕緊北逃，讓他與山陽縣民得以死裡逃生。〔註381〕〈張果老巧計救蘇杭〉中張果老雲遊四海，普救萬物生靈，見玉帝不滿人間將蘇杭與天堂媲美，命風公雨婆降大雨淹城，故以驢子渴了為藉口，喝光了花石缸裡的海水，讓風公雨婆無水淹蘇杭。〔註382〕後者如遼寧〈呂公岩與風井〉，講述呂洞賓以定風珠和網妖索，降伏了蛤蟆腦袋、蛇身子的怪物，讓當地人不再受大風之苦。〔註383〕〈鎮孽龍救弱女〉是鐵拐李以仙氣化橋，鎮住愛調戲婦女的惡龍，讓牠不得再為惡。〔註384〕〈撒尿收妖〉中蜓蚰精作賤婦女，藍采和無法收服妖怪而求助觀世音，觀世知告知蜓蚰精的弱點後，他便以尿液融化蜓蚰精，仙尿與蜓蚰的血水一起流到饅頭山腳下，肥沃了當地的耕田。〔註385〕「救

〔註379〕施蘭貞講述，蔡斌蒐集整理：〈韓湘子燒竹〉，收入余航《八仙傳說故事集》，頁215～216。
〔註380〕永隆、鄭通元蒐集整理：〈坍東都〉，收入《浙江民間故事集》，頁50～55。
〔註381〕蔣文安蒐集整理，收入《江蘇民間故事集》，頁237～241。
〔註382〕孫可才紀錄：〈張果老巧計救蘇杭〉，收入祁連休《道教傳說大觀》，頁152～154。
〔註383〕宋湛榮講述，趙忠、郭風霄搜集整理：〈呂公岩與風井〉，收入《遼寧民間故事集》，頁168～172。
〔註384〕不明講述者：〈鎮孽龍救弱女〉，收入鄭土有：《中國仙話》，頁531～532。
〔註385〕不明講述者：李秀花講述，黃素菊蒐集整理：〈撒尿收妖〉，收入鄭土有：《中

難除害」故事大部分出於幻想，但它們卻反映出民眾所面臨的生活困境，當人們無法克服困境時，就會寄望於神仙。八仙在人們心中是熱情且心善的，因此在傳說中他們常擔任解決困境者，其施展神通降妖除災，不但能增加傳說的精采度，也能讓人們從中得到慰藉和滿足，達到安定情緒、穩定社會的作用。

　　「善惡有報」是神仙故事的重要思想，在這類故事中，八仙化身成各式各樣的人物，觀察世情，試驗人心，再給予適當的獎懲。孝順、慈愛是八仙重視的美德，在〈鐵拐李與孝女阿秀〉中鐵拐李因阿秀的孝順、仁慈與善良，降下大雨，讓三百年前臺灣中部的大旱災得以結束。〔註386〕〈後老婆針〉中呂洞賓察覺後母殺死了繼子，以驗屍的方式揭發後母惡行，之後又救活死去的孩子，也將後母變成長滿針的草，讓她在路邊接受千人踏萬人踩的懲罰。〔註387〕抑富懲貪的情節也常出現，如〈擔石澄溪〉敘述呂洞賓戲耍不孝且貪心的後生，使他一次次進山坳裡挑石頭倒入溪中，溪水也因石頭過濾而澄淨。〔註388〕〈水淹木排田〉中鐵拐李化身乞丐，告誡賴財主為人不要太絕情，積德才能保金銀，但賴財主卻因自家木排田不受旱澇影響而對他置之不理，鐵拐李發怒，讓大風吹走了賴家金銀，大水淹沒了木排田，賴財主因此由富轉貧。〔註389〕〈王大橋〉裡張果老得知柴百萬欺壓窮人，貪得無厭，便下凡化作攜帶百萬金錢的商人，並在驢背的褡褳中裝著一座金山、一座銀山。柴百萬見狀起了謀財害命之心，卻反遭驢子踢下水，沉入河底。〔註390〕「善惡有報」類故事是百姓情感積澱的產物，反映現實的世情與人心。長幼無序、貪婪縱慾、恃富欺貧等社會矛盾與衝突時有所聞，當道德與法律對這些也莫可奈何時，人們只能藉由神仙的獎懲，表達出心中的善惡與是非觀，展現各得其報的美好願望。

國仙話》，頁556～558。

〔註386〕石四維蒐集整理：〈鐵拐李與孝女阿秀〉，收入《臺灣民間故事集》，頁240～242。

〔註387〕張玉素講述，吳琦採錄：〈後老婆針〉，收入《中國民間故事集成·黑龍江卷》，頁502～503。

〔註388〕陳貴斌講述，劉餘生蒐集整理：〈擔石澄溪〉，收入《八仙傳說故事集》，頁258～259。

〔註389〕陳玉香講述，范自強蒐集整理：〈水淹木排田〉，收入《八仙傳說故事集》，頁278～279。

〔註390〕李健搜集整理：〈王大橋〉，收入《八仙傳說故事集》，頁280～282。

　　八仙與凡人互動時，最有趣的就是仙凡間的鬥智鬥勇。〈小林老薑〉中，呂洞賓不信自己用藥不如薑老頭，設計薑老頭想讓他求助自己，然偷雞不著蝕把米，反因不識薑而被薑老頭嘲笑枉為神醫。〔註391〕〈畚箕山〉寫鐵拐李為懲罰船老大奚落仙友呂洞賓，欲阻塞甌江卡斷航道，讓船老大無以維生，卻因老農夫的阻擋功敗垂成，更將左腳摔斷，成了「老爛腿」。〔註392〕〈兩擔石〉裡張果老為幫龍王堵住外海缺口，挑了石頭去填海。雙全唯恐海口被堵導致莊稼無水澆地，設計纏住張果老至天明，讓填海之事無法完成。〔註393〕仙凡相鬥的故事，一般是仙人無理在先，凡人再因事制宜，兩相較量的結果，往往是仙不如人而甘拜下風；或是捨落寶物，留下笑柄，灰頭土臉地離開。不同於其他仙話，這些故事不渲染神通異術，反凸顯仙人們驕傲自矜，甚至描繪仙人為了獲勝做出不顧凡人安危的舉動，與一般人認知的慈悲的神仙完全不同。至於故事中凡人以聰慧睿智或生活經驗，成為勝利者，展現人可勝仙（天）的思想。「凡人勝仙」的故事多出現於近代，筆記小說不見一則，可能是因為時代的變化，知識與科技日益發達，人們對仙家威力有了質疑與否定，這類故事因此逐日增加。

結語

　　八仙原有各自獨立的傳說，經道教吸收、融合與傳播，以不同的身分結合成一個仙人團體，有時會獨自入凡濟世救人，留下令人驚訝的神蹟，有時也會相聚飲宴作樂，展現仙人閒散逍遙的生活。

　　今日所見的八仙故事，數量相當可觀，其中有些可歸納成為獨有的故事類型，如「八仙過海型」、呂洞賓的「點藥解謎型」、鐵拐李的「偷竊型」、張果老的「騎驢試橋型」等。這些故事有承襲筆記與仙傳小說裡的記載者，有些則是傳播者張冠李戴，但也有民眾重新加工創造的故事，它們雖多以「得道成仙」、「濟世救人」、「興利除害」、「獎善懲惡」為主旨，但內容並未一味地說教，而是以詼諧逗趣、引人發笑的情節，潛移默化民眾的思想與心性，達到教育的目的。八仙與風物結合成為解釋性傳說，兩者相輔相成，神仙為風物增添神奇

〔註393〕陳德來、凌路蒐集整理：〈小林老薑〉，收入《浙江民間故事集》，頁169～171。
〔註392〕唐宗龍搜集整理：〈畚箕山〉，收入余航《八仙傳說故事集》，頁：299～303。
〔註393〕鍾寬宏蒐集整理：收入余航《八仙傳說故事集》，頁304～307。

浪漫的色彩，風物的存在則使傳說流傳得更加久遠。

　　民眾改造、傳播八仙故事時，除了加入幻想情節，也融入了真實的生活體驗，如八仙的生平與經歷，隨著時代也產生變化，張果老從方士轉變成窮苦人家、商人或是不務正業的混混，何仙姑則有富家女、童養媳等不同身分，鐵拐李成了小偷、藍采和自幼雙親亡故等，這樣的異於古籍的人物背景，減弱了原有的仙氣與宗教色彩，增強了他們身上的生活味與現實性。此為口傳者藉由人們熟知的神仙反映現實生活，塑造出帶有人性且能讓讀者認同的形象，一方面使人物面目更加鮮明立體，一方面也寄託了自身的理想與希望。

附表

篇　名	人　物	地　區	分　類	出　處
八仙橋	八仙	上海	風物	《集成》
九龍杯	八仙	山東	神仙	《集成》
八仙桌子	八仙	天津	風物	《集成》
寶帶橋	八仙	江蘇	風物	《全集》
劉猛將傳說	八仙	江蘇	神仙	《集成》
八仙是怎樣成仙的	八仙	河北	幻想	《集成》
妙山	八仙	浙江	風物	《全集》
跳魚潭（土家族）	八仙	湖南	神仙	《全集》
玉屏洞簫傳仙韻	八仙	貴州	風物	《集成》
洛陽橋傳說之八仙顯神通	八仙	福建	風物	《集成》
張趙二郎（異文）	八仙	福建	神仙	《集成》
告雷公（三）壯族	八仙	廣西	神仙	《全集》
八景窗	八仙	廣西	風物	《全集》
鍾靈山	八仙	廣西	風物	《全集》
碧蓮洞	八仙	廣西	風物	《全集》
望仙橋	八仙	廣東	神仙	《集成》
神醫三界（異文）	八仙	廣西	神仙	《集成》
冼夫人與八仙泉	八仙、何仙姑、冼夫人	海南	神仙	《集成》
八仙桌的來歷	八仙、吳道子	山東	幻想	《集成》
桃花女與周公	八仙、桃花女、周公	河南	神仙	《集成》

桃花女鬥周公旦	八仙、桃花女、周公旦、彭祖	海南	神仙	《集成》
萬年橋由來	八仙、秦良玉	天津	風物	《集成》
惡八與善禮	八仙、善禮	河北	神仙	《集成》
熊道士的傳說	八仙、熊道士	安徽	神仙	《集成》
八大石	八仙	新疆	風物	《集成》
何仙姑故事				
何仙姑	何仙姑	廣東	神仙	《集成》
何仙姑（異文）	何仙姑	廣東	神仙	《集成》
何仙姑的傳說	何仙姑	湖南	神仙	《集成》
何仙姑吃麵成仙	何仙姑、鐵拐李、張果老	河南	神仙	《集成》
何小姑十里上天梯	何仙姑、七仙	安徽	神仙	《集成》
何仙姑的傳說	何仙姑、張果老、呂洞賓、鐵拐李	安徽	神仙	《集成》
七仙巧度何仙姑	何仙姑、七仙	陝西	神仙	《集成》
何秀姑成仙	何仙姑、七仙	湖南	神仙	《全集》
何仙姑遇丐成仙	何仙姑、七仙	廣東	神仙	《集成》
何瑞蕊招贅成仙姑	何仙姑、張果老	江蘇	神仙	《全集》
增城掛綠	何仙姑	廣東	風物	《集成》
增城掛綠	何仙姑、藍采和	廣東	神仙	《全集》
忠縣石寶寨	何仙姑	四川	神仙	《集成》
仙人石	何仙姑	安徽	幻想	《全集》
揚州剪紙	何仙姑	江蘇	神仙	《集成》
何仙姑衡州度雞	何仙姑	湖南	神仙	《集成》
撒草救鄉親	何仙姑	湖南	神仙	《集成》
金焦二山一旦挑	何仙姑、二郎神	江蘇	風物	《集成》
人間蟠桃的來歷	何仙姑、二郎神	新疆	風物	《集成》
洛陽橋	何仙姑、鐵拐李	河南	神仙	《全集》
呂洞賓故事				
呂純陽下凡	呂洞賓	上海	神仙	《集成》
狗咬呂洞賓，勿識好人心	呂洞賓	上海	生活	《集成》
狗官的來歷	呂洞賓	山西	風物	《全集》

苟杳呂洞賓	呂洞賓、苟杳	山西	生活	《全集》
狗咬呂洞賓，不識好人心	呂洞賓、苟杳	山東	生活	《集成》
熨斗臺與白鶴觀	呂洞賓	山西	神仙	《全集》
呂洞賓出家	呂洞賓	山西	神仙	《全集》
呂洞賓兩過酒店	呂洞賓	山西	神仙	《集成》
印畫竹簾	呂洞賓	山西	神仙	《集成》
呂洞賓戲和尚	呂洞賓	山東	笑話	《集成》
呂洞賓下酒館	呂洞賓	山東	神仙	《集成》
呂洞賓下酒館（異文）	呂洞賓	山東	神仙	《集成》
呂洞賓和子母錢	呂洞賓	湖南	神仙	《集成》
房脊上為嘛放條龍	呂洞賓	天津	風物	《集成》
「吞脊獸」的身上為何插把劍	呂洞賓、何仙姑	河北	風物	《集成》
興隆山上雲龍橋	呂洞賓	甘肅	風物	《集成》
紀小堂傳說	呂洞賓	吉林	神仙	《集成》
理髮業為何有兩個祖師	呂洞賓	江西	風物	《集成》
理髮祖師呂洞賓	呂洞賓、朱元璋	福建	神仙	《集成》
蓬萊仙境的來歷	呂洞賓	河北	風物	《集成》
呂洞賓兩會劉德新	呂洞賓	河南	神仙	《集成》
東海佘山	呂洞賓	江蘇	神仙	《集成》
坍東都	呂洞賓	浙江	神仙	《全集》
小林老薑	呂洞賓	浙江	風物	《全集》
呂純陽堵甌江	呂洞賓	浙江	風物	《集成》
白娘娘與法海（異文）	呂洞賓	浙江	神仙	《集成》
呂仙橋	呂洞賓	雲南	風物	《集成》
釣魚老倌	呂洞賓	雲南	神仙	《集成》
後老婆針	呂洞賓	黑龍江	神仙	《集成》
老鷹抓小雞的傳說	呂洞賓	寧夏	風物	《集成》
呂洞賓與四大金剛	呂洞賓	福建	幻想	《集成》
老二與龍女	呂洞賓	廣西	神仙	《集成》
鷹嘴石	呂洞賓	遼林	風物	《集成》
呂公岩與風井	呂洞賓	遼寧	風物	《全集》
金梁堵海眼	呂洞賓	遼寧	神仙	《全集》

黃鶴樓	呂洞賓	湖北	風物	《集成》
呂洞賓買藥	呂洞賓、藥店女兒	江蘇	生活	《全集》
呂洞賓買藥	呂洞賓、觀音	湖北	生活	《集成》
呂洞賓買藥（滿族）	呂洞賓、白牡丹	遼林	生活	《集成》
瑤池會	呂洞賓、王母	山東	生活	《集成》
瑤池會（異文）	呂洞賓、牡丹仙子、王母	山東	生活	《集成》
呂洞賓瑤池會牡丹	呂洞賓、牡丹仙子	湖北	神仙	《全集》
黑牡丹	呂洞賓、紅牡丹	河南	風物	《集成》
呂洞賓騷仙的來歷	呂洞賓、牡丹仙子	黑龍江	生活	《集成》
白氏郎	呂洞賓、白牡丹、白氏郎	山東	神仙	《集成》
真假洞賓戲牡丹	呂洞賓、竹精、牡丹女	山東	神仙	《集成》
風吹頭巾，雨沃花粉	呂洞賓、玄天上帝、媽祖	福建	風物	《集成》
人長與人短（異文）	呂洞賓、何仙姑	山西	幻想	《集成》
沉香劈華山	呂洞賓、沉香	陝西	神仙	《全集》
唐伯虎的畫筆	呂洞賓、唐伯虎	江蘇	幻想	《集成》
呂洞賓考驗孫思邈	呂洞賓、孫思邈	黑龍江	神仙	《集成》
劈妖	呂洞賓、張果老、蒲松齡	山東	神仙	《全集》
呂祖洞	呂洞賓、梁灝	山東	風物	《集成》
聞仙溝的故事	呂洞賓、陳搏	陝西	風物	《全集》
呂洞賓背劍	呂洞賓、黃龍（超慧）	江西	神仙	《集成》
呂純陽背上的劍	呂洞賓、觀音	上海	神仙	《集成》
洛陽橋傳奇	呂洞賓、觀音	福建	風物	《全集》
仙人洞的傳說	呂洞賓、鍾離權	江西	風物	《集成》
楊樹不蛀要撐天	呂洞賓、鍾離權	江蘇	神仙	《集成》
呂洞賓盜天書	呂洞賓、鍾離權	北京	神仙	《集成》
爛柯山	呂洞賓、鍾離權	浙江	神仙	《集成》
呂洞賓三訪滕子京	呂洞賓、滕子京	湖南	神仙	《全集》
呂洞賓幫修岳陽樓	呂洞賓、滕子京	湖南	神仙	《集成》
黃粱夢	呂洞賓、盧英	河北	幻想	《集成》
仙女梳頭與三望坪	呂洞賓、蕭太一	湖南	風物	《集成》
依九做生日	呂洞賓、閻羅王	江蘇	風物	《集成》
戴名世四識呂洞賓	呂洞賓、戴名世	安徽	神仙	《集成》

白得吃拔毛（苗族）	呂洞賓、韓湘子	四川	笑話	《集成》
仙人還弄勿過老鬼	呂洞賓、鐵拐李	上海	笑話	《集成》
聖賢愁	呂洞賓、鐵拐李	內蒙古	笑話	《集成》
人不要臉，鬼都害怕	呂洞賓、鐵拐李	四川	笑話	《集成》
好吃鬼（異文）	呂洞賓、鐵拐李	江西	笑話	《集成》
聖賢愁割頭換向	呂洞賓、鐵拐李	河南	笑話	《集成》
白賴（異文二）	呂洞賓、鐵拐李	寧夏	笑話	《集成》
百藥山	呂洞賓、鐵拐李	浙江	神仙	《全集》
八仙訓嚴嵩	呂洞賓、鐵拐李、嚴嵩	山東	神仙	《集成》
張果老故事				
牛欄河寨	張果老	貴州	風物	《集成》
張果老與李子	張果老	山西	風物	《全集》
果老嶺	張果老	山西	風物	《集成》
張果老討封	張果老	山東	神仙	《集成》
張果老為驢求夜眼	張果老	山東	風物	《集成》
張果老的毛驢	張果老	山東	神仙	《集成》
白雲觀	張果老	北京	風物	《集成》
張古老	張果老	臺灣	幻想	《全集》
萬塘縣水壩蘿蔔	張果老	四川	風物	《全集》
新都桂湖	張果老	四川	風物	《集成》
張果老倒騎毛驢	張果老	甘肅	生活	《集成》
張果老為何倒騎驢	張果老	湖北	風物	《集成》
壯年得子倒騎驢	張果老	河南	生活	《集成》
張果老成仙	張果老、鐵拐李	上海	生活	《集成》
張果老成仙	張果老	黑龍江	生活	《集成》
張果老倒騎驢成仙	張果老	河南	神仙	《集成》
張果老和他的紙驢	張果老	陝西	神仙	《集成》
張果老憤辭圓夢官	張果老	江蘇	生活	《全集》
張果老耍把戲出家	張果老、鐵拐李	河南	神仙	《集成》
丫腰葫蘆酒幌兒的來歷	張果老	吉林	風物	《集成》
水母娘娘沈泗州	張果老	安徽	神仙	《集成》
看肉不當菜	張果老	江蘇	生活	《集成》

披麻帶孝	張果老	河南	風物	《集成》
孝順筍	張果老	浙江	神仙	《集成》
雲橋掛雪	張果老	陝西	神仙	《集成》
馬王堆	張果老	湖南	風物	《全集》
張果老鬥妖	張果老	福建	神仙	《集成》
仙人請客	張果老	福建	生活	《集成》
張果老	張果老、人蔘精	安徽	幻想	《集成》
張果與南大寺	張果老、人蔘精	安徽	幻想	《集成》
三花臉和花旦	張果老、明皇上月宮	江蘇	風物	《集成》
試魯班	張果老、柴王爺、魯班兄妹	河北	神仙	《集成》
滿水井	張果老、康熙	內蒙	風物	《集成》
不到黃河心不死	張果老、彭祖	湖北	幻想	《集成》
彭祖誇壽（異文）	張果老、童子（彭祖）	河南	笑話	《集成》
張果老	張果老、童元	湖南	笑話	《集成》
兄妹鬥乾隆	張果老、菩薩、乾隆	天津	神仙	《集成》
張果老過趙州橋	張果老、魯班	河北	風物	《集成》
馬王爺為何三隻眼	張果老、魯班	青海	風物	《集成》
張果老和魯班	張果老、魯班	湖南	神仙	《集成》
魯班與㿟班	張果老、魯班	雲南	風物	《集成》
花橋的故事	張果老、八仙	廣西	神仙	《全集》
嵐水長虹	張果老、韓湘子、魯班	山西	風物	《全集》
聖賢愁	張果老、鐵拐李	黑龍江	笑話	《集成》
聖賢愁	張果老、鐵拐李	北京	笑話	《集成》
曹國舅故事				
曹國舅散財成仙	曹國舅	河南	神仙	《集成》
公雞為什麼叫「曹國舅」	曹國舅	海南	風物	《集成》
鍾離權				
漢鍾離與道情	鍾離權	山西	神仙	《集成》
扇面河	鍾離權	山東	風物	《全集》
甌江香魚	鍾離權	江蘇	風物	《全集》
漢鍾離與船老大	鍾離權	山東	風物	《集成》

鍾離權寫匾	鍾離權	陝西	神仙	《集成》
半屏山	鍾離權	臺灣	風物	《全集》
韓湘子故事				
韓愈與韓湘子	韓湘、林英、韓愈	河北	神仙	《集成》
老鷹的來歷	韓湘子	甘肅	風物	《集成》
韓湘子出世	韓湘子	安徽	神仙	《集成》
酒泉	韓湘子	安徽	神仙	《集成》
老鷹為何抓小雞	韓湘子	安徽	風物	《集成》
韓湘子戲皇帝	韓湘子	河北	神仙	《全集》
韓湘子討皇封	韓湘子	黑龍江	神仙	《集成》
盜穀	韓湘子	寧夏	神仙	《集成》
韓湘子與試心橋	八仙、韓湘子	湖南	神仙	《全集》
蘭仙人的傳奇之八仙渡三仙	八仙、韓湘子	雲南	神仙	《集成》
韓湘子成仙	韓湘子、王母娘娘	福建	神仙	《集成》
韓湘子修仙	韓湘子、林英	遼寧	神仙	《全集》
韓湘子學棋和海下十二堡	韓湘子、張果老、蘇軾	天津	風物	《集成》
魯班趕山	韓湘子、魯班	青海	風物	《集成》
土地爺爺的來歷	韓湘子、韓湘子爺爺、	山東	神仙	《集成》
韓湘子拜壽	韓湘子、韓愈	山東	神仙	《集成》
韓愈投書蒼龍嶺	韓湘子、韓愈	陝西	神仙	《全集》
韓湘子和土地神	韓湘子、韓愈	湖北	神仙	《集成》
湘子橋	韓湘子、韓愈、八仙、大顛和尚	廣東	風物	《全集》
湘子橋	韓湘子、韓愈、八仙、廣濟和尚	廣東	風物	《集成》
藍采和故事				
美人石	藍采和	江蘇	幻想	《全集》
藍采和金殿上壽	藍采荷	河南	神仙	《集成》
陰陽二十四塊板	藍采和、范丹	河北	生活	《集成》
八仙聚會——仙人岩和八仙岩洞	八仙、藍采和	福建	風物	《全集》

鐵拐李故事				
鐵拐李的腿是怎麼瘸的	鐵拐李	山西	生活	《集成》
鐵拐李的腿是怎麼瘸的	鐵拐李	安徽	生活	《集成》
鐵拐李為何會拐	鐵拐李	陝西	生活	《集成》
鐵拐李出家	鐵拐李	河南	神仙	《集成》
鐵拐李偷油	鐵拐李	甘肅	生活	《集成》
鐵拐李偷油	鐵拐李	青海	生活	《集成》
鐵拐李偷鍋還鍋	鐵拐李	浙江	生活	《集成》
鐵拐李還鍋	鐵拐李、漢鍾離	河北	生活	《集成》
鐵拐李偷油	鐵拐李	陝西	生活	《集成》
鐵拐李得道	鐵拐李	湖北	神仙	《集成》
鐵拐李成仙	鐵拐李	黑龍江	神仙	《集成》
鐵拐李	鐵拐李	廣東	神仙	《集成》
瘸拐李成仙	鐵拐李	遼寧	生活	《全集》
鐵拐李成仙	鐵拐李、呂洞賓、漢鍾離	山東	神仙	《集成》
鐵拐李成仙（異文）	鐵拐李、七仙	山東	神仙	《集成》
鐵拐李的傳說	鐵拐李	湖南	神仙	《集成》
洛陽橋傳說之鐵拐李賣湯圓	鐵拐李	福建	神仙	《集成》
孔夫子打賭	鐵拐李、孔子	上海	笑話	《集成》
抬槓鋪	鐵拐李、孔子	山西	笑話	《集成》
抬槓	鐵拐李、孔子	四川	笑話	《集成》
槓子房	鐵拐李、孔子	吉林	笑話	《集成》
抬槓店	鐵拐李、孔子	安徽	笑話	《集成》
抬槓鋪	鐵拐李、孔子	山東	笑話	《全集》
孔子住店	鐵拐李、孔子	湖北	笑話	《集成》
抬槓	鐵拐李、孔子	寧夏	笑話	《集成》
孔子無奈拗事館	鐵拐李、孔子	福建	笑話	《集成》
聖賢愁（異文）	鐵拐李、李白	安徽	笑話	《集成》
張邋遢	鐵拐李、張邋遢	安徽	幻想	《集成》
張邋遢遇八仙	鐵拐李、張邋遢	天津	幻想	《集成》

張邈遐成仙	鐵拐李、張邈遐	江蘇	幻想	《集成》
鐵拐李的果子	鐵拐李	湖南	幻想	《集成》
彭祖比壽	鐵拐李、彭祖	湖北	笑話	《集成》
仙泉	鐵拐李	天津	神仙	《集成》
鐵拐李三試李時珍	鐵拐李、李時珍	湖北	神仙	《集成》
安慶余良卿膏藥	鐵拐李	安徽	神仙	《全集》
沉沒山陽縣、氽入無錫城	鐵拐李	江蘇	神仙	《全集》
漁民敬令公菩薩	鐵拐李、高繼鎖	湖北	神仙	《集成》
八仙造米	八仙、鐵拐李	江蘇	神仙	《集成》
八仙造穀	八仙、鐵拐李	上海	神仙	《集成》
金丹、寶扇、隱身衣	八仙、鐵拐李	吉林	幻想	《集成》
賣石頭	鐵拐李	浙江	神仙	《集成》
葫蘆破腹	鐵拐李	福建	神仙	《集成》
葫蘆島	鐵拐李	遼林	幻想	《集成》
沉缸酒的傳說	鐵拐李	福建	風物	《集成》
八寶印泥	鐵拐李	福建	風物	《集成》
廖大仙的傳說	鐵拐李	廣西	神仙	《全集》
鐵拐仙沉石（瑤族）	鐵拐李	廣東	神仙	《集成》
金雞	鐵拐李	江蘇	神仙	《集成》
酒罈峰	鐵拐李	福建	風物	《全集》
退秧竹	鐵拐李	福建	神仙	《全集》
鐵拐李怒懲葉百萬	鐵拐李	甘肅	神仙	《集成》
鐵拐李與薯嶺	鐵拐李	福建	風物	《集成》
鐵拐李怒懲曠子廉	鐵拐李	湖南	神仙	《集成》
大刨角尺各管用	鐵拐李	浙江	風物	《集成》
鐵拐李與孝女阿秀	鐵拐李	臺灣	神仙	《全集》
筊白為何一年能收兩茬	鐵拐李	江蘇	風物	《集成》
賣石頭	鐵拐李	浙江	神仙	《集成》
筆架山的傳說	鐵拐李	江西	幻想	《集成》
牛和田螺的由來	鐵拐李	江西	風物	《集成》

附錄一

仙跡岩腳印傳說

敘述者：李德治（民間信仰，65歲，高中畢）

採錄者：李思穎（世新大學一年級）

採訪地點：臺北木柵

採訪時間：2019年12月21日

從前的景美區是典型的農業區，仙跡岩在景美東南方山上，與公館的蟾蜍山對立相望，同樣屬於南港丘陵順著四獸山一脈相連，有人稱它景美山或溪子口山。

景美山的傳說有很多，但大部分都是謠傳呂洞賓的故事。據說以前臺北人要到文山保時，經過蟾蜍山時就會出現一陣煙霧，然後路人就不見了。呂洞賓認為是妖怪在搞鬼，於是就站在仙跡岩上將蟾蜍吊起來，之後蟾蜍山不再傳出「吃人」的怪譚。由於仙公站的大岩石上留有「三寸」腳印，所以後人把不相干的事情硬扯在一起解釋說是仙公足跡，而被稱為「仙跡岩」，西元一九四六年在岩下建廟奉祀。又有老一輩的人說，事實上那個「仙跡」只是一名到山上放羊的牧童所刻下的腳印，根本不是什麼「仙跡」。不管眾說紛紜，有人相信這是真的，很擔心那隻珍貴的「仙跡」遭人破壞，特別以鐵欄圈起來，所以現在道仙跡岩若想目睹仙跡的遊客，大都被關在岩外，只能看到那塊大岩石了。

附錄二

呂洞賓賣餅

敘述者：曾老太太，為採錄者之姑婆（民間信仰，約70歲，識字，國小畢）

採錄者：曾彥翔（世新大學一年級）

採訪地點：高雄鳳山

採訪時間：2019年6月7日

高雄左營是個有著單面地形的一座山，就有古時候的人流傳著它的由來。傳說仙人呂洞賓曾經下到凡間，在高雄這個地方尋找凡人做徒弟，所以他就想出了一個辦法。他就用法術把石頭、泥土等這些材料變作成大餅，並在街上叫賣，而且還說：「大餅一個一塊錢，付兩塊錢就能無限量吃到飽。」

　　果然，村裡的人們就每天搶著用兩塊錢吃無限量的大餅；但只有一個人，他每天卻都只用一塊錢去買一塊大餅，導致周圍的人都笑他傻子，但他還是依然持續這樣做。

　　最後，呂洞賓就收那個人作為徒弟，他們走後，村裡的人才發現村裡山的土已經少了一大半，才知道都是被他們的貪心給吃掉的。

第五章　八仙與韻文學

韻文學是藉由自然音律與人工音律來表達情感的作品，在中國，詩、詞、曲是韻文學的三大主流，但對於一般百姓來說，他們所能接觸的韻文學則以民間歌曲、說唱與戲曲居多，在這三者中都能見到八仙的蹤影。民間歌曲大部分由民眾依需求自己創作，雖然質樸、簡單，但充滿生活情趣。說唱則結合音樂與敘述，因為表演場地與人數限制少，故可深入民間，對群眾有著莫大的吸引力與號召力。至於戲曲，曾師永義認為它是「綜合的文學與藝術」，是由故事、詩歌、音樂、舞蹈、雜技、講唱文學敘述方式、俳優妝扮表演、代言體、狹隘劇場等九個因素所構成的有機體。〔註1〕中國傳統的戲曲中包含了地方戲曲與主流戲曲，其中地方戲曲長久根源於民間，深入群眾的生活，人們心聲思想與情感也藉著它表達出來，所以具有俗文學的特色與價值。〔註2〕地方戲曲中以八仙為題材者不少，因地方戲曲於《俗文學概論》一書分為「地方小戲」與「地方腔調劇種」兩類，故本章亦將地方戲曲分此兩類分述之。

第一節　八仙與民間歌曲

〈詩大序〉曰：「情動於中而形於言，言之不足，故嗟嘆之。嗟嘆不足，故永歌之。」〔註3〕說明當心中的想法或情感無法藉由言語完全表達時，就

〔註1〕曾永義：《戲曲源流新論》（新北：立緒文化事業有限公司，2005 年 10 月），頁 15〜16。
〔註2〕詳見曾永義：《俗文學概論》（臺北：三民書局，2003 年 6 月），頁 752〜772。
〔註3〕【漢】毛亨傳、鄭玄箋，【唐】孔穎達疏：《詩經》，頁 13。

會透過歌唱來宣洩。人們無論工作、愉快、悲傷時都會唱歌,安徽民歌唱:「山歌本是古人留,留在世上解憂愁。三天不把山歌唱,三歲孩兒白了頭。」〔註4〕顯示了民間歌曲是民眾抒發情感的方式之一。中國的民間歌曲數量繁浩,依音樂體裁分一般可區分為號子、山歌、小調;若按歌曲內容,則可分為勞動歌、儀式歌、時政歌、生活歌、情歌、兒歌六類。民歌中有許多歌詠神仙的作品,其中不少涉及八仙者,如客家民歌〈十二月古人〉中「十二月裡來又一年,文公走雪真可憐,橋頭遇見韓湘子,薛(雪)擁藍關馬不前。」〔註5〕〈古人魚鳥花名〉:「三月裡桃花開來帶雪飄,黃鶯是飛了半天高,黃魚身上著起了幾件玲瓏甲,何仙姑山上種仙桃。」〔註6〕〈定春古人〉有「八仙過海鬧盈盈。」〔註7〕〈十買十繡〉唱:「八繡八仙過海,八繡八仙過海浪淘淘。」〔註8〕等作品,將八仙人物或故事寫入歌詞中,足見民眾對於這類題材的熟悉與喜好。

民間歌曲中的八仙,並沒有固定出現在哪一類,如上述〈古人魚鳥花名〉、〈定春古人〉、〈十買十繡〉皆為上海民歌,但前者為山歌,後兩者皆為小調。若依《中國民間歌曲集成》套書所收錄的相關歌曲來看,與八仙有關的民歌可約略分慶賀類、儀式類及故事類。

一、慶賀類

慶賀類民間歌曲一般出現在吉慶的場合,如為長輩祝壽或節慶活動表演,因歌唱的時間與地點並無嚴格要求,故不歸儀式類。以八仙為長輩祝壽的俗曲,在清代中葉的《白雪遺音》已收入,如卷一〈馬頭調·上壽〉:

　　南極壽星雲端站,帶領八仙,王母娘娘,獨坐中間,童兒立兩邊。東

〔註4〕 段寶林:《中國民間文學概要》(北京:北京大學出版社,1998年5月),頁31。
〔註5〕 謝玉玲:《土地與生活的交響詩:臺灣地區客語聯章體歌謠研究》(臺北:秀威資訊科技出版公司,2010年10月),頁127。此處最後一句「薛擁藍關馬不前」,按韓愈原詩為「雪擁藍關馬不前」,但筆者所聽的客家歌謠中,有唱薛者也有唱雪者,此因是薛、雪兩字音相近,唱者或聽者不明,故產生錯置的情況,原詩為「雪」字,故本曲此句歌詞應以「雪擁藍關」較佳。
〔註6〕 王永仁唱,馮戈採錄,潘勇剛記:〈古人魚鳥花名〉,收入《中國民間歌曲集成·上海卷》(北京:中國ISBN中心,1998年6月),頁383。
〔註7〕 鍾紀章唱,馮戈採錄,潘勇剛記:〈定春古人〉,收入《中國民間歌曲集成·上海卷》,頁387。
〔註8〕 薛梅娟唱,場富英、候小聲記:〈十買十繡〉,收入《中國民間歌曲集成·上海卷》,頁616。

方朔，酒度筵前把仙桃獻，後跟白猿。又來了，賜福賜祿二天仙，紅雲萬福山。福如東海，壽比南山，懸掛堂前。和合二神仙，劉海戲蟾撒金錢，送子張仙。喜只喜，大家同赴蟠桃筵，福壽雙全。〔註9〕

又卷三〈剪靛花・一朵紅雲〉：

一朵紅雲撲滿天，手拿金弓銀彈子，送子的張仙，哎喲送子的張仙。八仙過海來慶壽，王母娘娘赴蟠桃，坐在中間，哎喲童兒列兩邊。和合二仙並肩走，劉海戲蟾在江邊，他在浪裡頑，哎喲步步撒金錢。〔註10〕

這兩首俗曲應是受到祝壽戲影響，歌詞皆是描繪八仙向王母娘娘祝壽的景象，而現今民間的八仙祝壽歌也大多如此，如北京的〈蟠桃會〉。〈蟠桃會〉由五首曲子組成，歌詞涵括民間著名的吉祥神仙，如太白金星、和合二仙、金童玉女、招財童子等，其中第四首唱中洞八仙：

又來了中八仙，腳踏祥雲在雲端。漢鍾離手使著顫動扇。呂祖兒在後邊，倒栽垂楊空舞兒旋。身揹著寶（把）峨嵋劍。果老是神仙，倒騎神驢魚鼓兒顛。曹國舅手使著陰陽版。拐李是神仙，手柱鐵拐葫蘆兒冒煙。藍采和曲兒吹的周全。仙姑兒不非凡，肩扛笊籬進了南天。韓湘子手捧著花兒籃。〔註11〕

這段唱的是八仙外型及其法寶，其中「顫動扇」、「舞兒旋」、「鼓兒顛」、「葫蘆冒煙」、「吹周全」等詞，生動描繪仙人們的行為，讓聽者感受他們舞、樂齊揚地為主人家祝壽，氣氛歡樂。但也有不言王母生日，而是直接描寫八仙為壽星祝賀的歌曲，如北京通縣的〈八仙慶壽〉：

一塊浮雲罩滿天，八仙慶壽在雲端。你看這頭洞神仙是漢鍾離，紫面長髯耳垂金環。呂洞賓斜背一口雌雄寶劍，仙風道骨不非凡。曹國舅品簫藍采和板，鐵拐李的葫蘆冒黃煙，張果老騎驢魚鼓懸。何仙姑笊籬撈過壽麵，韓湘子的花籃盛開牡丹。這八仙慶壽齊參駕，你看這福如東海壽比南山。增福增壽永團圓。〔註12〕

〔註9〕　【清】華廣生輯：《白雪遺音》第一冊，清道光8年（1828）玉慶堂刻本，頁79。

〔註10〕　【清】華廣生輯：《白雪遺音》第三冊，清道光8年（1828）玉慶堂刻本，頁6～7。

〔註11〕　曾慶賢唱，陳樹林採錄、記譜：〈蟠桃會〉，《中國民間歌曲集成・北京卷》（北京：中國 ISBN 中心，1994 年 11 月），頁 287～288。

〔註12〕　王維新、李金甫唱，陳友發、楚學晶、常富堯採錄，常富堯記譜：〈八仙慶壽（一）〉，《中國民間歌曲集成・北京卷》，頁 290～292。

和《白雪遺音》中相比，無論〈蟠桃會〉或〈八仙祝壽〉，對八仙身形樣貌與肢體動作描繪地相當詳細，如同唱者親眼目睹八仙持寶前來，畫面感十足。祝壽歌的目的，是唱者對壽星本人或家庭的祝福，因此歌曲的最後，通常以吉祥話做結，如〈馬頭調·上壽〉最後一句為「福壽雙全」，〈蟠桃會〉在第五曲（尾曲）中有「年增歲月人增壽」、「五穀豐登太平年」，〔註13〕〈八仙慶壽〉結尾有「福如東海壽比南山」、「增福增壽永團圓」。又如河南〈八仙歌〉有十段，每段結尾都是「全家安樂」、「吉慶有餘」、「金玉滿堂」、「連升三級」等吉祥話。〔註14〕目前可見大部分八仙祝壽歌大多是民眾口耳相傳而來，但也有歌者為熱絡場面而隨興編唱〔註15〕，而這些歌的結構大多依循著：敘述個別八仙神態後，再以祝壽、福禱等吉祥話結束。

《中國民間歌曲集成·山西卷》中所收入的〈八仙慶壽〉有三首，除了陽高縣所採錄的歌是以吉祥祝福話為主外〔註16〕，祁縣的過街秧歌〔註17〕與陵縣小調兩首歌雖以〈八仙慶壽〉為名，但內容與慶壽較無關。以祁縣的〈八仙慶壽〉為例：

> 頭洞神仙出漢朝，頭梳三八角兒腰緊絲縧縧，那一年我將塵世上過，
> 俺把這些是人們變成仙，要知我的名和姓，我的了名兒叫漢鍾離。
> 二洞神仙呂純陽，身背背的二龍劍，那一年我將柳林下過，俺把這
> 些柳樹變成神仙。〔註18〕

此歌雖名〈八仙慶壽〉，但歌詞裡只出現漢鍾離與呂洞賓，全歌不見一句賀壽

〔註13〕中國民間歌曲集成編輯委員會：《中國民間歌曲集成·北京卷》，頁289。
〔註14〕河南〈八仙歌〉一共有十段，每段有五句，第二到九段以唱八仙，如第二段：「第一洞神仙他本是漢鍾離，赤面長髮露出一個大肚臍，手裡拿著八寶名叫陰陽扇，有仙果和仙桃排的排上席，閃出四個大字兒，連及你老吉慶有餘。」詳見《中國民間歌曲集成·河南卷》（北京：中國 ISBN 中心，1997 年 12 月），頁535～536。
〔註15〕姜彬曾採錄一首民歌：「八仙過海浪淘淘，皇母娘娘把手招，眾佛弟子來上壽，西池黃老獻蟠桃。和合二仙哈哈笑，勾肩搭背一道跑，財神菩薩也來到，扛進兩隻大元寶。」作者認為這應是即興編唱的祝詞。詳見姜彬：《吳越民間信仰民俗》（上海，上海古籍出版社，1992 年 7 月），頁281。
〔註16〕張風祥唱，范廷選記：〈八仙慶壽〉，收入《中國民間歌曲集成·山西卷》（北京：中國 ISBN 中心，1990 年 6 月），頁397。
〔註17〕山西的過街秧歌，是正月「鬧紅火（鬧元宵）」時在街頭演唱的秧歌。收入《中國民間歌曲集成·山西卷》，頁253。
〔註18〕史玉金唱，閻定文記：〈八仙慶壽〉，收入《中國民間歌曲集成·山西卷》，頁260。

吉祥話，然以其度人、度物成仙的歌詞判斷，此應是以祝人成仙表達歌者對主人家長壽永康祝賀。陝西〈八仙慶壽〉亦有相同情形，歌詞中敘述了劉海、漢鍾離、呂洞賓、張果老與鐵拐李傳說，但不見任何祝福或賀壽話語，只有最後幾句「鐵李拐納為仙家，他身上又背著葫呀葫蘆，走一步閃一閃上了西天，走一步閃一閃上了西天。」〔註19〕略有仙意。陵縣小調〈八仙慶壽〉，歌詞一半為祝壽，一半則是說故事：

> 常年年有一個三月三，王母娘娘慶壽誕，眾位仙家都來到，聽我把神靈表一表。
>
> 頭洞神仙漢鍾離，頭戴雙圈滿鬍鬚，右手拿個芭蕉扇，扇壞周朝八百年。
>
> 二洞神仙李鐵拐，二龍寶劍脊背上背，千年牡丹他戲壞，又把楊柳渡成仙。
>
> 三洞神仙張果老，騎上毛驢四山跑，我有心要過你趙州橋，不知道你州橋牢不牢？
>
> 昔日裏千軍萬馬走多少，難道你的毛驢能踏壞橋？張果老一聽哈哈笑，四座名山驢後捎。
>
> 騎驢上了頭一節橋，壓的州橋圪搖搖，二步上了二節橋，壓的州橋水上漂。
>
> 魯班看見勢不好，跳在當河肩上撈，有眼不認真神仙，咱把神仙錯認了。〔註20〕

此〈八仙慶壽〉由同一曲調循環八次而成，而重複旋律有助於聽者的學習與記憶。歌詞先敘述王母壽誕，神仙們前來賀壽場面，之後依序敘述八仙容貌或事蹟，但是它只敘述到三洞神仙張果老，之後便將歌詞轉為敘述張果老過趙州橋的傳說，與慶壽並無關係，也不見歌詞內有祝福吉祥話語，可見此歌敘事成分大於祝壽。此外，第三段對李鐵拐的描述，內容明顯是呂洞賓傳說，可能是鐵拐李與呂洞賓皆是八仙中傳說數量較多、流傳較廣者，民間歌者或傳唱者混雜了兩人而誤植。但無論是歌曲性質從祝壽轉變成敘事，或是人物形象與民間傳

〔註19〕趙萬寶唱，趙永新、李安福、張忠義記：〈八仙慶壽〉，《中國民間歌曲集成·陝西卷》（北京：中國 ISBN 中心，1994 年 8 月），頁 464。

〔註20〕任滿喜唱，連生、士繼、葆青記：〈八仙慶壽〉，收入《中國民間歌曲集成·山西卷》，頁 764。

說不符，都展現了民間歌曲自由隨興的特徵。

　　八仙慶壽的內容，有時會成為節日慶典表演的配合曲目，江蘇〈唱八仙〉是馬燈〔註21〕表演時所唱，歌詞首段為「正月裡來鬧元宵，八仙過海浪滔滔，王母娘娘開壽筵，眾仙齊聚赴蟠桃。」之後的二到九月，再分別唱八仙樣貌與事蹟，如「五月裡來是端陽，肩背龍泉呂純陽，曾在岳陽樓上醉。白牡丹唱的逍遙腔。」之後的十到十二月，則唱神仙們「共飲壽酒要長生」、「階前鶴鹿瓊瑤獻」、「都來慶壽赴蟠桃」等祝壽詞，〔註22〕可見也是一首夾雜祝壽與敘事的民歌。考察文獻，在宋、金時期，重大節日或慶典中，會出現八仙舞隊來歡愉現場的氣氛，〔註23〕再加上它們與祝壽意象的緊密連結，因此以八仙為內容的民間歌曲，符合人們愛熱鬧及求吉、求長壽的心理，故成為了節日慶典時常出現的曲目之一。

二、儀式類

　　儀式類民間歌曲用在特定場合，如宗教儀式中的經調、請神歌，婚禮中的婚嫁歌，喪禮中的孝歌等，因此又被稱為風俗歌、禮俗歌〔註24〕，它們也是民間歌曲中最能反映出民間婚、喪、生子、立房等民俗活動的一類。

　　河南有經調〈八仙歌〉，為信徒們進廟降香時所唱的一種經歌，首段唱：「五色雲彩空中飄，眾位神仙都來了，亦有男共女，還有老和少，八仙赴會下仙昊。」之後以同一曲調重複八次，依序敘述八仙下凡：

　　　　第一位神仙世間稀，頭上挽著雙紫髻，身穿道羅袍，腳紮五雲梯，
　　　　那神仙他便是漢鍾離。
　　　　第二位神仙壽仙高，倒騎毛驢過趙州橋，魚鼓咚咚響，簡板嚓嚓敲，
　　　　那神仙他便是張果老。

〔註21〕馬燈，又名「唱馬燈」、「踩馬燈」等。表演者將竹紮的馬掛在身上，人站在中間，似騎馬上。有牽馬者一人，推小車者一人，跟馬者二人，都舉著彩燈。繞著馬燈穿行邊歌邊舞，鑼鼓伴之。唱時有民間樂器伴奏，有的騎馬者是男扮女裝，表演饒有風趣。詳見中國民間歌曲集成編輯委員會：《中國民間歌曲集成·江蘇卷》（北京：中國 ISBN 中心，1998 年 4 月），頁 1085。

〔註22〕佚名唱，孔蘭生記：〈唱八仙〉，中國民間歌曲集成編輯委員會：《中國民間歌曲集成·江蘇卷》，頁 1101～1102。

〔註23〕詳見第二章第四節。

〔註24〕李文珍：《民歌與人生：中國民歌采風教學與研究》（上海：上海音樂出版社，2004 年 9 月），頁 201。

第三位神仙唐朝人，肩背寶劍七星紋，三醉岳陽樓，終南得道身，
那神仙他便是呂洞賓。

第四位神仙童子體，手提毛籃採花蕊，三度漢（韓）文公，叔父上
瑤池，那神仙他便是韓湘子。

第五位神仙萬壽秋，雲陽玉板海中丟，飄彩過東洋，逍遙遊四洲，
那神仙他便是曹國舅。

第六位神仙身穿綠，人人說她有丈夫，頭上紅雲罩，青絲黃金梳，
那神仙他便是何仙姑。

第七位神仙唱凱歌，崑崙山上採靈藥，肩挑楊竹簍，度凡出紅波，
那神仙他便是藍采和。

第八位神仙著皂衣，顛簸人間行道義，葫蘆腰間掛，拐杖手內提，
那神仙他便是鐵拐李。〔註25〕

第十段再唱他們與王母、南極星祝人福祿壽皆全且長生不老。經調〈八仙歌〉
內容來看，其內容與慶賀類八仙民歌相似，都是描述神仙樣貌、行為與經歷，
其同一段曲調重複循環的模式，與陵縣小調〈八仙慶壽〉相同，兩者差別只不
過是演唱時間、場合和目的不同。這首民歌第二到九段歌詞結尾，不斷重複「那
神仙他便是……」，有助加深聽者對歌曲與人物的印象。

　　河北的〈下神調〉內容也是祝壽，然內容極為簡略：

藍采和來上壽，手拍大板笑呵呵，來在了西天唱壽歌，彌陀佛。〔註26〕

「下神」也被稱為「跳神」或「跳大神」，是一種古老的通神方式，巫師或薩
滿藉由特殊的儀式，請神附入身體內，回答人們的問題、治療疾病或預測吉凶，
而〈下神調〉就是在請神的儀式中巫師們所唱的歌。〈下神調〉的歌詞通常唱
所請的神明，因會輔以鼓、鍾等法器，所以曲調稍快，節奏感強。此類民歌的
旋律結構簡單、不完整，有些甚至只將口頭語言稍加以節奏化或用旋律稍加潤
飾而已，不足以表達一個完整的樂思。但這種不經修飾的音調雛形，卻能直接
反映了人民的生活實況和心理狀態，對於民間歌曲的語言、曲調發展及其他音
樂作品的產生有一定的參考價值。

〔註25〕佚名唱，傅金玉補唱，申芳記：〈八仙歌〉，收入《中國民間歌曲集成・河南
　　　　卷》，頁397。

〔註26〕劇德江唱，江玉亭記：〈下神調（三）〉，收入《中國民間歌曲集成・河北卷》，
　　　　頁1285。

　　王漢民先生曾說：「在婚嫁姻聘中，八仙是喜神，也是婚姻的保護神。」〔註 27〕這是因為在民間婚嫁儀式中所唱的婚俗歌中常能見到八仙的身影。浙江溫陵、黃岩一帶的婚禮時會唱《洞房經》，《洞房經》是當地婚禮中儀式歌和對歌的總稱，其中包括「拜父母親」、「上樓梯」、「唱八仙」、「開鎖」、「開門」等許多儀式歌。「拜父母親」、「上樓梯」是迎娶儀式，「唱八仙」以下則是酒宴結束後才會上演的重頭戲。儀式過程大致為：新人先坐新房中，「洞房客」於新房門口唱「八仙」。八仙唱完，洞房客退出，將新娘關在房中。之後，洞房客唱「開鎖」、「開門」歌，門被唱開，新郎與洞房客一同進入新房。新郎與新人將放在角落的桌子抬放到房當中，以備請「洞房菜」、「擺十三花」所用。《洞房經》裡的歌曲由「洞房客」與「廚下倌」演唱，「洞房客」也稱「弟兄客」，一般由新郎的兄弟、好友擔任，人數約六到十人，必須是雙數，而且都要男性，單身與否不限；「廚下倌」則是來參加婚禮除洞房客外的全部男女來賓。是晚，新娘緘口不言，不參與對歌等活動，扮演犧牲的腳色。儀式中，吃洞房菜所需的一切物資都必須由洞房客以唱索得，而廚下倌則以歌相拒，兩者一來一往形成對歌。〔註 28〕洞房客於新房門口所唱的「八仙歌」，內容為祝福新人吉祥話為主：

> 春夏秋冬四季天，桃紅柳綠各爭輝。和合門，兩邊開，夫妻和合萬萬年。今日八仙齊來到，王母娘娘把手招。請問眾仙何處去，祝賀新婚結鸞交。洞房花燭樂陶陶，八洞神仙齊來到。鍾離老祖道法高，鐵拐李老祖樂逍遙。純陽肩背青鋒劍，湘子雲頭吹玉簫。藍采和擺起長壽酒，張果老騎驢呵呵笑。國舅手捏鴛鴦板，何仙姑提籃呵呵笑。〔註 29〕

洞房客所唱的八仙歌有大、中、小之分，大八仙有七八十行長，至於小八仙可短到「八仙來，大門開，洞房花燭送門」兩行。為何《洞房經》會先唱八仙歌，才唱開鎖、開門等與新人洞房有關的儀式歌呢？陳華文認為：「唱《洞房經》開始時即唱『八仙』，其原意可能就在於驅邪。在鄉村中崑劇演出時不但演劇者需祭拜，且上演的第一個節目常為『大八仙』，《洞房經》中的『八仙』當與此意同。」〔註 30〕也就是說《洞房經》裡的八仙歌與八仙儀式劇相同，都是以

〔註 27〕 王漢民：《八仙與中國文化》，頁 98。
〔註 28〕 陳華文：〈《洞房經》：文化神話——溫黃平原《洞房經（歌）》習俗思考〉，《東南文化》1990 年 04 期。
〔註 29〕 陳華文：〈《洞房經》研究〉，《民間文藝季刊》1990 年 03 期。
〔註 30〕 陳華文：〈《洞房經》研究〉，《民間文藝季刊》1990 年 03 期。

驅邪迎福為目的，不過前者的規定較後者隨性、寬鬆許多。

八仙也出現在婚禮儀式的〈撒帳歌〉中。「撒帳」是中國古代傳統婚俗的一環，亦稱「撒床」、「撒果子」、「撒花兒」。據清翟灝《通俗編》引宋《戊辰雜抄》稱：「撒帳實始於（于）漢武帝。李夫人初至，帝迎入帳中，預戒宮人遙撒五色同心花果，帝與夫人以衣裾盛之，云：『多得子多也。』」〔註31〕儀式所撒「五色同心花果」是祝賀夫婦心意相通，而「得多，得子多」則可視為求子的生育咒語。〔註32〕從漢武帝「預戒宮女遙撒」、「衣裾盛之」等活動看，撒帳並非固定的儀式，而是帶有隨意性，因其寓有祝賀新婚與祈子的美好意涵，故它遂自宮廷傳到民間，民眾樂而附之，相沿成習。〔註33〕唐時，撒帳物除了花果外，還增加了錢幣，如唐人梁鍠〈天門街西觀榮王聘妃〉詩云：「帝子乘龍夜，三星照戶前。兩行宮火出，十裡道鋪筵。羅綺明中識，簫韶暗裏傳。燈攢九華扇，帳撒五銖錢。交頸文鴛合，和鳴綵鳳連。欲知來日美，雙拜紫微天。」〔註34〕其中「帳撒五銖錢」說明唐代以錢幣為撒帳物之俗。當時的撒帳錢，除了一般錢幣外，也有特別鑄造者，宋洪遵《泉志》言：「舊譜曰『徑寸，重六銖，肉好背面皆有周郭。其形五出，穿亦隨之，文曰長命守富貴。背面皆為五出文，若角錢狀。景龍中，中宗出降睿宗女荊山公主，特鑄此錢，用以撒帳。』」〔註35〕

今日民間婚俗的撒帳儀式，為新人拜完天地入洞房後，兩人坐到床上，由一位女性全福人（夫與兒女齊全之人）手捧果盤，盤中盛米、麥、豆、核桃、桂圓、栗子、棗子、榛子、花生、錢幣等，核桃取其質堅味美，象徵女子堅強溫柔；栗子諧音「立子」，榛子俗稱「增子」，取增加兒子之意；「桂圓」俗稱「龍子」「龍眼」，取兒子成龍之意；花生，則祈祝兒女雙全。〔註36〕全福人一

〔註31〕【清】翟灝：《通俗編・卷九・禮節・撒帳》，收入《續修四庫全書》第194冊，頁362。

〔註32〕宋兆麟：《中國生育・性・巫術》（臺北：知書房出版集團，1999年1月），頁539。

〔註33〕李東成：〈撒帳習俗與撒帳歌〉，《華夏文化》2000年第2期。

〔註34〕【唐】梁鍠：〈天門街西觀榮王聘妃〉，收入彭定求編：《全唐詩》卷505，頁5747。

〔註35〕【宋】洪遵：《泉志》，收入【清】陳夢雷等編：《欽定古今圖書集成》第704冊（上海：中華書局影印，1934年），頁63。

〔註36〕高福明：《中國婚姻家庭》（合肥：安徽教育出版社，2003年10月），頁85。王增水、李仲祥：《婚喪禮俗面面觀》（濟南：齊魯書社2001年1月），頁21。

手抓起穀物、乾果與錢幣等撒向新郎、新娘和喜帳、喜床，邊撒邊唱〈撒帳歌〉。
〈撒帳歌〉不知起於何時，但唐代撒帳儀式舉行時已有詠撒帳詩或詞習俗，敦
煌本〈下女夫詞〉的〈論開撒帳盒（合）〉〔註37〕詩即是撒帳誦辭。又唐張敖
《新集吉凶書儀》云：

> 今夜吉辰，厶氏女与（與）兒結親，伏願成納之後，千秋万（萬）
> 歲，保守吉昌。五男二女，奴婢成行。男願惣（總）為卿相，女即盡
> 聘公王。從茲呪願已後，夫妻壽命延長。（此略言其意，臨時雕飾，
> 裁而行之。）撒帳了，即以扇及行障遮女家於堂中，令女婿儐相行
> 礼（禮）。〔註38〕

從「此略言其意，臨時影飾，裁而行之。」可見這類祝願文詞無固定詞句，可
依具體情況隨時增減，而祝願文音樂化就成為了撒帳歌。如今〈撒帳歌〉撒帳
歌亦無固定的曲調和歌詞，有些是承襲前人留下舊詞，有些則是撒帳者臨場創
作。〈撒帳歌〉內容以吉祥話為主，長短不一，如北京的〈撒帳歌〉較短，只
有九句：

> 一撒一團和氣，二撒二人同心，三撒三多九如，四撒四季平安，五
> 撒五穀豐登，六撒六合同春，七撒七巧成圖，八撒八仙慶壽，九撒
> 九子士成，十撒十全子孫滿堂。〔註39〕

流行在山東、河南等地的〈撒帳歌〉較長：

> 一撒，一元入洞房，一世如意百世昌！
> 二撒，二人上牙床，二人同心福壽長！
> 三撒，三朝下廚房，三陽開泰大吉昌！
> 四撒，四德配才郎，四季開花滿樹香！
> 五撒，五子登金榜，五鳳樓前讀文章！
> 六撒，六六大順華，六龍捧日放光霞！
> 七撒，七子團圓慶，七巧織女會牛郎！

〔註37〕〈論開撒帳盒（合）〉：「一雙青白鴿，繞帳三五匝。為言相郎（相郎姑嫂）道：
先開撒帳盒（看）。」見劉瑞明：〈《下女夫詞》再校釋與古代婚姻文化蘊涵〉，
《敦煌學》第29輯，2012年3月。

〔註38〕【唐】張敖：《新集吉凶書儀》，收入趙和平：《敦煌寫本書儀研究》，（臺北：
新文豐出版，1993年4月），頁546～547。

〔註39〕陳文良主編：《北京傳統文化便覽》（北京：北京燕山出版社，1992年9月），
頁493。

八撒，八仙來慶壽，八代八郎受勳章！

九撒，九世同居住，玄孫必中狀元郎！

十撒，十不撒，過年一窩養倆！〔註40〕

上述二首〈撒帳歌〉用字淺顯、直白，句首以數字為引，一個數字後接一句吉祥的成語，祝福新人婚姻的圓滿與子孫興盛。有時歌詞中會加入對新人的揶揄，增添婚禮歡樂氣氛。

　　無論是八仙慶壽或慶婚，都是以祝福、熱鬧為目的，但這不代表八仙就只出現吉慶場合，喪禮儀式中亦能聽聞八仙歌曲。湖南有喪堂歌〈八洞神仙〉：

頭洞神仙漢鍾離，身穿八卦紫羅衣，手中拿起絨毛扇，洞庭湖內把身現。

二洞神仙呂洞賓，手拿寶劍不離身，岳陽樓上把酒飲，王母蟠桃敬壽星。

三洞神仙張果老，果老身帶長生草，果老只生兩萬七千春，梭羅樹下得為神。

四洞神仙是曹國舅，朝廷有官他不做，辭官不做轉回程，學得孔明會彈七弦琴。

五洞神仙是鐵拐李，手拿拐棍步步移，身背葫蘆口出煙，火龍山上得為仙。

六洞神仙是藍采和，手提花籃圖快活，手提花籃長街賣，吃得仙桃變成仙。

七洞神仙是韓湘子，半天雲中吹笛子，九度文公十度妻，護妻聖母上天機。

八洞神仙是何仙姑，打起陽傘一路行，打起陽傘海中行，八仙飄海顯神通。〔註41〕

喪堂歌是在靈堂守靈時所演唱的歌，一般由三至五人操持鑼鼓，由擊鼓者主唱，每唱四句轉槌（即穿插鑼鼓間奏），由於注重鼓的伴奏作用因此又有「鬧喪歌」、「打喪歌」、「夜歌子」、「挽歌」、「孝歌」、「喪歌」、「喪鼓」、「夜鼓」、「陰鑼鼓」、「打乾鼓」等別名。喪堂歌從天黑開始演唱，中間休息兩次，直

〔註40〕康宏：〈撒帳婚俗述略〉，《民間文學論壇》1994年03期。

〔註41〕屈春渡唱，胡琦採錄，張昌記：〈八洞神仙〉，收入《中國民間歌曲集成·湖南卷》，（北京：中國ISBN中心，1994年10月），頁1063～1064。

唱到第二天天亮。演唱的內容和程式,各地有同有異,而湖南的喪堂歌大致可歸納為以「開場歌」、「進場歌」、「上本」、「散場歌」。〔註42〕此〈八洞神仙〉屬於喪堂歌中的上本,為歌曲的主體部分,是以長歌演唱八仙神話傳說。歌詞有較重離俗成仙思想,應是塵世之人藉八仙得道事蹟寄託對亡者的不捨與祝福。

北京風俗歌〈嘆八仙〉,是一首結合祝壽與八仙事蹟的長篇敘事歌。歌曲開頭唱「年年倒有三月初三,王母娘慶壽誕。有一位壽星老率領著八仙。福、祿、壽,壽三仙慶賀萬萬年。」後再以另一曲調分唱八仙,如:

> 請七位神仙兒公卿子,不貪榮華去羞恥。花籃兒手中提,三度林英
> 女,那位神仙兒留下名姓韓湘子。韓湘子修行真是好,手提花籃兒有
> 玄妙。三度林英女,全憑道德高,蟠桃會走一遭歸山去了。〔註43〕

歌詞內容頗類祝壽歌,但它卻是北京人在「送三」〔註44〕時,喪家請和尚帶著樂器,前往靈堂前,以品咒的形式,邊吹邊念所唱的喪歌。〔註45〕〈嘆八仙〉中主要人物有西王母與八仙。西王母於漢時為長生不死的象徵,漢墓中有凡人驅車前往膜拜西王母的畫像磚,象徵人們希望死後得到西王母接引成為仙人,而八仙又是凡人成仙的代表,且分唱八仙時皆以「歸山去了」做結,此山應是指西王母的「崑崙山」,故於喪禮中歌〈嘆八仙〉,為生人對亡者脫離紅塵,受接引前往仙界的祝願。

俗語有「房頂有梁,家中有糧。房頂無梁,六畜不旺。」、「一家不可無主,一屋不可無梁。」因此人們建房或遷居時,關於「梁」的禮儀特別多,迄今沿襲。古代舉行上樑儀式時,司儀會頌讀上樑文來祈福驅禍,而最早的上樑文據宋王應麟考證為後魏溫子昇〈閶闔門上樑文〉,文章以四言歌謠體敘述造屋緣

〔註42〕 屈春渡唱,胡琦採錄,張昌記:〈八洞神仙〉,收入《中國民間歌曲集成・湖南卷》,頁935。

〔註43〕 那崇彬(滿族)唱,葉志強、賈濟澤、流遠、滿族文化站採錄,葉志強、賈濟澤、流遠、孫穎、陳樹林記譜:〈嘆八仙〉,收入《中國民間歌曲集成・北京卷》,頁819。

〔註44〕 「送三」與「接三」是一個儀式的兩方面。「接三」是北京舊時無論貧富在喪禮時不可缺少的禮儀。因為民間傳說,人死後三天靈魂會正式歸往地府或西方,但人一生中總會有些不盡完美之處,此時就須藉由僧眾為亡者誦經免罪。夜裡,作為亡者的晚輩,要為前往西方的親人準備馬車、銀箱送行,此所謂「送三」。詳見常人春:《老北京的風俗》(北京:北京燕山出版社,1996年5月重印),頁222。

〔註45〕 常人春:《老北京的風俗》,頁229。

起、門樓壯麗,最後加上「一人有慶,四海爰歸」的祝禱。〔註46〕敦煌遺書也有不少民間上樑文,體裁為純粹六言韻文,或為六言韻文雜染著四六言的駢體文。〔註47〕宋代是上樑文最為繁盛發達的時期,歐陽修、王安石、蘇軾、陳師道等人皆曾創作,〔註48〕明、清時迄今,上樑之俗仍盛行,明人徐師曾更在《文體明辨序說‧上樑文》中界定上樑文為:「按上樑文者,工師上樑之致語也。世俗營構宮室,必擇吉上樑,親賓裹麵雜他物稱慶,而因以犒匠人,於是匠人之長,以麵拋梁而誦此文以祝之,其文首尾皆用儷語,而中陳六詩。詩各三句,以按四方上下,蓋俗禮也。」〔註49〕如今已少有人創作上樑文,而以上樑歌取代儀式中念誦的頌禱辭。

高國藩認為民間的上樑歌是由敦煌六言韻文體的上樑文發展而來。〔註50〕在行文方面,上樑歌沒有文人創作的上樑文典雅瑰麗,而是以淺顯的語言,表達了人們對新建屋舍的喜悅與對生活平安的要求。上樑歌的內容可分為吉祥話和吉祥物兩部分,吉祥話是人們普遍共識的表示喜慶吉利的賀語或頌贊之辭,吉祥物象則是指人們認定能夠消災除難的事物及各種預示吉兆的自然現象,其包含現實生活中見到的事物與神話傳說中神仙,八仙也因此出現於上樑歌中,如湖南〈迎梁歌〉:

> 日出東來紫雲開,一朵鮮花就地來。文武百官兩邊排,八仙迎進棟

〔註46〕【宋】王應麟《困學紀聞‧卷二十‧雜識》云:「後魏溫子升〈閶闔門上樑祝文〉云:『惟王建國,配彼太微。大君有命,高門啟扉。良辰是簡,枚卜無違。雕梁乃架,綺翼斯飛。八龍杳杳,九重巍巍。居宸納祜,就日垂衣。一人有慶,四海爰歸。』此上樑文之始也。」【宋】王應麟撰,【清】翁元圻注:《翁注困學紀聞》(上海:世界書局,1937 年 5 月),頁 988。

〔註47〕高國藩:《敦煌俗文化學》(上海:上海三聯書店,1999 年 1 月),頁 213。

〔註48〕【宋】歐陽修:〈醴泉觀三門上樑文〉,收入李逸安點校:《歐陽修全集》(北京:中華書局,2001 年 3 月),頁 1218~1219。【宋】王安石:〈英宗殿上樑文〉,收入李之亮注:《王荊公文集箋注(上)》(成都:巴蜀書社,2005 年 5 月),頁 6~7。【宋】蘇軾:〈白鶴新居上樑文〉與〈海會殿上樑文〉,收入【宋】蘇軾著,孔凡禮點校:《蘇軾文集》(北京:中華書局,1986 年 3 月),頁 1989~1990。【宋】陳師道:《後山集‧披雲樓上樑文》,收入《景印文淵閣四庫全書》1114 冊,頁 678~679。

〔註49〕【明】徐師曾:《文體明辨序說》,(北京:人民出版社,1998 年 5 月),頁 169。

〔註50〕高國藩《敦煌民俗學》:「宋代以後《上樑文》則沿著兩條路線流傳,一條,文人《上樑文》採用的是北宋文人時興的模式……民間〈上樑文〉仍沿著敦煌民間〈上樑文〉兩種模式發展,韻文體的演變為〈上樑歌〉,文體的則演變為〈上樑文〉。」(上海:上海文藝出版社,1989 年 11 月),頁 439。

梁材。迎進棟梁建華堂，人丁興旺又進財。雕梁畫棟建華堂，子孫
文武踏金階。〔註51〕

上海〈祭梁歌〉：

新梁請出畫堂前，先請一對魯班仙；當中擺起狀元臺，東廳西廳供
八仙。〔註52〕

江蘇里下河〈澆梁歌〉：

七杯酒澆七巧，八杯酒澆八仙過海。〔註53〕

吳地〈上樑歌〉：

福以天開，文運起發，造起萬年華堂。東邊一朵紫雲來，西邊一朵
樣雲起，兩朵紫雲齊架起，八仙高擎棟梁來。〔註54〕

這些歌謠語言流暢，韻腳寬放，內容看似是隨口而出，仔細品味，又極有意涵。
如「八仙迎進棟梁材」、「八仙高擎棟梁來」等祝語，除了祈求主家房子得以順
利建成外，也是利用雙關語祝福主人家中英才輩出。

人一生大部分時間都是處在家宅內，自然希望自己與家人居處為吉宅，故
屋主建屋時，在注重選址、動工、上樑、落成與喬遷等環節，選擇好日子，或
搭配祝賀儀式，營造出吉祥喜慶的氣氛，以滿足居住吉宅的心理。這些營建儀
式中，以「上樑」最為裝隆重，工匠師傅鞭在炮聲中將大樑架上屋脊，並在梁
上澆酒。當他們從房脊下來後，需頂著盛有錢幣、饅頭與仙桃的盤子，再次登
梯而上，往下拋寶，堂屋等著的人群，則在底下接寶，以求吉利。若依徐師曾
《文體明辯》所說，上樑文是在拋梁時誦讀，但由〈迎梁歌〉、〈祭梁歌〉、〈澆
梁歌〉等曲可知，現在的上樑儀式，各環節皆會伴隨歌謠來祝吉祈祥。上樑歌
唱八仙，是上樑師傅希望藉著他們吉神的象徵，為儀式與屋宅求吉避禍。

三、故事類

祝壽、婚禮、喪儀時所唱的歌曲都有著特定的目的，而民間歌曲中也有純

〔註51〕 丁偉志主編：《中國國情叢書：百縣市經濟社會調查‧安鄉卷》（北京：中國大
百科全書出版社，1996年2月），頁366。
〔註52〕 上海縣縣誌編纂委員會編：《上海縣志》（上海：上海人民出版社，1993 年 7
月），頁975。
〔註53〕 丁玉曙：〈里下河上樑說合子〉，《江蘇地方誌》，2000年第2期。
〔註54〕 《埭溪鎮志》編纂委員會編：《埭溪鎮志》（北京：方志出版社，2004 年 12 月），
頁149。

粹因娛樂而存在者，以八仙傳說為內容的歌曲者即是。這類歌曲，如河南的〈八仙過海〉：

> 漢鍾離手拿手拿鵝毛扇，呂洞賓斜挎斜挎寶劍，李鐵拐仙人道行高，果老毛驢走趙州橋。采和品玉簫，國舅運糧寶，仙姑背笊籬，湘子就挎毛藍，眾佛家一起來到東海岸。
>
> 漢鍾離抬頭抬頭觀望，觀海水波浪波浪滾翻，鵝毛扇子放水面，好似一隻擺渡的船。雙膝上去直到中間，飄飄蕩蕩，逍遙可不慢，一霎時過去大海投仙山。
>
> 呂洞賓抬頭抬頭觀望，觀海水波浪波浪滾翻，七星寶劍放當央，好似大海紫金的梁。雙膝上去直到中央，飄飄蕩蕩，不慌可不忙，一霎時過去大海遊重洋。〔註55〕

八仙過海是民間相當盛行的八仙故事，其中八仙各憑法寶渡海是故事中相當精彩的一段，因為對這段情節的喜愛，民眾將其編成歌曲傳唱。或許是八仙人數眾多，這首〈八仙過海〉歌並沒有完整敘述八位神仙，只唱了漢鍾離與呂洞賓這前兩洞的神仙渡海的情況。河北也有一首名為〈八仙過海〉的民間歌曲，但只有敘述八仙的衣貌而不涉及渡海的過程，較類似八仙慶壽歌。〔註56〕除了八仙過海外，大部分故事性的歌謠都取材於小說或民間故事，如河南與河北皆有〈韓湘子出家〉，歌詞主要以嬸子的立場唱出韓湘離家修道的過程，寄託養子的不易的辛酸；〔註57〕山西〈張果老過橋〉〔註58〕、〈趙州橋〉〔註59〕，江蘇〈張果老騎驢過趙橋〉〔註60〕皆是旁觀者的身分唱述張果老試橋的事蹟；河

〔註55〕 紀石唱，紀石記：〈八仙過海〉，收入《中國民間歌曲集成·河南卷》，頁537～538。

〔註56〕 劉繼選唱，魯納記：〈八仙過海〉，收入《中國民間歌曲集成·河北卷》，頁911～912。

〔註57〕 張增方唱韻宏、雲昭、呂明記：〈韓湘子出家〉，收入《中國民間歌曲集成·河南卷》，頁539。河北〈韓湘子出家〉有兩首，分別為楊作錦唱，衛曉峰記的〈韓湘子出家〉與張福堂唱，陳曉華記的〈韓湘子出家〉收入《中國民間歌曲集成·河北卷》，頁876～878。

〔註58〕 宋懷敬唱，徐步成記：〈張果老過橋（一）〉；劉照喜唱，常士繼記：〈張果老過橋（二）〉收入《中國民間歌曲集成·山西卷》，頁764～765。

〔註59〕 王子純唱，士練、陳雷記：〈趙州橋〉收入《中國民間歌曲集成·山西卷》，頁765～766。

〔註60〕 佚名唱，孫建華記：〈張果老騎驢過趙橋〉，收入《中國民間歌曲集成·江蘇卷》，頁1079。

北有〈韓湘子討封〉，據歌詞中「我與唐王去上壽，胳膊挎著竹花籃，欠身起來忙離座，出來深山古洞間。」〔註61〕可見是以民間故事〈韓湘子討封〉為基礎創作而成；河北〈渡林英〉〔註62〕、甘肅〈林英哭五更〉〔註63〕、陝西〈韓湘子渡林英〉〔註64〕等，則是以林英的角度泣訴丈夫離家不歸，所以「度林英」系列的歌曲故事性較弱，歌詞多是女性思夫怨夫及獨守空閨的感嘆。江蘇〈三戲白牡丹〉並無提及歌中的點藥與答者的姓名，但據歌名與內容「一問地上三分白，再問地上一點紅，三問地上顛倒掛，四問地上錦包龍。」、「梔梔開花三分白，莧菜出土一點紅，茄子結子顛倒掛，南瓜結子錦包龍」〔註65〕判斷，應是屬於呂洞賓點藥故事。湖北枝山流傳的〈鍾離權點藥戲牡丹〉是首長篇且特色顯明的敘事歌：

> 別了師父呂洞賓，芭扇一搖下凡塵，一路走來一路行，不覺來到長安城。……鍾離見問把話明：來到你家點藥名。我一無單來二無據，憑口將言說幾句：一點你家「假父子」，二點你家「七梅丹」；三點你家「常來往」，四點你家「下棋玩」；五點你家「甜如蜜」，六點你家「苦黃連」；七點你家「硬似鐵」，八點你家「軟如箋」；九點你家「如天打」，十點你家「海洋深」。……牡丹緩緩下樓們，尋問爭吵為何因？鍾離見問說分明，耽擱時辰了不成！牡丹聽罷笑微微，吞珠吐玉起丹唇：「十味藥名本是真，奴婢破了給你聽：「師徒二人『假父子』，五郎二女『七梅丹』；暗親好似『常來往』，朋友恰如『下棋玩』；親娘親母『甜如蜜』，晚娘晚母『苦黃連』；兄弟分家『硬似鐵』，恩愛夫妻『軟如箋』；孝順媳婦『如天打』，百日夫妻『海洋深』。」……說的道童不肯信，請君回家看分明！罵得鍾離臉發紅，腳踏羞雲歸仙洞。〔註66〕

〔註61〕趙德明唱，文廣、宋山、其明記：〈韓湘子討封〉，收入《中國民間歌曲集成·河北卷》，頁875。
〔註62〕藺琪富、藺其碧唱，戴月記：〈渡林英〉，收入《中國民間歌曲集成·河北卷》，頁879。
〔註63〕傅生財、任進福唱，索象武、羅天鷩記：〈林英哭五更〉，收入《中國民間歌曲集成·甘肅卷》（北京：中國ISBN中心，1994年7月），頁309。
〔註64〕張根周唱，常衛國記：〈韓湘子渡林英（一）〉；儲茂玲唱，王平、大剛記：〈韓湘子渡林英（二）〉，收入《中國民間歌曲集成·陝西卷》，頁1397～1399。
〔註65〕佚名唱，石林記：〈三戲白牡丹〉，收入《中國民間歌曲集成·江蘇卷》，頁911。
〔註66〕劉守華：《道教與中國民間文學》（臺北：文津出版社，1999年12月），頁278～282。

這首歌情調質樸，語言風趣，較江蘇〈三戲白牡丹〉多了不少男女打情罵俏的內容。民間故事中，呂洞賓是是鍾離權之徒，也是「點藥型」故事的主角，然在這首敘事歌中，鍾離權反成為呂洞賓的徒弟及點藥戲女的登徒子。這種情節相同但人物顛倒或變換的情況時見於民間文學中，如福建〈退秧竹〉〔註67〕與浙江〈仙人杖〉〔註68〕兩故事內容相同，但前者助人的神仙為鐵拐李，後者為呂洞賓；在山西小調〈八仙慶壽〉中，也將呂洞賓事蹟就被誤置於鐵拐李身上；而這首〈鍾離權點藥戲牡丹〉應是傳唱者混亂了鍾離權與呂洞賓師徒關係，而錯置戲牡丹之人。

　　除了上述的歌曲外，民間歌曲尚有不少詠八仙或以八仙為名的歌曲，如河南有〈繡八仙〉，從歌詞「二繡呂洞賓，頭戴葉兒青，手裡兒拿的劍呀麼劍七星。手裡兒拿的劍呀麼劍七星。」、「五繡曹國舅，不願當王侯，一心裡終南山把呀麼把道修。一心裡終南山把呀麼把道修。」〔註69〕等來看，歌曲主要敘述八仙的外貌或經歷，並未有任何涵意，應是女子於刺繡時隨口哼出。北京〈繡八仙〉的歌詞亦是描繪八仙衣著、容貌，如「三繡鐵拐兒李，雙腳站不齊，頭戴烏龍帽，長長把眉齊，有個葫蘆兒背在身後裡。」然在開頭「姑奶奶住娘家，叫一聲她的媽。做會兒回工活兒，又把這荷包紮，上繡八仙繡完好回家。」結尾「婆母我心歡喜，媳婦兒你聽言，荷包繡的好，八仙真新鮮，闔家歡樂咱家要團圓。」〔註70〕知此歌應是新婦利用繡八仙荷包展現好手藝，並因此得到婆母讚賞，展現婆媳和合、親如母女的和諧關係。

　　以八仙為題材的民歌，有些受到宗教的影響所產生，有些則以他們的故事與象徵意義來為歌者抒情寫意，這些歌曲雖用韻廣而不嚴，但歌詞發乎真情，隨意自然，富有生活的氣息與情趣。

第二節　八仙與說唱

　　「說唱」又稱為「講唱」，大陸則以「曲藝」通稱之。說唱是最有民間色

〔註67〕陳錦登、吳文蒐集整理：〈退秧竹〉，收入《福建民間故事集》，頁493～494。
〔註68〕毛慶熙講述，諸葛佩蒐集整理：〈仙人杖〉，收入鄭土有《中國仙話》，頁463～464。
〔註69〕李安祥唱、李雨富補唱，張福忠記：〈繡八仙〉，收入《中國民間歌曲集成・河南卷》，頁536～537。
〔註70〕邢國臣唱，劉振實、杜宏奇採錄，杜宏奇記譜：〈繡八仙〉，收入《中國民間歌曲集成・北京卷》，頁537～538。

彩的表演藝術，其內容以文字記載成篇後則被稱為說唱文學，鄭振鐸先生在
《中國俗文學史》曾說：「一般的民眾，未必讀小說，未必時時見得戲曲的演
唱，但講唱文學卻時時被當作精神上的主要糧食。」〔註71〕這類說唱文學的表
演，多以敘事為主，代言為輔，演員約一到三人，以簡單的道具搭配「聯曲體」
（詞曲系曲牌體）、「主體曲」（詩讚系板腔體）的音樂體裁，以韻文、散文、
韻散結合的敘述方式，或說或唱。〔註72〕讓民眾同時享受音樂與歌唱時，又能
明白故事的經過。在說唱藝術中，幾乎每種類別都會涉及八仙，以下分別以彈
詞、鼓詞、寶卷三方面舉例分析。

一、鼓詞

　　「鼓詞」是以鼓作為說唱時的主要樂器，並以一個曲調，歌唱數遍，韻
散夾雜地講述故事。「鼓詞」一名起於明中葉後，其來演變據鄭振鐸的考證
稱：「亦始於變文。至宋，變文之名消滅，而鼓詞以起。趙德麟的《商調蝶戀
花鼓子詞》為最早的鼓詞之祖。」〔註73〕又詩人陸放翁〈小舟游近村舍舟步
歸〉云：「斜陽古柳趙家莊，負鼓盲翁正作場。身後是非誰管得，滿村聽說蔡
中郎。」中的「負鼓盲翁」即敲著鼓說書的盲人老頭，可見南宋時擊鼓說唱
在民間已普遍。目前所見較早的鼓詞唱本為明代的《大唐秦王詞話》〔註74〕、
《大明興隆傳》、《通俗大明定北炮打亂柴溝全傳》等，其唱詞以七言或十言
為主，根據體製與演出形式可分又說又唱的成本大書與只唱不說的小段，前
者仍稱鼓詞，後者稱為大鼓。

　　由明入清，鼓詞日益盛行於北方，並逐漸傳播到南方，內容也從最初演唱
長篇歷史故事，演變到公案、脂粉、傳奇等皆唱之，其中與八仙有關者〈東遊
記八仙過海鼓詞〉〔註75〕、〈八洞神仙賀壽〉、〈八仙大鬧東海鼓詞〉、〈八仙過
海〉、〈八仙過海鼓詞〉、〈八仙慶壽〉、〈八仙上壽鼓詞〉、〈二度林英〉、〈韓湘子
得道鼓詞〉、〈韓湘子度林英〉、〈韓湘子九度文公十度妻〉、〈韓湘子上壽〉、〈狐

〔註71〕鄭振鐸：《中國俗文學史》，收於《鄭振鐸全集》第 7 卷（石家莊：花山文藝出
　　　　版社，1998 年，11 月），頁 7。
〔註72〕詳見曾永義：《俗文學概論》，頁 662～663。
〔註73〕鄭振鐸：《中國俗文學史》，頁 584。
〔註74〕鄭振鐸稱：「此書始名詞話，實即鼓詞，寫唐太宗李世民征伐諸雄，統一天下
　　　　事。」，鄭振鐸：《中國俗文學史》，頁 585。
〔註75〕簡濤：〈山東民間皮影戲《八仙過海》初探〉，《山東師大學報（哲學社會科學
　　　　版）1984 年 02 期。

狸緣〉、〈九度林英〉、〈藍關走雪〉、〈洛陽橋〉、〈呂純陽請天兵〉、〈呂純陽三戲
白牡丹〉、〈呂祖買藥勸世文〉、〈王道士捉妖〉、〈呂純陽請天兵〉、〈呂祖捉妖狐〉、
〈撒天羅地網拿妖狐〉、〈湘子得道〉、〈湘子點化〉等。〔註76〕這些鼓詞由題目
觀之，內容以八仙慶壽、湘子故事、呂仙事蹟為主。

　　〈東遊記八仙過海鼓詞〉出現於清代，分上下兩卷，約八千餘字。它以
吳元泰小說《東遊記》為底本，主要寫三月三日，八仙赴蟠桃會為西王母慶
壽，踏寶過海，因寶被盜與龍王大戰，孫大聖、二郎神、哪吒來到，又幫八
仙打殺一陣，最後經佛陀、老祖、觀音調後，雙方和好。〈東遊記八仙過海
鼓詞〉雖是由《東遊記》演化而來，但對情節與角色做了許多調整與充實，
如八仙赴宴及過海的時間，《東遊記》只說八仙赴王母壽宴，未提及時間，
而在鼓詞裡稱八仙是在三月三日赴宴。三月三日本是祓除災禍，祈降吉福的
上巳節，清代已成為王母壽誕，當日北京人會前往王母廟參與廟會或遊春踏
青，如潘榮陛《帝京歲時紀勝・三月・蟠桃宮》載：「蟠桃宮在東便門內，
河橋之南，曰太平宮。內奉金母列仙。歲之三月朔至初三日，都人治酌呼從，
聯鑣飛鞚，遊覽至此。長堤縱馬，飛花箭灑綠楊坡；夾岸聯觴，醉酒人眠芳
草地。」〔註77〕讓廉《京都風俗志》云：「三月三日，相傳為西王母蟠桃會
之期。」〔註78〕可見「三月三日」是鼓詞作者結合民間習俗添加進唱本中。
又八仙過海的小說稱八仙於宴會後渡海，但在鼓詞中則是渡海赴宴，前者八
仙酒足飯飽，有足夠的時間與精力與龍王太子打鬧；後者則著急赴宴，如文
中所言「誤了蟠桃會，這罪怎擔？」凸顯八仙渡海的急迫性，這安排緊繃情
節發展的弦索，也使結構更加緊湊。〔註79〕

　　上述鼓詞中的〈狐狸緣〉、〈王道士捉妖〉、〈呂祖陽請天兵〉、〈呂祖捉妖狐〉
四篇鼓詞，民國石印線裝本將它們收入同冊中，〔註80〕內容講述周生與狐妖相

〔註76〕 李豫、李雪梅、孫英芳、李巍編著：《中國鼓詞總目》（太原：山西古籍出版社，
　　　　 2006 年 4 月），頁 2、頁 4～5、83、122～123、144、191、203、237、238、
　　　　 240、402、452。
〔註77〕 【清】潘榮陛：《帝京歲時紀勝》（北京：北京古籍出版社，1981 年 8 月），頁
　　　　 16～17。
〔註78〕 【清】讓廉：《京都風俗志》，收入北京市東城園林局編：《北京廟會史料》（北
　　　　 京：北京燕山出版社，1999 年 12 月），頁 115。
〔註79〕 詳見簡濤：〈山東民間皮影戲《八仙過海》初探〉，《山東師大學報（哲學社會
　　　　 科學版）1984 年 02 期。
〔註80〕 筆者所見民國石印線裝本繪圖鼓詞將〈狐狸緣〉、〈王道士捉妖〉、〈呂祖陽請

戀，呂洞賓請天兵伏妖的過程，與小說《狐狸緣全傳》相似，〔註81〕但略有不同，小說結局是周信與投胎為李玉香的狐妖結為連理，但鼓詞〈呂祖捉妖狐〉卻是：

> 仙家說罷聲聲拜，辭別公子周小官。悲悲泣泣出門去，悽悽涼涼歸
>
> 了山。呂祖送神各歸位，帶領王道奔終南。〔註82〕

可見在鼓詞中，男女主角最終是各奔東西。小說與鼓詞結局相異，可能小說較重商業性，為賣出書籍，故以闔家團圓為結局，滿足讀者期待美滿的心理。但鼓詞勸善、教育意味較重，表演者利用故事規勸聽者不要沉迷女色，奮發進取才是人生要事，因此結局就沒有小說那般圓滿。

二、彈詞

　　彈詞是流傳在南方的講唱文學，與鼓詞可列為明清說唱文學的兩大品種，不過鼓詞是以北方話寫成，基本遵守《中原音韻》，彈詞除了用北方話外，亦使用吳語、粵語，地方特色較鼓詞濃厚。彈詞以琵琶為伴奏樂器，在各地有不同的稱呼，如蘇州「彈詞」、廣東「木魚書」、江浙一代則稱「南詞」，到了揚

　　天兵〉、〈呂祖捉妖狐〉收為一冊，正文前有一頁畫有四幅小圖，其中一幅字跡以損毀，其他三幅題字為：王天師收妖、老道拜祖師、楊秀算問卜。又《中國鼓詞總目》所見的藏書中，有將〈狐狸緣〉、〈黃道士捉妖〉、〈呂純陽請天兵天將〉、〈撒天羅〉收入一冊中，也有〈狐狸緣〉、〈王道士捉妖〉、〈撒天羅地網拿妖狐〉、〈呂純陽請天兵〉四者同冊者。詳見李豫等：《中國鼓詞總目》，頁 984、991。

〔註81〕內容相似的鼓詞，早在道光三十年就出現了，即石玉昆子弟書《青石山狐仙傳》。然《青石山》最初為戲曲，據周明泰《道咸以來梨園系年小錄》所記，道光四年（1824）清廷供奉的花部慶昇平班所演出的劇目中就有《青石山》。比對道光二十年崑弋腔同名抄本內容，知是擴寫自汪廷訥《長生記》中〈道士斬妖〉一折，加入周生與狐妖的故事，並將純陽請來斬狐妖的神仙從關公變成了李天王。戲曲《青石山》引發了同題材俗文學的改編，而出現鼓詞、彈詞、小說等作品，雖然體裁不一，然而故事情節大致雷同。詳見【清】周明泰：《京戲近百年瑣記》（原名：《道咸以來梨園系年小錄》），收入劉紹唐、沈葦窗編：《平劇史料叢刊》第三種（臺北：傳記文學出版社，1974 年 4 月），頁 12。【清】石玉昆：《青石山狐仙傳》，收入《故宮珍本叢刊》第 703 冊，海口：海南出版社，2001 年 3 月。【清】無名氏：《青石山總本》，收入《傅惜華藏古典戲曲珍本叢刊》第 130 冊，（北京：學苑出版社，2010 年 4 月），頁 124～168。吳真：〈聖象與禁戲——以「關公斬妖」主題戲曲為中心〉，收入《首屆關公文化前沿論壇論文集》，2018 年 6 月，頁 219～226。

〔註82〕不題著者，《狐狸緣》，民國石印線裝本繪圖鼓詞。

州則改稱為「弦詞」。

　　查閱胡士瑩《彈詞寶卷書目》與譚正璧《彈詞敘錄》兩書，書中與八仙有關的彈詞有：《八仙緣》、《三度韓文公》、《韓湘子傳》、《韓湘子得道全傳》、《後八仙圖》等。〔註83〕《八仙緣》又稱《新刻時調說唱八仙緣全傳》，為朱梅庭所作。敘述武林靈林村富戶何卓獨女何靜蓮性愛修真，不願婚配。何卓因無子欲招贅婿，靜蓮在夢中得回道人授意，告知父親願嫁江湖絕技之人。何父依言貼招帖於門，果真招來五十餘歲稱能知過去未來的金重離、七十餘歲能起死回生的田木叟、相貌醜陋然擅海底撈針的乞丐十八子、年僅十三相貌秀麗有移雲攝日之能的湘江子、言語斯文自謂百步穿楊的匡燦然。何父欲招匡燦然為婿，卻引起前四人的不滿，五人爭執之際，又逢國舅曲日華奉旨宣靜蓮入宮為妃，先來的五人以靜蓮已有婿的理由，阻擋員外承旨，國舅又從員外處知五人的爭執，故擬引五人入京，請旨定奪。此時，又來個回道人，稱靜蓮已食半顆仙桃，欲收她為徒帶走，但眾人的爭執仍無法平息，故回道人提議以搭彩樓拋繡球的方式決定夫婿。靜蓮登樓，卻遭猛虎精以狂風捲走，金重離等五人施展絕技，救回靜蓮。靜蓮再次登樓，繡球砸中回道人，狂風再次大作，靜蓮與七人皆失去蹤影。後何父叢書童處得知，七人為神仙所化，下凡度靜蓮為仙。〔註84〕《八仙緣》借著民間故事中考試招婿的母題，結合服食成仙的情節，敷衍出何仙姑得道的過程，此與其它的何仙姑故事不相同，譚正璧發現它與高甲戲中的《四仙記》輪廓相似，但只有五仙登臺，「想是因便於演出之故，原來之八仙只出場五仙」。〔註85〕王漢民則認為此彈詞「可能是朱梅庭根據何仙姑傳說創作而成的作品。」〔註86〕吳光正則考證〈八仙緣〉故事原型可能為宋話本《四仙鬥聖》〔註87〕。

　　《三度韓文公》、《韓湘子傳》與《韓湘子得道全傳》皆敘述韓湘子得道與度叔的故事。《三度韓文公》六卷，現有清抄本六冊。《韓湘子傳》與《韓湘子

〔註83〕胡士瑩：《彈詞寶卷書目（增訂本）》（上海：上海古籍出版社，1984年6月），頁4、10、43、82。譚正璧：《彈詞敘錄》（上海：上海古籍出版社，2012年5月），頁34～35、192～193、327～328。

〔註84〕譚正璧：《彈詞敘錄》，頁34～35。

〔註85〕譚正璧：《彈詞敘錄》，頁35～36。

〔註86〕王漢民：《八仙與中國文化》，頁111。

〔註87〕吳光正：《八仙故事系統考論：內丹道宗教神話的建構及其流變》，（北京：中華書局，2006年8月），頁309。

得道全傳》為同一本彈詞〔註88〕，原名《新出繪圖韓湘子傳》，又名《九度文公》，有四卷二十一回，沒有署名作者。〔註89〕

《後八仙圖》為《八仙圖》續書，《八仙圖》以敘述韓文玉與銀棠悲歡離合為主，並不涉及神怪。《後八仙圖》則寫韓文玉、銀棠與玉蘭因張太師陷害而陷入困境，玄女、太白金星與八仙等前來救助，讓眾人得以脫險重逢，而張太師最終也受到天子懲處而喪命。〔註90〕在此彈詞中，八仙不是主要的角色，但他們傳授玉蘭武藝，再協助主角戰勝賊將方天豹，除了是故事中的武力擔當外，也是推動劇情發展的重要人物。

在胡士瑩《彈詞寶卷書目》有《狐狸緣》彈詞，他稱：「余藏有清光緒戊子（1888）敦厚堂刊本，題『醉月山人著』，共六冊二十二回，唱詞不多。」醉月山人的《狐狸緣》實為章回小說，因各回中夾帶一、兩段韻文唱詞，用以描寫人物外貌、景物及角色心理，被視為此書據彈詞改編而的證據，又從胡士瑩「清光緒戊子敦厚堂刊本」、「唱詞不多」等敘述來看，可能是胡氏誤將小說視為彈詞了。其實清代時有《青石山》彈詞，主要敘述周生、狐妖相戀與呂洞賓捉妖的故事，依內容觀之，此彈詞應是醉月山人小說所依據的底本。

三、寶卷

在眾多的說唱文學中，寶卷的宗教氣息最濃厚，對於八仙故事的演變與傳播也有不小的影響。寶卷淵源於唐代俗講，是佛教世俗化產物已無疑，雖俗講在北宋時被禁，但民間的瓦子中卻出現了「說經」、「說參請」、「說諢經」，〔註91〕鄭振鐸等人據此認為寶卷是「談經」、「講經」的別名〔註92〕，但車錫倫先生認為與南宋瓦子中的說經無關，因為寶卷的特色是需按照一定的宗教儀軌在法會道場中演唱，不進入公共娛樂場所，而宋代的瓦子是娛戲遊蕩之

〔註88〕 在《彈詞寶卷書目》中〈韓湘子得道全傳〉下注為譚正璧藏，而譚正璧《彈詞敘錄》中與韓湘子有關的僅有《韓湘子傳》，故推測這兩者應為同一本書。

〔註89〕 譚正璧：《彈詞敘錄》，頁 328。

〔註90〕 譚正璧：《彈詞敘錄》，頁 192～193。

〔註91〕 吳自牧《夢粱錄·小說講經史》云：「談經者，為演說佛書。說參請者，謂賓主參禪悟道等事，有寶庵、管庵、喜然和尚等。又有說諢經者，戴忻庵。」（上海：古典文學出版社，1957 年 6 月），頁 313。

〔註92〕 如鄭振鐸認為是變文的嫡派子孫，也當是「談經」等的別名。楊蔭深言寶卷二字大約是元代時才有，所以宋代尚無寶卷之稱，而直說為說經罷了。詳見鄭振鐸：《中國俗文學史》，頁 516。楊蔭深：《中國俗文學概論》（臺北：世界書局，1980 年 5 月），頁 104。

處，無法進行嚴肅的宗教儀式，自然也不可能演唱寶卷，宋代與寶卷直接產生有關的，是當時佛教信徒的各種法會道場及淨土信仰結社念佛的盛行。〔註93〕寶卷既源於變文，結構亦與變文無異，其所講唱的內容本以佛教故事為主，之後結合道教、世情，以因果報應勸人為善。在南方，有所謂的「宣卷」，即宣講寶卷之謂，是僅次於彈詞的民間說唱演出，在朝山進香、廟會賽社甚至於民眾家中皆能見到。北方民間宣卷稱為「念卷」，是農村中識字的先生所抄，並為民眾念卷。〔註94〕

　　據車錫倫《中國寶卷總目》所載以八仙為主的寶卷有：《八仙寶卷》、《八仙上壽寶卷》、《八仙上壽偈》、《八仙上壽十杯茶》、《八仙鐵拐李呂純陽曹國舅寶卷》、《八仙緣寶卷》、《呂純陽祖師說三世因果寶卷》、《呂祖寶卷》、《呂祖真經》、《何仙姑寶卷》、《何仙寶傳》、《韓湘寶卷》、《韓仙寶卷》、《韓祖成仙寶傳》、《仙姑勸世寶卷》、《孝女寶卷》、《湘子問道寶卷》等。〔註95〕其中《八仙寶卷》、《八仙上壽寶卷》、《八仙上壽偈》、《八仙上壽十杯茶》等屬於祝禱儀式類寶卷，它們與宣卷活動相結合，用於祝壽場合。演唱時，宣卷人會先焚香點燭請佛，再宣唱寶卷祝壽，內容描述八仙如何下凡為壽星與聽眾帶來各種福祉，如《八仙上壽寶卷》：

> 八仙遇海浪滔滔，王母娘娘把手招。請問眾仙何處去？念佛堂中獻蟠桃。漢鍾離，來上壽，蟠桃高獻。呂洞賓，來上壽，送壽長春。張果老，來上壽，能開妙法。曹國舅，來上壽，說法談經。藍采和，來上壽，執掌乾坤何仙姑，來上壽，歡天喜地。鐵拐李，來上壽，順風聽經。韓湘子，來上壽，口唱無腔（疆）。〔註96〕

寶卷開頭有「天上蟠桃會，人間慶壽筵。八仙齊下降，共祝此堂前」之語〔註97〕，

〔註93〕詳見車錫倫：《信仰・教化・娛樂：中國寶卷研究及其他》（臺北：臺灣學生書局，2002年12月），頁43～63。

〔註94〕車錫倫：《中國寶卷總目》（北京：燕山出版社，2000年5月），頁5。

〔註95〕車錫倫：《中國寶卷總目》，頁2～3、31、81、101～102、139、295、300～301、318～319。

〔註96〕《八仙上壽寶卷》又稱《八仙大上壽寶卷》，戊子年（1948年）廣泰抄本。張靈〈「八仙」故事的民間化重構——基於寶卷的研究視角〉（上海師範大學學報（哲學社會科學版），2018年02期）中所引用的民國抄本寫為：「韓湘子來上壽口長無疆」，其中的長應是唱的訛誤，而廣泰抄本的「口唱無腔」應為「口唱無疆」。

〔註97〕同註96。

可見將神與人的壽宴結合，故上述引文看似八仙為皇母（王母）上壽所帶來的各式祝福，但事實上他們祝壽的對像是凡人。從內容來看，這類寶卷儀式性強，沒有故事情節，全本幾乎是由神仙與吉祥話所構成，應是為了迎合人們求福壽的心理而作。

　　勸世類寶卷有《呂純陽祖師說三世因果寶卷》、《湘子問道寶卷》、《仙姑勸世寶卷》等。此類寶卷敘述神仙修行成道經過，但主要內容說因果、解疑惑與勸人為善，以七或十字為唱詞，如「世間難得是人身、位列三才具五行。為聖為賢須在己，成仙成佛總由人。」〔註98〕這類寶卷雖名為寶卷，然民間的宣卷人並不演唱它們，主要是作為讀物流傳（善書），警戒信徒。〔註99〕

　　神道修行類寶卷有《呂祖寶卷》、《何仙姑寶卷》、《孝女寶卷》、《何仙寶傳》、《韓湘寶卷》等，主要敘述八仙修行成道的過程。《何仙姑寶卷》、《孝女寶卷》、《何仙寶傳》皆敘述何仙姑修行成仙的經歷，是明清時期相當流行的婦女修行類寶卷。《何仙姑寶卷》、《何仙寶傳》結合了戲牡丹、斬黃龍故事〔註100〕，只不過將藥鋪裡聰慧女子改成了何仙姑。這三本寶卷，都是以宣揚民間宗教教義為創作目的，其中《孝女寶傳》與《何仙寶卷》更是尊奉無生老母為高神。以《孝女寶卷》為例，此書敘述無生老母勒旨呂洞賓度蓮香菩薩還元，而蓮香此時下凡投生為廣州增城何泰女蓮貞。何泰因武后干政而辭官回鄉，卻遭弟弟與弟妹陷害而妻離子散，後受呂洞賓協助下，何家人才得以團聚。蓮貞得化身僧人的呂洞賓傳道以及白猿採仙果養身，在仙體滿足之日飛升。成仙後，又講道至善園、擊敗烏龍道人、度化魯東陽、李鑫、馬明倫、邢文禮、清元、藍采和、韓湘子等人，其中邢文禮得道改名張果，李鑫則為鐵拐李，魯東陽則轉世為曹國舅。群仙道果圓滿後，與南極仙翁共赴蟠桃會朝王母，又接受玉帝封賞，

〔註98〕《呂純陽祖師說三世因果寶卷》，清咸豐辛亥（1851）年，杭州朝慶寺慧空經房刊本，頁1。

〔註99〕車錫倫：《信仰・教化・娛樂：中國寶卷研究及其他》，頁140。又如吳光正發現《湘子問道寶卷》與明善書局所印行的《呂祖韓仙師弟問答》內容完全相同。見《八仙故事系統考論：內丹道宗教神話的建構及其流變》，頁363。

〔註100〕呂洞賓斬黃龍的故事類型因佛道兩家各自利益而出現了不同結局，《醒世恒言》中的〈呂洞賓飛劍斬黃龍〉是呂洞賓欲斬黃龍禪師之首，但卻被收了寶劍，接受了禪師的傳道；雜劇《呂純陽點化渡黃龍》則是呂洞賓前往渡化佛教高僧黃龍禪師，傳授他性命雙修之理，其後八仙引渡黃龍禪師升仙。詳見吳光正《八仙故事系統考論：內丹道宗教神話的建構及其流變》第三章〈呂洞賓飛劍斬黃龍故事考論〉，頁73～84。

最終各仙前往無極宮參拜無極老母，無極老母則設宴慶賀諸子女歸來。〔註101〕寶卷以無生老母為三教仙佛的統領，玉帝、王母、如來等接受其管轄，可見是藉由仙佛成道度人故事，呈現出民間宗教以「無生老母」為宇宙主神的宗旨。此外，此寶卷將儒道釋三教思想交融為一體，不過其所宣揚的核心理念仍以道教內丹思想為主，在腳色在修身練氣方面有不少著墨。

《孝女寶卷》雖襲用增城何仙姑傳說設定主角身世，但仍有不少自創之處，如何仙姑為蓮香菩薩轉生，張果老、鐵拐李、曹國舅、藍采和、韓湘子的度化或成仙都與她有著直接或間接的關係，這些內容與民間傳說差異甚巨，讓何仙姑重要性在八仙之中大為提升。女仙在寶卷中地位的提高，一方面是因為當時的民間宗教受以女性為宇宙最高神祇（如無生老母），道教中的女仙被這種陰性崇拜影響，威望也隨之高張。又部分民間教派以女性為教首，或是在教中位居要職，為了讓這些女性能正統與合法地領導教派，故寶卷會特意提升女性人物或神仙的影響力，強化、鞏固她們在教中的統治權。

以八仙題材的寶卷，除了祝壽儀式類外，勸世與神道修行類皆放大了八仙故事本身具有的神仙道化功能，著重表現宗教主題，其中善惡有報的因果觀，極具教化的意味，引導聽眾揚善除惡，修養自身道德與行為，對於社會秩序穩定有所裨益。八仙寶卷也是各種民間宗教的佈道書，內容除了有各教派的修煉法門，也通過對仙人修行的強調與得證正果後的美好描繪，來誘使民眾加入宗教團體，參與教團活動，以此壯大自身勢力。

中國各種演藝中，說唱文學是相當受到民眾的歡迎與喜愛的表演。說唱或以第三人稱敘述，或以代言的方式，將音樂與故事結合，讓人們在娛樂之際亦能從中獲取知識或學習道理，對民眾的生活影響極大。鄭振鐸先生曾說：「講唱文學在中國俗文學中占了極重要的成分，也占了極大的勢力。」、「他們是另有一種極大的魔力，足以號召聽眾的。」〔註102〕曾師永義也認為說唱「對小說、戲曲、民俗音樂影響甚大。所以論俗文學者，不可不重視說唱。」〔註102〕對於八仙來說，民間藝人將他們的故事改編與傳唱，宣揚傳播至宗教、文學等不同的領域後，經過這些領域內的創作者加以渲染與改寫，又回過頭來影響說唱，這使八仙故事內容更加豐富，數量也更龐大。

〔註101〕《孝女寶卷》，民國十年同善書局重刊本。
〔註102〕鄭振鐸：《中國俗文學史》，頁7～8。
〔註103〕曾永義：《俗文學概論》，頁749。

第三節　八仙與地方小戲

　　「小戲」是相對於大戲而言，兩者是依藝術層次的高低與故事情節簡繁不同而分。小戲的成立，只需以中國戲曲構成九大元素其中一兩個為主，再結合或吸納其他元素即可。〔註104〕中國眾多地方小戲中有不少以八仙為題材者，以下略舉江西《跳八仙》、山東鄭家莊的八仙燈、湖南花鼓戲《湘子服藥》為例，敘述這些地方八仙小戲的特色。

一、崇仁跳八仙儺戲

　　「儺」是驅鬼逐疫的宗教儀式，「儺舞」則是人們模仿鬼神、動物化妝與動作的祭祀舞蹈，而「儺戲」是結合儺與儺舞的宗教藝術，它藉由傳承保存在民間，是中國「儺文化」的活化石。〔註105〕關於儺，各代文獻皆有記載，先秦時在宗教儀式中舉行，如《周禮・夏官》：「方相氏掌蒙熊皮，黃金四目，玄衣朱裳，執戈揚盾，帥百隸而時難，以索室毆（驅）疫。大喪，先柩；及墓，入壙，以戈擊四隅，毆方良。」到了漢代，儺可以使用在各種場合，並且是夾雜在神話以及據古人事蹟編演的故事中同時演出，所以它並不只有驅疫保平安的作用，有著「以戲為樂」的意味，是以儺儀向儺戲轉化了。〔註106〕中國至今仍有不少地方保留著別具特色的儺戲，曲六乙先生曾將它們依地區及特色區分為六大儺文化圈，江西屬於巴楚巫文化圈，它界於中原儺文化圈與百越巫文化圈之間，〔註107〕，以豐富的儺文化資源著名，而崇仁的「跳八仙」因為保留了較多原始儺的面貌，被列入江西省第一批省級非物質文化遺產名錄中。

　　崇仁的「跳八仙」俗稱「八仙舞」，〔註108〕屬於規矩多、禮儀嚴的江西老

〔註104〕曾永義：《戲曲源流新論・也談戲曲的形成、淵源與發展》，頁35。

〔註105〕度明修：〈貴州黔東北民族地區的儺戲群〉收入《中國儺戲・儺文化專輯（上）》（臺北：財團法人施合鄭民俗文化基金會，1991年1月），頁165。

〔註106〕陳多：〈儺、戲摭談〉，收入《中國儺戲・儺文化專輯（上）》（臺北：財團法人施合鄭民俗文化基金會，1991年1月），頁81。

〔註107〕曲六乙先生以各地儺的特徵與文化系統，將中國分為北方薩滿文化圈、中原儺文化圈、巴楚巫文化圈、百越巫文化圈、青藏「苯」佛文化圈、西域儺文化圈。詳見曲六乙：〈漫話儺文化圈的分佈與儺戲的生態環境〉，收入《民俗曲藝》第六十九期《中國儺戲・儺文化專輯（上）》，頁23～46。

〔註108〕《中華舞蹈志》編輯委員會：《中華舞蹈志：江西卷》（上海：學林出版社，2001年12月），頁67。

儺之一。〔註109〕其緣起據《端溪楊氏十二修族譜·梘頭廟小序》記載,與前河、里河、詹家三村附近的梘頭廟有關。梘頭廟原是前河村楊家獨資重建,後來再由詹家聯合當地其他諸姓擴建,因廟內諸神顯應日甚,導致棟宇稍圮,爭自修葺。時廟中有五保,其中楊姓以開廟元老自居,認為迎神大賽「他保不得與焉」。此舉引起其他主事的不滿,幾經協調後決議讓楊、詹兩姓分別於每十年中的第七年、第八年農曆正月主持迎神大賽。

「八仙」為梘頭廟護法之神,深受祭祀圈內居民的尊崇,故「跳八仙」成了迎神大賽中的重要儀式,不過有只楊、詹兩姓能參與演出,目前崇仁三個八仙班中,兩班姓楊,一班姓詹,成員與技巧皆為父子相承。楊、詹兩姓所主持的迎神大賽的天數也不同,因楊姓於梘頭廟所侍奉的主神為七爺,故選擇每十年的第七年舉辦儀式,為期七天;詹姓在梘頭廟侍奉八爺為主神,故於第八年舉辦迎神大會,為期八天。〔註110〕楊姓舉辦儀式過程為:第一天「請神」,前河村、里河村兩班楊姓藝人分別頭戴四天將與八仙面具出場,輪流在梘頭廟外的「將臺」演習武功和跳儺。第二到六天為「遊鄉」,四天將與八仙揮拳演武,遊村串巷,若遇辦婚壽喜慶人家,舞隊入室表演,此稱為「打把戲」。若遇受災喪人家的請託,入內驅凶趕煞。最後一天則是「巡野」,清晨時由鄉人抬著梘頭廟中的眾神遊行,四天將與八仙各執兵器隨行在後,至午後遊神歸來,諸神入廟各歸原位。詹姓所主持的迎神大會雖是八天,但第一天祭祀,第二天才請神,其餘活動的過程與規矩則與楊姓相同。

崇仁的跳八仙,人物取材於民間的八仙傳說,不過這八位仙人中並無鍾離權,而是以劉海代之,這種情況的發生應是與崇仁儺舞起源較早有關。據考證,崇仁的跳八仙在明代洪武年間就已存在,〔註111〕當時對於八仙成員說法尚未受到《東遊記》影響而定型,而老儺的特色之一為所傳承下來的角色與動作不得隨意變動,即使今日民間對八仙成員已有共識,然限於儀式規矩,儺儀角色仍須遵循古制,因此儀式中的仙人與一般人認知的八仙有所不同。跳八仙者,頭戴硬木刻成的面具,以顏色與表情生動的呈現鐵拐李、呂洞賓等八位仙人的特徵,而他們所穿著的衣物是向戲班借用,因此每次跳八

〔註109〕 《中國民族民間舞蹈集成》編輯部編輯:《中國民族民間舞蹈集成:江西卷》
（北京:中國中國 ISBN 中心,1992 年 6 月）,頁 53。
〔註110〕 高贊、章軍華:〈崇仁儺俗的演繹與文化內涵〉,《電影評介》2007 年 2 月。
〔註111〕 《中華舞蹈志》編輯委員會:《中華舞蹈志:江西卷》,頁 68。

仙的服裝會略有差異。〔註112〕「跳八仙」演出時的音樂以鑼鼓為主，曲調依次為【開場調】、【八仙調】、【打把戲調】和【轉路調】等，節奏類型分別採用一拍子、二拍子、三拍子和四拍子，其中的一拍子比較簡單，二拍子為小快板式，用於表現活潑流暢的背景；三拍子為強弱倒置板式，用於製造詼諧效果；四拍子穩健有力，用於展示威武雄渾的氣勢。〔註113〕至於表演時的舞法，也因人物與道具的不同而有差異，如鐵拐李有「拐步」、「插棍」；曹國舅常用「八字步」、「擺拂甩帚」；張果老有「搖扇」、「踩步」；韓湘子為「踮步」、「吹笛」；呂洞賓為「踩步」、「搖筒」；何仙姑為「抖步」、「撈籬」；劉海是「小跑步」、「跳蟾」；藍采和是「跳籃」、「搖籃」。他們時而單獨舞動，時而兩兩相對演出，動作簡單誇張，雖沒有刻意追求某種體態，但卻能自然地呈現八位仙人的特徵與性格。

　　崇仁的跳八仙結合了妝扮、音樂、舞蹈和雜技的元素，並有著儺驅邪納福的作用，但作為迎神賽會的主要內容，它更大的目的是增添熱鬧的氣氛，當地流傳著這樣的民謠：「端上詹家人，十年兩屆神，帶起木面殼，笑煞幾多人。」〔註114〕說的就是跳八仙詼諧逗趣的表演所帶來的歡樂與喜慶。

附表　跳八仙面具與服裝

	面　　具	服　　裝
呂洞賓	白面，面帶笑容，黑長鬍鬚，風流倜儻。	黃色印花藍紫相間菱形花坎肩。（黃褶子）
藍采和	白面寬臉，紅唇。	藍底黃領褶子。（藍底白花褶子）
何仙姑	白面，面部圓潤，柳葉細眉，櫻桃小嘴。	大紅色宮裝。（粉紅色宮裝）
鐵拐李	黑面，劍眉大眼，寬鼻大嘴，落腮鬍子，表情有些凶相。	黑褶子。（青褶子）
張果老	老人面相，為白面，白眉白鬍子，看似為慈祥的老人。	古銅色的老人衣服有印花。（老道衣衫）
韓湘子	白面，圓臉，眉目清秀，唇紅。	青花褶子。（青花褶子）

〔註112〕見附表。
〔註113〕高贇、章軍華：〈崇仁儺俗的演繹與文化內涵〉，《電影評介》2007年2月。
〔註114〕《中國民族民間舞蹈集成》編輯部編輯：《中國民族民間舞蹈集成：江西卷》，頁58。

| 曹國舅 | 黑面，濃眉，高鼻，長鬍子，面相和善。 | 頭戴黑色官帽，大紅色官衣，黑色寬腰圈。（宮廷衣裝） |
| 劉海 | 白面，寬臉，紅唇。 | 藍色黃底印花褶子、圍著腰裙。（粉紅褶子加腰裙） |

1. 本表參考王程成〈神祕八仙舞〉與高贇、章軍華：〈崇仁儺俗的演繹與文化內涵〉二文，後者服裝為括弧內文字。

2. 面具是儺班所保存，在樣貌上頗具八仙個人特色。服裝顏色兩文略有差異，但型式與色系基本相同。崇仁八仙舞的服裝是向戲班借用，因為迎神大賽舉辦的年距相當長（十年一次），期間戲班的衣物可能有所損壞或變更，所以借用時也會略有差異。

二、山東鄭家莊八仙燈

　　八仙燈是山東鄭家莊年節時期重要的民俗活動，也被稱為八仙秧歌。據當地八仙燈表演者所說，這活動源自於明末，與瘟疫有關。據傳，當時鼠疫盛行，民不聊生，八仙前往蓬萊向王母祝壽途中，恰好路經此處，他們不忍眾生為疾病所苦，走遍沂蒙，採了仙花異草熬製成藥湯，待村民服下後疫情穩定，才現出原形腳踏白雲離開，村民始知是八仙下凡救人。於是，村民們憑藉著記憶，軋製了他們的坐騎並扮作八仙的樣子，在農閒之時跑燈，一方面是為了感謝八仙，讓後人不忘仙人的恩情，另一方面也是祈求八仙能夠保佑村落免遭疾苦，驅魔避害。〔註115〕

　　八仙燈常在節慶場合出現表演，但最主要的表演時間仍以農曆春節期間為主。一場完整的八仙燈表演分為「跑街串巷到各家各戶拜年」與「廣場上進行跑燈表演」兩大部分。正月初二送「家堂」〔註116〕後，在領燈人帶領下，表演者依所扮演角色特點，著衣化妝並穿上各自的花燈，開始請燈。花燈造型是八仙各自的坐騎：頭燈神仙漢鍾離，坐騎是麒麟；二燈神仙呂洞賓，坐騎是豹；三燈神仙曹國舅，坐騎是獨角獸；四燈神仙鐵拐李，坐騎是是老虎；五燈神仙張果老坐騎是毛驢；六燈神仙何仙姑，坐騎是仙鶴；七燈神仙藍采和，坐

〔註115〕秦承澤：《非遺保護背景下的鄉民藝術傳承與發展——以魯南鄭家莊八仙燈為核心個案》，（濟南：山東大學儒學高等研究院碩士論文），頁31。

〔註116〕「家堂」為各家庭祭祀直系祖先的場所，在山東沂源地區有「請家堂」、「送家堂」習俗。「請家堂」是除夕時祭請祖先回家與家人一同過節。在初一（或初二、初三），人們燒紙、鳴炮將祖宗送回墳塋，稱為「送家堂」。詳見鄭土有：《中國民俗通志·信仰志》（濟南：山東教育出版社，2005年5月），頁297～298。朱正昌：《齊魯特色文化叢書：節慶》（濟南：山東友誼出版社2004年8月），頁22。

騎是鹿；八燈神仙韓湘子，坐騎是大象。請燈之後，先在村內土地廟與三義廟進行首演，晚上則進行遊街。請燈者以鞭炮將八仙迎入家中，八仙則根據院落的大小或跑或照，之後八人排成一列對主人說著祝福吉祥的話，結束時由主人燃放鞭炮送八仙離開。待八仙挨家挨戶拜完年後，便會到寬敞空地進行跑燈表演。第一輪跑燈完後進行表名，領燈人向觀眾介紹每一燈的人物。第二輪跑燈後結合念白，八仙分別念：「中仙出洞來，遍地黃花開，忽聽雲磨響，眾位八仙來，王子去修仙，誕聖去九天，洞中方七日，世上幾千年。」再由頭燈神仙詢問其他各仙是否願去為王母祝壽，眾仙同意後便開始第三次跑燈。此階段伴奏的音調緊湊高揚，跑燈者步子輕盈快速，呈現八仙赴王母盛宴的歡快之情。第三輪跑燈結束，八仙恢復原隊形的開始誇寶，唱詞分別是：

> 頭燈神仙漢鍾離，身穿紅袍大肚吉，手中搖著芭蕉扇，仙桃仙果赴首席。二燈神仙呂純陽，頭戴道冠身穿黃，腰中挎著七星劍，七星寶劍放寒光。三燈神仙曹國舅，頭戴烏紗盤龍繡，手中捧著玉笛板，腳踏蓮花駕雲頭。四燈神仙鐵拐李，身背葫蘆穿皂衣，一手打開葫蘆蓋，五福捧壽祥雲間。五燈神仙張果老，騎驢路過趙州橋，手抖鬍鬚哈哈笑，玉鼓檀板不住敲。六燈神仙何仙姑，頭上青絲不用梳，手年荷花手中舞，來自海外一仙姑。七燈神仙藍采和，我是上天一隻鵝，手中竹板心中樂，來到堂前升秧歌。八燈神仙本姓韓，口吹麥笛挎花藍，麥笛一響雲頭起，花藍能盛四座山。〔註117〕

各仙誇寶是以清唱的方式進行，曲調自哼帶有隨意性，但整體以上揚打轉兒的秧歌調為主。〔註118〕誇寶可說是八仙一次的自我介紹，歌詞結合了民間傳說，將自身的象形特點與專屬法寶告知觀眾，顯示出八仙燈舞隊中代言特色。誇寶過後，就是一連串的舞對花步跑燈，這部分表演主要是以舞蹈表演出八仙尋藥救人的經過，是表演中最能引發觀眾情緒的部分，其跑燈順序與象徵分別為「剪子固」：頭燈一跺腳，然後與其餘燈串八字，器樂節奏快且緊張感十足，村民們認為這部分是八仙發現疫情後在尋找解決辦法。「九龍擺尾」：頭燈領跑，其餘燈跟隨跑內圈一周，然後再轉內圈跑一周，表示八仙外出尋

〔註117〕 王家安、公茂棟：〈把燈「穿」在身上的「八仙」——山東沂蒙八仙燈〉，《神州民俗（通俗版）》2015年06期。

〔註118〕 秦承澤：《非遺保護背景下的鄉民藝術傳承與發展——以魯南鄭家莊八仙燈為核心個案》，頁37。

找醫治藥草。「四門鬥」：頭燈與尾燈，二燈與七燈，三燈與六燈，四燈與五燈分四角，捉對轉花，然後，頭燈與七燈，二燈與六燈，三燈與五燈，四燈與八燈，捉對轉花，器樂沉穩略顯平緩，這部分通常看做是八仙為疫情中的村民熬制仙藥。「對花」：頭燈領三五七燈，二燈領四六八燈，齊頭並肩向前直行，然後沿外圈跑回再齊頭往回，此時中間放兩盆自製煙花，隨著煙花的噴放及鑼鼓節奏的加快，跑燈人員的速度越來越快，象徵著祛病除疫勝利後八仙離開景象與人們歡慶的心理。〔註119〕花步跑燈結束後則由其他成員進行小戲或純舞蹈演出。

　　鄭家莊的八仙燈結合了說唱與舞蹈呈現八仙慶壽故事與地方八仙傳說。跑燈舞步是八仙燈最主要的表演內容，它的舞步並不困難，是以跑動轉圈所形成的舞隊變化為主。說唱部分簡單易懂，伴奏也多以熱鬧歡快的民間小調為主。人物妝扮是最具特色的部分，演員除了需做八仙打扮外，更要穿著不同的騎獸花燈。騎獸花燈因人物不同而有麒麟、獅子、獨角獸、老虎、驢、仙鶴、鹿、大象形象，是由鄭家莊村民共同軋制，原料為當地的毛竹與桑皮紙〔註120〕，成燈需經備料、紮架子、糊紙、上色、放燈架等步驟，故八仙騎獸花燈相當能彰顯地方手工藝特色。以竹子為主體的花燈並不沉重，但因為跑燈需要大量的體力，所以表演者皆為男性。作為節慶時的表演活動，山東鄭家莊的八仙燈以誇張的造型與豐富的舞隊變化，演出時總能吸引群眾的圍觀，為他們帶來喜慶與歡樂。

三、湖南花鼓戲《湘子服藥》

　　「花鼓戲」是時有人聲幫腔，並用鑼鼓伴奏的花鼓系統民間小戲，它在南方分佈的區域很廣，影響力也大，有時甚至成為民間小戲的代稱。〔註121〕各地的花鼓戲一般會冠上區功能變數名稱稱，主要是以在地山歌小調為節奏基礎，結合歌唱與舞蹈，由簡單的隨意而動歌舞發展成有說有唱、有一定曲牌與

〔註119〕秦承澤：《非遺保護背景下的鄉民藝術傳承與發展——以魯南鄭家莊八仙燈為核心個案》，頁37～38。

〔註120〕桑皮紙是鄭家莊村民手工製成，鄭曰然說：「桑樹那個皮刮下來，再刺了較黏，在水裡跟撈麥子似的撈了，一下多厚都有技術，都有的透明，它不曬乾了成紙貼在牆上，刮不滅那個燈。」秦承澤：《非遺保護背景下的鄉民藝術傳承與發展——以魯南鄭家莊八仙燈為核心個案》，頁33。

〔註121〕曾永義、沈冬主編：《兩岸小戲學術研討會論文集》（臺北：傳藝中心，2011年5月），頁67。

動作的戲曲演出。花鼓戲主要分佈在中國南方地區，主要可分為湖北花鼓戲、湖南花鼓戲、皖南花鼓戲這三大系統，〔註 122〕其中湖南花鼓戲是相當具有影響力的地方曲藝。〔註 123〕湖南花鼓戲類型根據演出人數可分：有一旦一丑扮演情節極為簡單的小故事，此稱為「兩小戲」，如《賣雜貨》、《採蓮》；在兩小戲的基礎上加入小生為「三小戲」，複雜化了情結，戲曲衝突也加強了，如《放風箏》、《張公百忍》；受到地方大戲的影響出現了從神話傳說和民間故事改編而來的折子戲，如《孟姜女》中的《池塘洗澡》、《劉海戲蟾》中的《劉海砍樵》及《韓湘子》中的《湘子服藥》。〔註 124〕

　　《湘子服藥》又稱《湘子渡藥》，是全本《韓湘子》中的一折，故事大意為：韓湘子為修行而拋妻離家，其妻林英思夫成疾，命丫鬟到長街上求醫。丫鬟梅香前往街上尋醫，恰遇韓湘子所幻化的老郎中，梅香急著拉老郎中回府治病，但郎中卻漫不經心，東拉西扯地與丫鬟逗趣。老郎中最終到了韓府為林英診治，林英服藥後病癒，此時韓湘子變回原貌與妻子相見後，立即離去。此劇主要由兩旦一丑演唱，曲調方面只運用一隻【魚鼓調】，藉由唱詞與板調變化來呈現不同人物的情感。林英懷念丈夫時，採用慢板來表達他思夫的憂傷愁悵；丫鬟梅香上街求醫時，曲調節奏快速，歌詞有以大量的泛聲而發展成的花腔，整體營造出活潑的氣氛，顯示出梅香的熱情的性格與求醫急切的心理。老郎中所使用的也是板數較快的魚鼓調，歌詞中亦雜有泛聲，尤其是當他與丫鬟調笑或幫林英開藥方時，唱詞都較為俚俗，展現十足趣味性與鄉土味。

　　輕鬆、明快是《湘子服藥》一劇的主要基調，梅香與郎中的你來我往是情節中最能引人發笑的部分，如

　　　　郎中：噢，原來是一位大嫂，請了。

　　　　梅香：你娘的二嫂咧。

　　　　郎中：那你是？

　　　　梅香：我啊是大戶人家站前、站後、站左、站右，得是這樣一個人。

　　　　郎中：噢，原來你是隻一隻斑鳩子。

〔註 122〕麻國鈞、沈亢、胡薇：《劇種‧劇目‧劇人：中國傳統戲曲知識簡介》（北京：大眾文藝出版社 2000 年 1 月），頁 53。

〔註 123〕羅娜：〈20 世紀 80 年代以來花鼓戲研究綜述〉，《湖北第二師範學院學報》2009 年第 11 期。

〔註 124〕詳見譚真明：《湖南花鼓戲研究》（曲阜師範大學：中國古代文學博士學位論文，2007 年 4 月），頁 90～98。

　　梅香：是丫鬟姐。〔註 125〕

這一問一答的對話，文字相當直白，詼諧風趣中帶些粗鄙，呈現出庶民語言的
特色，增加觀眾的熟悉感。又

　　梅香：尊一聲老先生，隨我來走，隨著我行。隨我丫鬟妹子出涼亭。

　　郎中：走啊，叫一聲丫鬟妹子你慢點走慢點行，我年邁蒼蒼白鬍子
　　　　　飄飄，兩腿無力，走你不贏。走啊。

　　梅香：尊一聲老先生，快些走啊，快些行。我小姐的病體有十分。
　　　　　走啊。

　　郎中：丫鬟你把這心放定，小姐的病體我擔承。〔註 126〕

這段唱詞凸顯梅香的急切與老郎中的拖延，兩者形成強烈的對比：一急一緩間
形成的矛盾、年輕與老邁間的衝突，皆是此劇喜劇效果構成的重要因素。

　　小戲作為土生土長的民間藝術，它遍佈各地，與當地的歷史、地理、風俗、
文化相結合，呈現出鮮明的地方特色。以八仙來說，各地都有以它為題材的演
出，曾師永義說小戲演員至少一個或三兩個，但以八仙為題材的小戲，人數多
在三人以上，甚至可達八人左右，不過其情節簡單與藝術形式仍以舞蹈或歌謠
為主，所以「跳八仙」、「八仙燈」仍是以鄉土小戲論之。至於湖南的花鼓戲，
演出雖失去了「除地為場」的特色，然二旦一丑的人物構成，以單支魚鼓調反
覆演唱等特質，故也將它以小戲視之。八仙小戲因各自著重點不同，它們所呈
現出的味道也各有特色，古樸、活潑、幽默，但無論他們所呈現出的特點為何，
民眾皆能藉由八仙的表演從其中得到祝福與歡樂。

第四節　八仙與地方戲曲

　　八仙傳說出現後，很快的就成為民間演藝的題材，在宋朝時就有以八仙為
題材的演出，吳自牧《夢粱錄》與周密《武林舊事》記載社火活動中就有「八
仙道人」、「八仙故事」的裝扮或演出。除了社火外，八仙也被時人搬上舞臺，
《武林舊事》載當時有《宴瑤池爨》雜劇、陶宗儀《輟耕錄》載當時有《瑤池
會》、《蟠桃會》、《菜園孤》、《八仙會》、《白牡丹》等院本。元代時，因全真教

〔註 125〕影片：湖南花鼓戲《韓湘子傳奇》之六《湘子服藥》，網址 https://v.qq.com/
　　　　　x/page/r0903rcrynr.html。觀看時間：2019 年 12 月 03 日。

〔註 126〕影片：湖南花鼓戲《韓湘子傳奇》之六《湘子服藥》，網址 https://v.qq.com/x/page/
　　　　　r0903rcrynr.html。觀看時間：2019 年 12 月 03 日。

盛行，元雜劇受其影響，出現了大量的神仙道化劇，涉及八仙的劇目多達十四部，大多為度脫劇。〔註127〕明代以八仙為題材的戲曲多達數十種，但仍以度脫與祝壽為大宗。〔註128〕清代的八仙戲可分為文人創作與地方戲，文人作品多為崑曲演出而作，除了傳統的度脫與慶壽劇外，清末更出現以神仙感嘆世情的嘆世劇。清代除了主流的崑曲外，地方的梆子、皮黃、弦索等地方戲曲興起，他們參考主流劇種，也將八仙戲作為重要的演出內容，在山東甚至出現專門演出八仙故事的劇種，如八仙戲、藍關戲。近代，各種地方戲曲中仍可見八仙戲的演出，如京劇、秦腔、粵劇、邕劇〔註129〕、呂劇〔註130〕、閩劇等等，劇目雖有不同，然據演出目的與內容可約略分成祝壽劇、成道度脫劇與故事劇三種。

一、慶壽劇

慶壽是地方八仙戲最常見的內容，幾乎每一個劇種都有演出，如崑弋《八仙上壽》，青陽腔有《八仙慶壽》、《數八仙》，邕劇有《香山大賀壽》，〔註131〕

〔註127〕涉及八仙的元雜劇：《呂洞賓三醉岳陽樓》、《邯鄲道省悟黃粱夢》、《呂洞賓度鐵拐李岳》、《陳季卿悟道竹葉舟》、《呂洞賓三度城南柳》、《鐵拐李度金童玉女》、《呂洞賓桃柳升仙夢》、《瘸李岳詩酒玩江亭》、《漢鍾離度脫藍采和》、《宴瑤池王母蟠桃會》、《韓湘子引渡升仙會》、《張果老度脫啞觀音》、《韓湘子三度韓退之》、《韓湘子三赴牡丹亭》。前九劇皆可見全本，後四劇已佚，只能在《錄鬼簿》見其劇目。據王漢民、党芳莉、吳光正等人考證，除了《宴瑤池王母蟠桃會》外，其他十劇皆為度脫劇。

〔註128〕王漢民在《八仙與中國文化》中著錄的明代八仙戲劇目有三十四種，其中二十一種為度脫劇，十二種為慶壽劇。詳見王漢民：《八仙與中國文化》，頁120～130。

〔註129〕邕劇，屬皮黃系統。是廣西壯族自治區的地方戲曲劇種之一，因它形成於古名邕州的南寧地帶，故名邕劇。詳見李漢飛編：《中國戲曲劇種手冊》（北京：中國戲劇出版社，1987年06），頁611。

〔註130〕呂劇為山東省地方戲，由山東琴書演變而來，並由「坐唱揚琴」演變到「化妝揚琴」，唱腔也曲牌體轉成版腔體。詳見葉長海、張福海：《插圖本中國戲劇史》（上海：上海古籍出版社，2004年4月），頁471。

〔註131〕邕劇於清代道光、咸豐年間形成于古稱邕州的南寧市，故稱邕劇。其唱腔和祁劇、桂劇相似，屬於皮黃聲腔系統，且吸收了粵劇表演程式，比較注重武打。邕劇《香山大賀壽》外，尚有《碧天賀壽》、《八仙賀壽》、《小賀壽》三劇出現八仙。《碧天賀壽》劇情為長耳定光仙壽誕，眾仙帶著賀禮前往祝賀，其中有八仙進獻壽詞的橋段，八位仙人分別吟出詞牌【西江月】的八句：「遠看瑞煙飄紗，近看紫氣翔翔，東邊一朵瑞雲飄，海外八仙齊到。先獻丹砂一粒，後陳王母蟠桃。古來彭祖高壽，慶賀長生不老。」此劇雖演出八仙慶壽事，但八仙在劇中

臺灣北管戲與歌仔戲有《蟠桃會》、《醉八仙》、《太極圖》，溫州亂彈中的《捧蟠桃》等。這類八仙慶壽劇，大多是描寫某人壽誕，群仙來賀的故事。八仙祝壽劇中的壽星一般以西王母為主，但也有例外者，如《香山大賀壽》又稱《香山賀壽》，是邕劇、粵劇、呂劇等的傳統劇碼，內容是觀音生日，八仙與龍王、金母前往香山向觀音祝壽。筵席中，觀音展現法力變化出萬象以娛諸神，之後金母與龍王招來天官、地官與劉海等神仙跳加官、耍金錢以為祝賀。〔註132〕此劇百戲雜陳，融合了雜耍與武術於其中，困難度高。臺灣的《醉八仙》也多在神明生日時演出，上場的演員會因壽星不同改變台詞，演出內容大致為：八仙依序上臺稱應金母相約前往瑤池，然後換瑤池金母與童子童女上場，言明今日為某廟宇某神明，邀請八仙一同前往祝賀。待八仙齊到瑤池，王母說明相邀內容，眾人欣然前往。到了華堂，眾仙以吟詩或以身段向壽星表達祝壽之意，之後王母回座展開筵席，八仙則將糖果與硬幣（有時有香菸與酒）丟向觀眾，示意降幅人間。宴席中，八仙因大喜而醉酒，宴罷相扶離開。

　　八仙慶壽的演出在宋代就已經出現，元雜劇或許已有專門的祝壽劇，但據目前可見的全本雜劇中，它多是出現在度脫劇的最後一折，由八仙率領被度脫者向王母祝賀。到了明代，大量文人參與八仙祝壽劇創作，創作者因追求文學性和藝術性，而使劇本出現長篇巨製的現象，雖然是以祝壽為目的，但內容常加上度脫的情節，如《寶光殿天真祝萬壽》、《呂洞賓花月神仙會》等劇。有時度脫的內容甚至能占到三折之多，如同元代的度脫劇般，祝壽的意味反而不容易凸顯。因為八仙慶壽帶有祝壽或酬神的性質，需在特定的場合演出，再加上演出時間與戲班演員人數的限制，因此劇團逐漸刪除了度脫、鬥法等情節，以神仙們參加壽宴並獻上吉祥話或吉祥物的祝壽過程為主要演出內容，成為了

無名無姓，只知由六男兩女：大淨、總生（文鬚生）、大花面、末角、丑、小生、雙旦所構成，不確定是否為鍾離權等八仙。《八仙賀壽》與《小賀壽》劇中據吳光正所說是演西王母壽誕時，八仙一同壽筵前前祝賀事，然按《廣西戲曲傳統劇目匯編》中所記，《八仙賀壽》與《小賀壽》劇中的人物也與《碧天賀壽》相同，只是唱奏的曲牌和念白不同。因筆者所論的八仙是以鍾、呂為主的八位，此三劇中的八仙，雖有可能是呂、李等六位男仙加上何、藍兩位女仙，但因無法確認人物，故筆者暫不將此劇歸為八仙慶壽劇。詳見廣西壯族自治區地方誌編纂委員會：《廣西通志・民俗志》（南寧：廣西人民出版社，1992年7月），頁134。廣西僮族自治區戲劇研究所編：《廣西戲曲傳統劇目匯編》第53集（南寧：廣西僮族自治區戲劇研究所，1963年2月），頁278～286。

〔註132〕廣西僮族自治區戲劇研究所編：《廣西戲曲傳統劇目匯編》第53集，頁288。

正本戲之外的「饒頭戲」，如成書於明末《檮杌閒評》記載：

> 吹唱的奏樂上場，住了鼓樂，開場做戲。鑼鼓齊鳴，戲子扮了八仙
> 上來慶壽。看不盡行頭華麗人物清標。唱一套壽域婺星高，王母娘
> 娘捧著鮮桃，送到簾前上壽。……復又拿著賞封，送到簾外。小旦
> 接了去，彼此以目送情。戲子叩頭謝賞，纔呈上戲單點戲，老太太
> 點了本《玉杵記》，乃裴航藍橋遇仙的故事。〔註133〕

王奶奶點戲之前，戲班子先扮演八仙賀壽，拿到額外的封賞後，才開始演出正
戲，知此八仙戲是開場前的助興演出，性質類似宋代說書的「得勝頭回」。為
了不影響正戲的演出，這類饒頭戲不宜過長，基本上都是以短劇形式存在，更
甚者為了營造熱鬧的氣氛，有些連唱詞都消失了，只剩下身段與雜技表演，以
少數的念白來串連劇情。

　　由於表演場所與時間的特殊性，八仙慶壽劇出現儀式化現象，部分劇目時
在演出時有嚴格的時、地規定，如邕劇中《香山大賀壽》嚴格規定在陰曆二月
十九日觀音壽辰時才能上演；有些則是上演前需舉行特定的儀式，如臺灣的
《醉八仙》僅在日場上演，表演前須淨臺。劇團團主在起鼓聲中，點燃金紙，
分別於戲臺四個角落揮動數次以之灑淨。其次戲臺上的道具、文武場樂器等，
也以金紙火在器物表面四個角揮動數次，將厭穢之氣逐除後，演員才能上臺。
〔註134〕《醉八仙》演出結束，才能開始演正戲。

　　因為八仙祝壽的吉祥意涵，又它常於開場時搬演，故山東臨淄、浙江溫
州等地，在正戲前所演出吉祥戲被統稱為「八仙戲」。臨淄的「八仙戲」分為
「東遊」與「西遊」兩大系列，其中「東遊」系列主要有《八仙慶壽》、《八
仙過海》、《鬧海》、《燒海》等劇目，內容多出於《東遊記》再加以變化、衍
生。「西遊」系列基本上是演出小說《西遊記》的故事。在溫州演出的八仙戲
又稱「打八仙」，打八仙又分「大八仙」與「小八仙」，劇目有《金八仙》、《七
星八仙》、《文武會八仙》、《十福八仙》、《捧蟠桃》、《天官八仙》、《疊壽八仙》、
《四星八仙》、《三星八仙》、《文明八仙》、《一文錢八仙》、《送子八仙》和《上
臺撥八仙》，雖然都以八仙為名，不過只有《捧蟠桃》是以鍾、呂八仙為主角，

〔註133〕【明】佚名：《檮杌閒評》（北京：人民文學出版社，1999 年 1 月），頁 25～
　　　　26。
〔註134〕詳見呂錘寬：《臺灣傳統音樂概論：歌樂篇》（臺北：五南圖書出版股份有限
　　　　公司，2005 年 3 月），頁 163。

其餘各劇則是由不同的吉神（如福星、祿星、壽星、麻姑等）上場，演出天官賜福、蟠桃慶壽、魁星點鬥、闔家團圓等喜慶內容。臨淄或溫州的「八仙戲」，本身並不具有劇種的意義，它類似臺灣的「扮仙戲」〔註135〕，儀式功能大於戲劇功能。

　　八仙祝壽劇的情節，是人們對於神仙生活的幻想，滿足了世人對增福添壽、加官進爵的渴望，這也是為何此類戲曲藝術性與文學性不高，卻能廣為流傳的主因。

二、成道與度脫劇

　　「成道」與「度脫」都是道教所重視的理念，也是八仙戲曲中相當重要的題材，在地方戲中亦可見八仙成道或度脫劇。京劇有《八仙得道》、《八仙度盧生》、《八仙九度韓文公》、《藍關雪》、《張果老成親》，秦腔有《藍關雪》、《韓祖成仙》、《湘子林英》、《七仙圖》，杭劇《何仙姑》，豫劇《小對經》、《韓湘子度林英》，湘劇《邯鄲夢》，歌仔戲《韓湘子得道》，越劇《張果老度凡》等，內容大部分取材於明清小說，其中劇目最多的應是韓湘子系列故事。

　　在清代花雅之爭前，韓湘子故事就已經在地方戲中演出，在《詞林一枝》、《玉谷新簧》等明代戲曲選集中，就載有青陽腔《升仙記·文公走雪》。清代乾隆時錢德蒼編選戲曲選集《綴白裘》中，亦有梆子腔的《途嘆》、《問路》、《雪擁》和《點化》四齣折子戲。在近代各地重要的地方劇種中都能見到韓湘子故事，除了上述京劇、秦腔、豫劇、歌仔戲、梆子戲外，上述粵劇《夜寒送衣》、楚劇《湘子化齋》、川劇《度文公湘子壽》、潮劇《韓湘子》、呂劇《湘子掛號》等等，無法勝數。湘子劇的內容以小說《韓仙傳》、《韓湘子全傳》為基礎，述說韓湘子自小為韓愈收養，然少年慕道，即使在韓愈夫婦要求下成親，但仍離家修行。道成返回凡間，多次化形點化韓愈與妻子林英。除了少數戲曲敷演整個韓湘子故事，大部分地方戲是擷取內容衝突性較高的兩段加以擴充成新戲，其中以度韓愈為主的劇情，劇名多含有「藍關」、「文公」，以度妻為主的則是以「林英」為名做不同變化。

　　《何仙姑》、《七仙圖》皆為何仙姑成仙的故事，《何仙姑》劇情內容與民間傳說或說唱文學中的何仙姑相似，《七仙圖》則較特別，描述上界金星下凡投胎為李儒，在陽世罪滿被李廣燒死，借受後母虐待自縊的何金釵屍身還陽，

―――――――――

〔註135〕扮演神仙的戲曲，以吉祥祈福為演出目的。

後出家，成為八仙之一的何仙姑。〔註136〕此劇認為何仙姑本為男性，因還陽
於何女之故才成為女仙，這由男變女的情節在中國神仙故事中是較少見的。

除了《七仙圖》外，較特別的劇目尚有《八仙得道》與《張果老成親》。
《八仙得道》敘述文始真人憐孝子平和母親雙眼失明，授以符籙，讓平和取得
龍丹使母親重見光明，之後又以龍丹治瘋女，卻遭到瘋女父灌口太守毛虎覬
覦，欲奪龍丹。平和不得已，吞丹化龍，興風浪淹灌口。後平和投胎為李太守
子李玄，成人時文始真人授以丹書，使李玄決心修道。並在成婚之日，留詩出
逃。李玄連破酒色財氣四關，入山尋師，途中遇雪凍死，被猛獸咬斷左腿，文
始真人送其還陽，並賜葫蘆、鐵拐與金箍，李玄即自稱鐵拐李。後李玄返家探
親，家人相留，不應，化身而去。〔註137〕此劇中內容取材與《東遊記》、《八
仙得道傳》等八仙小說而來，作者將其整理融和後創寫出新的鐵拐李成道故
事。

《張果老成親》與《張果老渡凡》內容雖不同，但都是演出種瓜張老度妻
事。以京劇《張果老成親》為例，此劇有三本，是據清代李玉《太平錢》傳奇
中張老與韋女事改編而成，王漢民先生曾簡述其概要，現引錄如下：

> 第一本敘韓尚書告老還鄉，女兒麗娘遊園時遇妖，看園叟張果老為
> 降得黑驢，麗娘女友韋萍馨前去探望，張果老見韋有仙風道骨，欲
> 乘機度化之。張果老託張嫂為媒，前去提親，韋父以彩禮難之。至
> 期，張果老備齊彩禮前去迎親，卻為所阻。眾人赴縣衙辦理，韋萍
> 馨與婢女雲娘扮作兄妹潛逃離家。
> 第二本敘張果老率眾人到縣衙告狀，縣令因證據確鑿，遂約定兩家
> 三日後成親，又暗囑韋家買通張嫂改口供。韋女外逃，經紅蓮寺，
> 被和尚識破女身而囚於寺後，欲淫逼之。張果老與韋氏兄弟趕到，
> 救出韋女。後張果老與韋女成親，洞房之中，張點化韋女，萍馨決
> 心學道。韓家遇難，山寇侵擾，果老夫婦先神通救出韓家眾人，發
> 大水淹沒眾山寇。
> 第三本敘張果老與韋女成親後，不得韋氏兄弟歡心，兩人搬回瓜園。
> 韋萍馨學道，吃苦耐勞。同邑佟士雄兄弟見韋女美貌，幾番生事，

〔註136〕 詳見王森然遺稿，中國劇目辭典擴編委員會擴編：《中國劇目辭典》（石家莊：
河北教育出版社，1997 年 9 月），頁 50。
〔註137〕 王森然遺稿，中國劇目辭典擴編委員會擴編：《中國劇目辭典》，頁 23。

　　被張果老痛懲。張果老因韋女事未赴蟠桃宴，鐵拐李前來相探。鐵

　　拐李調戲韓麗娘，後又化年輕公子相戲。〔註138〕

此三本皆演出張果老與韋萍馨事，但後兩本顯然是第一本兩個不同的續本，其中第二本洞房點化使韋女潛心修道的情節，較有度脫的意味。第三本，雖也有韋女學道事，但缺少點化的情節，加上有鐵拐李與韓麗娘爭吵、打鬧橋段，弱化了此劇宗教性，多了幾分熱鬧與詼諧。相較於《張果老成親》，《張果老渡凡》度脫主旨較為明確，此劇演李家瓜園工作的張果老向小姐李淑貞求親，因救回被山賊擄走的李女，而使李家同意這門親事。張果老於成親前請藍采和、何仙姑化身夫妻點化李女，成親後他則展現真身勸李女修道，李女因此告別家人隨果老而去，終位列仙班。〔註139〕

　　地方八仙度脫戲曲除了有道教神仙思想外，也間接了反映民眾真實心理，故內容逐漸世俗化。在韓湘子系列的戲曲中，有不少描寫林英思夫的劇目，這其實是中國廣大獨守空閨婦女的寫照。這些婦女的丈夫因求學、經商等種種原因而離家，見他人夫妻相依，自己卻煢煢獨影，自有滿腹的苦楚，若又遇婆媳不和，辛酸與委屈無處可訴，只能如同林英般在暗夜裡哭泣。另一個是對於子嗣的追求，如在《寒夜送衣》裡，韓愈妻張氏對於韓湘無子的情況相當焦慮，怒斥姪子只是顧著念佛焚香，卻拋家棄妻、無視年邁人苦痛的畜生。林英也以歷史上孝順的榜樣來歸勸韓湘，望他留子傳後。〔註140〕《張果老度凡》中，李淑貞離家修道，使李家無子能傳後，張果老又下凡勸李父收丫鬟為妾來傳承血脈。度脫劇本著重於宗教，主要目的是希望人們脫離現實的苦難與束縛，升入自由無羈、長壽永生的仙界，但中國素有「不孝有三，無後為大」之說，可見國人對血脈延續的重視，甚至將它視為不孝之最。所以對於一般民眾而言，成仙不死雖令人嚮往但卻過於飄渺虛幻，能有子孫延續血緣傳、承家業才最符合現實需求，這也是《寒夜送衣》、《張果老度凡》所呈現的思想。

三、故事劇

　　八仙戲曲除了「祝壽類」與「成道度脫類」外，尚有其他難以分類者，故將其皆歸為「故事類」，包括京劇《八仙鬥白猿》、《八仙過海》、《三戲白牡丹》，

〔註138〕王漢民：《八仙與中國文化》，頁141。

〔註139〕詳見吳光正：《八仙故事系統考論：內丹道宗教神話的建構及其流變》，頁266。

〔註140〕廣西壯自治區戲劇研究所：《廣西戲曲傳統劇目匯編》第60集（南寧：廣西僮族自治區戲劇研究所，1963年3月），頁23～27。

秦腔《八仙過海》、《洛陽橋打采》，粵劇《八仙鬧東海》、豫劇《呂洞賓戲牡丹》，湘劇《岳陽樓》、《八仙飄海》，閩劇《白牡丹》等。由上述劇目知八仙故事類戲曲可分兩大系列，一是八仙過海，一是呂洞賓戲牡丹。

從明代《爭玉板八仙過海》出現後，八仙過海的題材被廣泛利用，清代就有《八仙過海》、《洞仙共祝》、《蟠桃會總講》等劇，在今日的地方大戲中以「八仙過海」為劇名，或內容有八仙過海的情節者，亦不在少數。如漢劇《八仙鬧海》演八仙與王母祝壽，路過東海，漂海遊戲，龍王命大太子擒拿藍采和，呂洞賓前往營救，打死大太子，燒壞龍宮。龍王邀請四海龍王與八仙戰，不能取勝。玉帝命王母傳旨，將八仙發往崑崙受罪，重修龍宮，方才了事。〔註141〕閩劇《八仙浮海》劇情為呂洞賓成仙後，與眾仙人前往瑤池赴宴，酒酣耳熱之際，仙女以情挑之，呂洞賓幸能自制。一醉覺醒，藍采和與何仙姑揶揄仙女事，呂洞賓相與一笑。後擲寶為船，與八仙共渡東海。〔註142〕上述兩劇，都與民間傳說中八仙過海的故事相異，前者保留了擄人、救人與戰龍王的情節，但加強描寫八仙的強大與囂張，甚至需借玉帝與王母力量，才能將他們強行治罪；後者則是為一折子戲，擴大描寫呂洞賓在宴席時的情況，其實在漢劇《八仙鬧海》中就有呂洞賓見玉女送酒來，心思被引動因而仗酒破戒的劇情，凸顯呂洞賓人性中「色」的一面，但此劇呂洞賓卻不同，在慾望與理性兩相衝突下，他以理性克制慾望，維持住身為仙人的尊嚴，而醉醒後八仙彼此調笑、互動的情景，如同人間好友相聚談笑一般，此時的仙人沒有離塵灑脫感，多了些許人情味。

明雜劇《爭玉板八仙過滄海》雜劇中第四折有「用良言兩家相解勸，聽法語各自罷刀槍。靈山會神聖歸天界，祝吾皇勝壽萬年長。」〔註143〕可見此劇是以祝壽為目的所創作的，因此現在地方《八仙過海》系列的戲曲，亦為慶壽時演出的吉慶戲，內容仍有祝壽獻禮的情節，或是以祝壽為引子，發展出不同的劇情。此外，《爭玉板八仙過海》中最精采的部分，莫過於八仙各憑法寶渡海，各顯神通戰龍王，其中鬥法過程是藉由武戲呈現。武戲結合

〔註141〕《湖北地方戲劇叢刊》編委會編：《湖北地方戲劇叢刊》第36集（武漢：湖北人民出版社，1962年4月），頁591。
〔註142〕福建省文化局編印：《福建戲曲傳統劇目索引》第5輯（福州：福建省文化局，1960年5月），頁1。
〔註143〕【元】王實甫等撰：《孤本元明雜劇（十）》（臺北：臺灣商務印書館，1977年12月），頁86。

了演員舞蹈與武術的技巧，以打鬥、迴旋、翻跌等快節奏的身段與聲、光、色、煙霧等造成刀光火影來增加舞臺的緊張感與提高觀眾的情緒，所以演出八仙對戰龍王或天兵的情節之際，也是整部戲中氣氛最熱烈之時。因為武戲的技巧性與娛樂性對很強的號召力和吸引力，因此大部分地方戲，如上述的漢劇《八仙鬧海》、潮劇《八仙過海》與《八仙鬧海》〔註 144〕、桂劇《八仙飄海》〔註 145〕等，無論內容如何變化，多仍會保留著八仙對戰海族或天兵天將橋段。

「呂洞賓戲牡丹」被認為是呂洞賓神話系統中最晚出現的故事，〔註 146〕但它流傳廣、影響大，無論在民間故事或民間戲曲中都可以見到不同版本的戲牡丹。〔註 147〕在京劇中就有《戲牡丹》、《度牡丹》、《三戲白牡丹》與《戲牡丹全串貫》等，秦腔《五福堂》、錫劇《三戲白牡丹》、婺劇《牡丹對課》、閩劇《呂洞賓》與《白牡丹》與黃梅戲《戲牡丹》等。戲牡丹類的地方戲版本繁多，演出內容也有所差異，京劇中的《戲牡丹》講呂洞賓於在嶗山遇黃龍真人之徒白牡丹，兩人情投意合，結為夫婦，時雷聲忽起，呂洞賓借辭良緣不再而離去，令白牡丹悲痛不已。〔註 148〕《度牡丹》講呂洞賓欲度杭州女子白牡丹成仙，來至白員外藥店，假借買七寶丹、下氣丸以難之，牡丹親自應對，雖呂洞賓有意捉弄，但反被牡丹所譏而狼狽不堪。後牡丹受師兄黃龍真人指點，入山採藥，呂洞賓又到牡丹的茅庵借住，乘夜告知來意，並云度化之意，牡丹乃

〔註 144〕 依《潮劇劇目匯考》中五十年代有《八仙過海》，六十年代與八十年代各有一齣《八仙鬧海》，劇情雖稍有不同，但大略為：八仙過東海，龍王子太保用計盜走藍采和的花籃，藍采和下海尋寶被捉，呂洞賓前往打探消息，亦被捕失劍。鍾離權（或鐵拐李）化身龍王營救二仙，取二寶龍王命龍女追殺眾仙，然龍女為韓湘子感化，返回龍宮勸父，反因龍王怒氣而自刎。最終眾仙同心協力，擊敗龍王，獲得龍宮大量珍寶與龍王的道歉。詳見林淳鈞、陳歷明編：《潮劇劇目匯考》（廣州：廣東人出版社，1999 年），頁 32～33。

〔註 145〕 劇情大略：八仙自王母壽宴處歸來，過東海時引來龍宮三太子盤查，眾人發生爭執，三太子擒了藍采和，拿走了他的玉板，呂洞賓營救藍采和時殺了三太子，何仙姑縱火燒龍宮，東海龍王糾合其他三位龍王與八仙大戰，西王母前往宣達玉旨，指責八仙火燒龍宮之過，命八仙到龍宮頂荊賠罪，此事才罷。詳見廣西壯族自治區戲劇研究所：《廣西戲曲傳統劇目匯編》第 60 集，頁 373。

〔註 146〕 吳光正：《八仙故事系統考論：內丹道宗教神話的建構及其流變》，頁 184。

〔註 147〕 呂洞賓戲牡丹的民間故事討論，請參見第三章《八仙仙話及其特徵》第二節〈現代八仙仙話・呂洞賓〉。

〔註 148〕 詳見曾白融主編：《京劇劇目辭典》（北京：中國戲劇出版社，1989 年 6 月），頁 1248。

隨之離去。黃龍真人知情後，急追而來與呂洞賓鬥法，呂不能勝，乃割斷藤橋，誓不再度人。〔註149〕在錫劇《三戲白牡丹》中，黃龍真人雖為白牡丹師，卻對她不懷好意，而呂洞賓為救白牡丹，兩人有了夫妻之實。後黃龍真人為爭奪白牡丹與呂洞賓鬥法，反被誅殺。〔註150〕上述三劇，內容或著墨於各人物間情愛糾葛，或渲染呂洞賓與白牡丹「對藥」的趣味，依其劇中的內容與人物，可知這些戲曲以小說《飛劍記》與《三戲白牡丹》改編而成。

　　呂洞賓與牡丹「對藥」的內容，在小說、民間故事中、民間歌曲等民間文學中都會出現，《中國戲曲曲藝辭典》認為它是出自於清代傳奇《萬壽圖》中的一齣〔註151〕，主要寫呂洞賓下凡遊戲人間，見藥鋪「萬藥俱全」的招牌，故意為難店主要求購買幾味怪藥，店主之女白牡丹出而應對，反戲弄了呂洞賓一番。婺劇《牡丹對課》、贛劇《三戲白牡丹》、黃梅戲《戲牡丹》等、桂劇高腔《牡丹對藥》皆搬演此類劇情，不過有些劇種也會以其為基礎添改人物設定，如湖北楚劇《點藥名》中，藥鋪之女白牡丹是王母園中的白牡丹下凡托生，而閩劇小折子戲《呂洞賓》將白牡丹與何仙姑兩人合而為一。〔註152〕在右玉道情戲《杭州買藥》中，觀音與善才二人化身作白牡丹爺倆賣藥杭州，欲伺機點化呂洞賓，呂洞賓與白牡丹比試猜藥、論理、講經、談道皆敗，最後才知道她是觀音所化。〔註153〕

　　戲牡丹的故事有時會與八仙過海傳說結合，如豫劇《呂洞賓戲牡丹》講八位神仙各顯神通，過海與南極仙翁慶壽，席前呂洞賓調戲女仙，追至蒙石崖下承歡，呂因失仙體。其師用法術使女仙現形，乃千年牡丹一枝。命洞賓復修得道。另有：呂、白成親之後，被玉帝所知，命趙公明等天兵捉拿，洞賓遠逃，

〔註149〕曾白融主編：《京劇劇目辭典》，頁1248～1249。

〔註150〕金毅主編：《錫劇傳統劇目考略》（上海：上海文藝出版社，1989年12月），頁150。

〔註151〕上海藝術研究所、中國戲劇家協會上海分會編：《中國戲曲曲藝辭典》（上海：上海辭書出版社，1981年9月），頁575。

〔註152〕閩劇小折子戲《呂洞賓》講何金定因貌美而被鄉人譽為「白牡丹」，呂洞賓有意度之，化為儒生至店以各種難題考驗金定，金定對答如流，使呂洞賓辭窮而去。後呂洞賓奏請王母，引金定為仙，即八仙之一的何仙姑。此劇又被稱為《白牡丹》，雖是講述何仙姑成仙故事，但卻以呂、何對藥為全戲重點，故將其歸為戲牡丹類故事。詳見福建省文化局編印：《福建戲曲傳統劇目索引》第1輯（福州：福建省文化局，1958年2月），頁4。

〔註153〕吳光正：《八仙故事系統考論：內丹道宗教神話的建構及其流變》頁188、196。

為梁灝所救。梁灝八十歲得中狀元，洞賓至五福堂拜謝。〔註154〕此劇又名《五
福堂》、《八仙慶壽》、《三戲牡丹》、《八仙過海》，宛梆、越調、呂劇、秦腔皆
有此目，故事開頭基本相同，但發展卻略有差異，如秦腔的《五福堂》逼迫仙
女成親者為呂洞賓隨身配戴的二龍劍，劍妖受玉帝通緝而逃至梁灝家，後呂洞
賓前往梁家收劍斬妖，又念梁灝善良，遂邀漢鍾離同至梁家，撒金遍地，賜生
貴子。〔註155〕比較豫劇和秦腔的《五福堂》，前者呂、白互動較多，內容也比
較符合呂洞賓戲牡丹之名，後者雖又名《洞賓戲牡丹》，但真正與白牡丹有關
係者，卻是呂洞賓身上的佩劍。

　　在「呂洞賓戲牡丹」類戲曲中，呂洞賓與白牡丹兩人的互動是重點，有時
兩人關係曖昧，甚至產生親密關係；有時是呂洞賓故意調戲白牡丹，反遭牡丹
戲弄。特別是若有「對藥」情節，呂洞賓所說雙關或諧謔的言語，如「甜如蜜」、
「苦如蓮」、「硬似鐵」、「軟如綿」，及牡丹身上的「三分白」、「一點紅」、「顛
倒掛」、「錦包龍」等，這些都是藉由隱晦的文字來達到對女性的性暗示，使觀
眾能從這樣的意象而有一些猥褻的聯想，從中獲得刺激與樂趣。呂洞賓與白牡
丹傳說在元末就已流傳，〔註156〕然「白牡丹」一詞早在唐代就已經的妓女的
代稱，宋元時更成為妓女的藝名〔註157〕。呂洞賓浪跡歡場度妓女事蹟在宋代
也常見，傳說中身為度師的他恪守理法，以清修之道度化妓女，與女子無任何
曖昧關係，因此呂洞賓與白牡丹之間應該為度師與被度者的關係。明代因為房
中術與雙修思想的盛行，呂洞賓與白牡丹關係逐漸出現了變化，兩人間「情」
的成分被加重了，甚至在小說家筆下從情愛變成了情慾，這也使的「度牡丹」
變成了「宿牡丹」、「戲牡丹」了。〔註158〕

　　呂洞賓會成為小說家筆下雙修神仙的代表，也可能跟陸西星對呂仙的推
崇有關。陸西星是明代內丹雙修集大成者，他在《金丹就正篇》、《無上玉皇心
印妙經測疏》、《玄膚論》等著作多次及陰陽雙修之功用，又多次提到曾受呂祖

〔註154〕文燦、李斌編劇、藝生（執筆）：《豫劇傳統劇目匯釋》（鄭州：黃河文藝出版
　　　　社，1986 年 7 月），頁 237。
〔註155〕陝西省藝術研究所編：《秦腔劇目初考》（西安：陝西人民出版社，1984 年 8
　　　　月），頁 298～299。
〔註156〕賈仲明於《呂洞賓桃柳升仙夢》有「朝向酒家眠，夜宿牡丹處」之語，而賈
　　　　仲明為元末明初的戲曲作家，由此可知此時民間已有此故事流傳。
〔註157〕吳光正：《八仙故事系統考論：內丹道宗教神話的建構及其流變》，頁 184～
　　　　185。
〔註158〕詳見第三章第三節。

教化〔註 159〕，致使世人將呂洞賓視為雙修主張者，社會上也出現《鍾呂採真問答》、《既濟真經》等依託呂洞賓之名的雙修著作。呂洞賓主張雙修觀念被人們接受後，他與白牡丹也被合理化了，即使後來有不少人為此段風流情事加以辯駁〔註 160〕，但在社會風氣、名人效應與好風月的心理下，兩人的愛情故事仍被廣為傳播，民間藝人則依市場需求與喜好搬演相關內容，「呂洞賓戲牡丹」類戲曲也成了地方戲中常見的劇目。雖然這類戲劇情涉及戲謔、淫穢，但它迎合了觀眾窺探隱私與渴望刺激的心理，故此劇的數目與流傳廣度可媲美八仙祝壽戲。

除了「八仙過海」與「呂洞賓戲牡丹」系列的劇目外，秦腔尚有《洛陽橋打彩》。此劇取材於傳奇《四美記》及李玉《洛陽橋》，演觀音大士為助蔡狀元建成洛陽橋，化身民女，以打采募金銀，遇見呂洞賓相助而建成該橋。〔註 161〕京劇中有兩齣戲同以「八仙鬥白猿」為名，一者結合八仙過海的故事，演八仙赴蟠桃會賀王母壽誕，醉歸，飄海而過。豬婆龍擒藍采和，奪其寶籃。呂洞賓、柳仙下海救之。馬齡大仙之子白猿至瑤池偷桃獻母，八仙擒之並擒豬婆龍。王母贈桃白猿令其歸，貶豬婆龍於泗洲。〔註 162〕一者則是新創劇本，以猴戲為主，劇情大意為：臨海漁民李三郎，與鄰女小翠戀愛。一日，兩人下海捕魚，魚妖見之，欲強娶小翠。翠不從，魚妖便興風作浪，欲害鄉里。有得道白猿，得知此情，與魚妖大戰並殺死魚妖。白猿途中遇八仙強度小翠修道，心中不平，鬥八仙而勝，乃救小翠還鄉。〔註 163〕兩戲的八仙形象並不相同，前者較為傳統，屬於「善」的一方，維持秩序的強大神仙團體；後者八仙雖不能歸於「惡」，但他們為度人而拆散男女姻緣，展現神仙的脫俗與無情，失去了親切感。

地方的八仙戲曲，從不同的角度反映民眾的真實生活與心中願望。在慶壽劇中，人們以八仙下凡賀壽來展現對於祈求太平與長壽的夢想；八仙度脫劇反映人生苦難，也建立一個無憂無慮令人嚮往的仙境桃花源，讓痛苦無助的人們有一個賴以寄託的彼岸；八仙故事戲曲則回歸於戲曲娛樂本質，舞臺上的插科

〔註 159〕　《金丹就正篇》中提及「偶以因緣遭際，得遇法祖呂公於北海之草堂，彌留款洽，賜以玄體，慰以甘言。」見【明】陸西星：《金丹就正篇‧序》，收入陸西星原著，盛克琦編校：《方壺外史：道教東派陸西星內丹修煉典籍（下）》（北京：宗教文化社，2010 年 9 月），頁 373。

〔註 160〕　詳見第三章第三節。

〔註 161〕　王正強主編：《秦腔詞典》（蘭州：敦煌文藝出版社，1995 年 10 月），頁 114。

〔註 162〕　王森然：《中國劇目辭典》（石家莊：河北教育出版社，1997 年 9 月），頁 24。

〔註 163〕　王森然：《中國劇目辭典》，頁 24。

打諢、戲謔淫穢與高難度武戲皆是為了滿足觀眾崇新尚奇心理與感官愉悅的
需求，讓人們透過觀賞表演來消除疲勞，調劑情緒。

結語

　　在民間歌曲、說唱與地方戲曲中，八仙可說是相當常見的題材。在民間歌
曲中，人們唱八仙來為長輩祝壽、為亡者哀悼，或借八仙為題來抒發情感，寄
託理想。在講唱文學中，民間藝人根據自己的經驗與聽聞，沿襲或改造八仙故
事，並藉由說唱表演傳播八仙得道或濟世的傳說，雖然它們有時成為民間宗教
的宣傳品，但揚善懲惡的故事情節，極具社會教育意義。地方戲曲中無論小戲、
大戲皆有以八仙為題材者，這些戲曲性質、功用各有不同，但皆能從不同角度
來抒發作者的情感，無論是對神仙世界的嚮往，還是對現實生活的感嘆，皆是
人們最真實一面的反應。此外，戲曲引人入勝的故事，與精彩的肢體表演，使
八仙戲曲廣受民眾歡迎，不同的地方劇種皆對八仙故事加以改編、演出，這是
八仙故事能流布四方重要原因。

第六章　結　論

　　「八仙」是一個相當龐大的研究主題，過去的八仙研究，多集中在八仙的由來，或局限於個別藝術、文學中。本文將個別的文學研究擴大，以「俗文學」作為主要方向，選取民間流傳的小說、傳說、戲曲、歌謠等為材料，並參考近代研究文獻，分成〈八仙信仰的孕育、成型與發展〉、〈小說中的八仙〉、〈八仙民間傳說〉以及〈八仙與韻文學〉四個面向，探討八仙與俗文學的關係。藉由研究發現，八仙雖為道教神仙，但他們的影響卻超脫出宗教範圍，並能隨著科技日新月異的社會變化，逐漸產生以下三種特徵。

一、八仙是和諧的代表

　　八仙信仰的孕育與「神仙信仰」、「數字崇拜」有密切關係。人們因珍愛生命、盼望長生的心理，因此在上古神話中就曾出現黃帝、帝江等不死不滅的神人。到了先秦時期，因為對人的重視、醫學的進步及方士的推動，使人們普遍相信真有神仙，進而希望能成仙，作為永恆的存在，或希冀藉由神仙之助解脫人世的苦難，因此「仙」是和諧生與死的人物。至於數字崇拜，結合現實存在與抽象思維，使每一個數字都擁有獨特的哲學意涵，其中「八」這個數字，在《周易》中以乾、坤、震、離、巽、坎、艮、兌八種卦象統括了自然與人文的各種特質，定立了彼此相生相剋的道理，所以「八」不只是能代表單獨的個體，也能引申出「全」的意思，所以「八」和諧了個體與全體。

　　「仙」與「八」結合而出現「八仙」，而它最早是泛指眾位仙人，直到了漢代才有以「八仙」專指八人的情況。歷史上有不少以「八仙」為名的團體，如「淮南八仙」、「唐八仙」、「酒中八仙」、「蜀八仙」等。這些八仙無論是否與

宗教有關，但皆是驚才絕豔或逍遙物外的人物，一般人不可企及，然而以鍾、呂八仙卻非如此。鍾、呂等八位仙人，原為各自獨立的存在，並以異人的形象出現傳說中，如化紙成驢的張果老、寒冬開花的韓湘子、跣行高歌的藍采和、留詩於壁的鍾離權、預測未來的呂洞賓、知人禍福的何仙姑等。他們擁有奇術，並與凡人有較深的交流與接觸，導致這些人雖具神祕感卻不顯清高、疏離，自然較容易得到一般百姓的推崇，甚至在南宋時被結合為一個團體，以舞隊的形勢在社火中演出，增添節日歡愉的氣氛。元代時，全真教的盛行，鍾、呂等人被吸收入道教典籍與仙傳中，並以師徒授受的關係連繫彼此，讓他們從民間俗神成為道教正神，甚至成為教派宗師。不過在仙傳或民間傳說中，鍾、呂等仙人並沒有因宗師的身分而高高在上，反而積極入世，以不同形象濟世度人。也就是說八仙的神蹟在反映宗教意識的同時，也融進了普通百姓對神仙的期待，因此他們可說是和諧了宗教與世俗的關係。

目前民眾所知的八仙成員，直至明代中葉才大致底定為鐵拐李、鍾離權、呂洞賓、韓湘子、曹國舅、張果老、藍采和、何仙姑八人，從《東遊記》、《飛劍記》等小說的敘述來看，這幾位仙人均為凡人得道者。他們身分各異，幾乎每個人都多少能從八仙身上找到自己的一些影子，因此鍾、呂八仙成了凡人成仙的代表，如王世貞所說：「八仙者，鍾離、李、呂、張、藍、韓、曹、何也……以是八公者，老則張，少則藍、韓，將則鍾離，書生則呂，貴則曹，病則李，婦女則何。」〔註1〕也就是說八仙各自代表了不同階層，當他們成為群體時，呈現出世俗社會「合中有分，分中有合」的和諧精神。

二、八仙為俗文學創作的泉源

八仙信仰的傳播，主要歸功於民間敘事文學的推廣，其中影響較大的莫過於小說、民間傳說與韻文學。

筆記小說有不少八仙事蹟，依時間可將它們分成：唐至北宋、南宋至元與明、清兩代三個時期。唐至北宋是傳說的萌芽與發展，此時筆記小說記載八仙生平、軼事或神蹟，雖然敘述簡略，但卻是後代創作八仙故事的基礎。南宋至元代時，筆記小說逐漸強化八仙的宗教色彩，藉由渡人與濟世的神蹟，凸顯他們的大愛與慈悲。這時期的傳說不但有教化人心的作用，更擴充了八仙信仰者

〔註1〕 【明】王世貞：《弇州山人四部續稿·題八仙像後》，收入《景印文淵閣四庫全書》第 1284 冊，頁 469。

的人數與階層。明、清兩代筆記，除了繼承前兩時期對八仙的描述，也記錄了八仙以扶乩方式為信徒解決疑難、治療疾病情形。此時的八仙，從道教正神回歸至民間俗神，甚至成為民間宗教的祖師。

筆記中的八仙傳說經過明、清小說家的整合與改造，寫成了中、長篇的章回小說。雖然小說內容仍多描寫修行成仙、濟世渡人的宗教思想，但是作者在塑造人物時，將貪、嗔、痴等人性慾望融入其中，使仙人們擺脫教規的束縛，展現鮮活的個性與豐富的情感。也因為神仙有情的形象，讓人們認為八仙較其他仙人，更能回應凡間的請託，行濟世救人之舉，即便他們行為有所不當，仍不減百姓們心中的信仰。

民間傳說中的八仙故事數量相當可觀，它們有承襲、借鏡於前代小說或戲曲者，也有出於民眾的集體創作。前者如八仙過海傳說，依文物判斷至少在元代就出現了，並成為明代雜劇《爭玉板八仙過海》與小說《東遊記》的題材，雖然出場人物略有不同，但情節大略相近，民間創作者參考兩者，根據需求，結合地域的習俗與特色，完成不同的八仙過海故事，進而有「八仙過海型」故事產生。又如張果老騎驢試趙州橋的故事，源於元代《湖海新聞夷堅續志》中〈魯般（班）造石橋〉，但為了強調橋能乘載的重量，口傳者自行添了褡褳裡裝入日月星辰或五嶽等內容，故事也因此產生變化，成為了「騎驢試橋型」故事。後者如鐵拐李偷鍋、偷油傳說，其中主角因貧偷竊的情節，應是創作者以鐵拐李表現下層民眾為求溫飽鋌而走險現實，因為內容貼近生活，讓人們容易接受且樂於傳播它，因並心理或現實的喜好，添加了神仙修行、回家探親等要素，使之成為鐵拐李「偷竊型」故事。

除了人物傳說外，各地風物也會與八仙結合，成為解釋性傳說。這通常是以地、物特徵結合真實歷史或編造出相關的故事，讓人們信以為真，認同它們的神祕與特殊，進而使其聲名大噪，來客不斷，如黃鶴樓與呂洞賓、增城掛綠與何仙姑、酒罈峰與鐵拐李、半屏山與鍾離權等皆是。

民間韻文學裡以八仙為題材的作品不少，無論是民間歌曲、說唱文學或地方戲曲，皆能見到八仙的蹤影。八仙民間歌曲可約略分為慶賀類、儀式類與故事類。慶賀類歌曲出現在吉慶時，以為人祈福祝壽為目的，因此歌詞通常會以吉祥話結尾；儀式類歌曲有特定的場合，根據歌者需求，唱出驅邪、迎吉等心願；故事類則唱民間流傳的八仙故事，內容有時會隨著歌者的認知或喜好而改變。這些民間歌曲，用詞隨意自然，富有生活的情趣。

　　說唱文學與地方戲曲可大致分為慶壽類、修行類與故事類。慶壽類以祝壽為目的，內容多是描寫八仙向西王母賀壽的情景，因為演出的時間與場合有所規定而出現儀式化的現象，如《八仙上壽寶卷》宣唱時需進行相應的儀式和法事活動，而臺灣歌仔戲《醉八仙》需經淨臺儀式才能演出。修行類包含八仙修練成道或度脫世人的故事，內容大致取材於明、清小說，呈現道教神仙思想，或規勸世人捨離情感與慾望，如《呂祖寶卷》、《八仙度盧生》等。為了增加觀眾的接受度，這類戲曲有時會加入世俗化的情節，如《張果老度凡》中張果老勸李父娶妾留子，《寒夜送衣》裡張氏因韓湘無後而怒斥他是畜生，兩者皆反映了人們對血脈傳承的重視。在「祝壽類」與「修行類」以外者，皆歸於故事類。此類作品取材多元且風格各異，如〈東遊記八仙過海鼓詞〉是以小說《東遊記》為底本，內容緊湊且熱鬧；彈詞〈青石山〉改編自清道光時戲曲《青石山》，敘述人妖間的悲歡離合；《洛陽橋打彩》參考了明傳奇《四美記》及李玉的《洛陽橋》，人物風流逗趣。這類作品最大的特色是：宗教意識淡薄，以娛樂觀眾為目的，故能以精彩的情節或出色的肢體演出，受到人們的歡迎。

　　俗文學中八仙作品數量眾多，主要是因為口頭文學與書面文學相互影響，豐富了每一位仙人的經歷與形象。民間創作者偏好以他們為題材，並且隨著時代的審美觀與喜好，不斷地修改與潤飾，這也是八仙俗文學的生命力至今不衰的原因。

三、八仙為圓融的象徵

　　「仙」本是擺脫人間束縛，超塵世脫羈絆的存在，所以清心寡慾、離塵索居才是最典型的仙人。但「講出世」、「重自然」的道家思想，與中國傳統儒家「講入世」、「重社會」的倫理思想相違背，超俗脫塵的神仙雖受人尊崇，卻無法深入人心。八仙雖有著任性風流，隨意自然的道家特性，他們卻對凡人抱持著憐惜與同情，頻繁入世不求回報地助人、度人，所以八仙可說是以道家修養行儒家之事。這種以儒治世、以道治身的行為，圓融了人們既想成仙但又不捨紅塵的矛盾，也能得到更多百姓的認同。

　　對人們來說，神仙脫離了人間生死且無所不能，所以人們希望「成仙」。道教雖然有眾人皆可成仙的觀念，但必須遵守教規、服食金丹、修練長生術、捨棄世俗羈絆等，才能得道飛升。對於一般人而言，這些要求過於嚴苛，而「仙」也因此成了他們無法到達的境界。八仙傳說則破除了這樣的想法。民間故事家

在構思八仙身世與經歷時，通常會以自身體驗或見聞為題材，透過合理的想像，賦予他們不同的身分與生活。故事中的人物，無論地位、性別、品德為何，都能藉由機緣或覺悟而成仙，如窮趕腳張果老吃仙藥升天，偷鍋的鐵拐李知錯而入道，孤苦的何仙姑心善被度等。相較於道教嚴苛的修行，民間傳說中八仙種種升天的事蹟，減低凡人得道的難度，增加成仙的方法與途徑，更調和人與人間的差異，讓成仙之說更加圓融。

對於華人來說，八仙是宗教信仰，也是文化象徵。人們藉由八仙信仰，寄寓著各種希望，使原屬於道教八仙突破教派藩籬，影響到文學、建築、民俗等方面。當八仙藉由小說、戲曲或傳說等形式出現在民眾周遭時，人們不但接受它，更將它視為一種精神價值，或作為題材以不同的藝術形式再現，使其代代相傳，進而成生活習慣的一部分，連不信仰八仙的人，也能感受它的影響與魅力。

八仙信仰所涉及、浸染的範圍極廣，且以不同的形式，不斷創新變化，在各個層面都有許多資料等待發掘。因時空限制，本文只能藉著有限的資料探討八仙與俗文學，雖不能全面解釋宗教與民間的關係，但卻能從中得知八仙信仰被民眾接受的狀況，而民眾又是如何藉著八仙調和了宗教與世俗間的衝突。俗文學是種接受與再創作的存在，而八仙又是民間著名的神仙，因此若能以八仙俗文學為基礎，配合宗教、心理、民俗等資料，應可更完整呈現出信仰與民眾間的關係。

參考書目

一、**古籍**（按作者年代排列）

1. 【戰國】尸佼著，李守奎、李軼譯注：《尸子譯注》，哈爾濱：黑龍江人民出版社，2004 年 1 月第 2 次印刷。

2. 【漢】孔安國傳，【唐】孔穎達等正義：《尚書正義》，臺北：藝文印書館，2001 年 12 月。

3. 【漢】毛亨傳、鄭玄箋，【唐】孔穎達等正義，清·阮元校勘：《詩經》，臺北：藝文印書館，2001 年 12 月。

4. 【漢】司馬遷撰，【宋】裴駰集解，【唐】司馬貞索隱，【唐】張守節正義：《史記》，北京：中華書局，2001 年 1 月。

5. 【漢】許慎：《說文解字》，上海：上海古籍出版社，1981 年 10 月。

6. 【漢】劉安等人，何寧撰：《淮南子集釋》北京：中華書局，1998 年 10 月。

7. 【漢】劉向：《列仙傳》，《中華道藏》第 45 冊，北京：華夏出版社，2004 年 1 月。

8. 【漢】鄭玄注，【唐】孔穎達疏：《禮記正義》，李學勤主編《十三經注疏》，北京：北京大學出版社，2000 年 12 月。

9. 【漢】何休解詁，【唐】徐彥疏，【清】阮元校勘：《春秋公羊傳注疏》（臺北：藝文印書館，2001 年 12 月。

10. 【漢】劉向：《列仙傳》，《中華道藏》第 45 冊，北京：華夏出版社，2004 年 1 月。

11. 【漢】佚名:《黃帝九鼎神丹訣》,《中華道藏》第 18 冊,北京:華夏出版社,2004 年 1 月。

12. 【魏】曹丕等撰:《列異傳等五種》,北京:文化藝術出版社,1988 年 12 月。

13. 【東晉】佚名:《太極真人敷靈寶齋戒威儀諸經要訣》,《中華道藏》第 4 冊。

14. 【魏】王弼、【晉】韓康伯注,【唐】孔穎達疏:《周易正義》,臺北:藝文印書館,2001 年 12 月。

15. 【晉】干寶:《搜神記》,北京:中華書局,1985 年 3 月。

16. 【晉】杜預注,【唐】孔穎達疏:《春秋左傳正義》,臺北:藝文印書館,2001 年 12 月。

17. 【晉】范甯集解,【唐】楊士勛疏,【清】阮元校勘:《春秋穀梁傳注疏》,臺北:藝文印書館,2001 年 12 月。

18. 【晉】陶潛著,龔斌校箋:《陶淵明集校箋》,上海,上海古籍出版社,1999 年 12 月 2 刷。

19. 【晉】葛洪:《神仙傳》,《中華道藏》第 45 冊,北京:華夏出版社,2004 年 1 月。

20. 【晉】葛洪撰,胡守為校釋:《神仙傳校釋》,北京:中華書局,2010 年 9 月。

21. 【南朝宋】劉敬叔:《異苑》,《漢魏六朝筆記小說大觀》,上海:上海古籍出版社,1999 年 12 月。

22. 【南朝宋】范曄撰,【唐】李賢等注:《後漢書》,北京:中華書局,2000 年 5 月。

23. 【南朝梁】任昉:《述異記》,《景印文淵閣四庫全書》第 1047 冊,臺北:商務印書館,1983 年 6 月。

24. 【南朝梁】蕭子顯:《南齊書‧州郡志下》,北京:中華書局,2000 年 1 月。

25. 【南朝梁】釋僧佑撰,李小榮校箋:《弘明集校箋》,上海:上海古籍出版社,2013 年 11 月。

26. 【南朝梁】陶弘景:《真誥》,《中華道藏》第 2 冊,北京:華夏出版社,2004 年 1 月。

27. 【北魏】酈道元：《水經注》，《景印文淵閣四庫全書》第 573 冊，臺北：商務印書館，1983 年 6 月。

28. 【唐】司馬承禎：《天隱子》，《中華道藏》第 26 冊，北京：華夏出版社，2004 年 1 月。

29. 【唐】白居易、【宋】孔傳：《白孔六帖》，《景印文淵閣四庫全書》891 冊，臺北：商務印書館，1983 年 6 月。

30. 【唐】呂洞賓著，石沅朋校點：《呂洞賓全集》，廣州：花城出版社，1995 年 11 月。

31. 【唐】呂純陽：《純陽真人渾成集》，《中國道藏》第 26 冊，北京：華夏出版社，2004 年 1 月。

32. 【唐】李白著，【清】王琦注：《李太白全集》，北京：中華書局，1999 年 7 月。

33. 【唐】李肇：《唐國史補》，《唐五代小說筆記大觀》第 1 冊，上海：上海古籍出版社，2000 年 3 月。

34. 【唐】李德裕：《次柳氏舊聞》，《唐五代小說筆記大觀》第 1 冊，上海：上海古籍出版社，2000 年 3 月。

35. 【唐】杜甫著，【清】仇兆鰲注：《杜詩詳注》，北京：中華書局，1999 年 9 月。

36. 【唐】房玄齡等撰：《晉書》，北京：中華書局，2000 年 1 月。

37. 【唐】段成式：《酉陽雜俎》，《唐五代小說筆記大觀》第 1 冊，上海：上海古籍出版社，2000 年 3 月。

38. 【唐】陳思：《寶刻叢編》，《景印文淵閣四庫全書》第 682 冊，臺北：商務印書館，1983 年 6 月。

39. 【唐】裴鉶：《傳奇》，《唐五代筆記小說大觀》第 2 冊，上海：上海古籍出版社，2000 年 3 月。

40. 【唐】劉肅，許德楠、李鼎霞點校：《大唐新語》，北京：中華書局，1997 年 12 月。

41. 【唐】鄭處誨：《明皇雜錄》，《唐五代小說筆記大觀》第 1 冊，上海：上海古籍出版社，2000 年 3 月。

42. 【唐】韓若雲：〈韓仙傳〉，《藏外道書》第 18 冊，成都：巴蜀書社，1994 年 12 月。

43.【唐】韓愈著，錢仲聯、馬茂元校點：《韓愈全集》，上海：上海古籍出版社，1997 年 10 月。

44.【後晉】劉昫等撰：《舊唐書》，北京：中華書局，2000 年 1 月。

45.【五代】沈汾：《續仙傳》，《中華道藏》第 45 冊，北京：華夏出版社，200 年 1 月。

46.【宋】王安石著，李之亮注：《王荊公文集箋注（上）》，成都：巴蜀書社，2005 年 5 月。

47.【宋】王常：《真一金丹訣》，《中華道藏》第 19 冊，北京：華夏出版社，2004 年 1 月。

48.【宋】王象之：《輿地記勝》，北京：中華書局，2003 年 12 月。

49.【宋】王應麟撰，【清】翁元圻注：《翁注困學紀聞》，上海：世界書局，1937 年 5 月。

50.【宋】白玉蟾：《修真十書武夷集》，《中華道藏》第 19 冊，北京：華夏出版社，200 年 1 月。

51.【宋】白玉蟾述，彭耜等編集：《海瓊白真人語錄》，收入《中華道藏》第 19 冊，北京：華夏出版社，2004 年 1 月。

52.【宋】白玉蟾著，朱逸輝校住：《白玉蟾全集校注本》，海口：海南出版社，2004 年 6 月。

53.【宋】朱熹撰，蔣立甫校點：《楚辭集注》，上海，上海古籍出版社，2001 年 12 月。

54.【宋】佚名：《宣和書譜》，《景印文淵閣四庫全書》813 冊，臺北：商務印書館，1983 年 6 月。

55.【宋】吳自牧：《夢粱錄》，上海：古典文學出版社，1957 年 6 月。

56.【宋】吳曾：《能改齋漫錄》，上海：上海古籍出版社，1979 年 11 月。

57.【宋】志盤：《佛祖統紀》，《大正藏》第 49 冊，臺北，新文豐出版公司，1979 年 9 月。

58.【宋】李昉：《太平廣記》，北京：中華書局，1986 年 3 月。

59.【宋】沈括撰，胡道靜校注：《新校正夢溪筆談》，北京：中華書局，1957 年 11 月。

60.【宋】阮閱編，周本淳校點：《詩話總龜》，北京：人民文學出版社，1987 年 8 月。

61. 【宋】周密：《武林舊事》，上海：古典文學出版社，1957 年 6 月。

62. 【宋】金盈之著、周曉薇校點：《新編醉翁談錄》，瀋陽：遼寧教育出版社，1998 年 12 月。

63. 【宋】洪邁：《夷堅志》，北京：中華書局，1981 年 10 月。

64. 【宋】耐得翁：《都城紀勝》，上海：古典文學出版社，1957 年 6 月。

65. 【宋】胡仔：《苕溪漁隱叢話（後集）》，北京：人民文學出版社，1962 年 6 月。

66. 【宋】范公偁：《過庭錄》，《景印文淵閣四庫全書》第 1038 冊，臺北：商務印書館，1983 年 6 月。

67. 【宋】范致明《岳陽風土記》，臺北：成文出版社，1976 年。

68. 【宋】徐鉉撰，傅成點校：《稽神錄》《宋元筆記小說大觀》第 6 冊，上海：上海古籍出版社，2001 年 12 月。

69. 【宋】馬永易：《實賓錄》，《景印文淵閣四庫全書》第 920 冊，臺北：商務印書館，1983 年 6 月。

70. 【宋】高晦叟：《珍席放談》，《景印文淵閣四庫全書》第 1037 冊，臺北：商務印書館，1983 年 6 月。

71. 【宋】張世南：《遊宦紀聞》，《筆記小說大觀》第 7 冊，揚州：江蘇廣陵古籍刻印社，1983 年 4 月。

72. 【宋】張君房編：《雲笈七籤》，《中華道藏》第 29 冊，北京：華夏出版社，200 年 1 月。

73. 【宋】張邦基：《墨莊漫錄》，北京：中華書局，2002 年 8 月。

74. 【宋】張師正：《倦遊雜錄》，《宋元筆記小說大觀》第 1 冊，上海：上海古籍出版社，2001 年 12 月。

75. 【宋】張齊賢：《洛陽搢紳舊聞記》，《全宋筆記》第 1 編第 2 冊，鄭州：大象出版社，2003 年 10 月。

76. 【宋】莊綽：《雞肋篇》，《宋元筆記小說大觀》第 7 冊，上海：上海古籍出版社，2001 年 12 月。

77. 【宋】郭若虛《圖畫見聞志》，上海：人民美術版社，1963 年 7 月。

78. 【宋】郭茂倩：《樂府詩集》，北京：中華書局，1998 年 11 月。

79. 【宋】陳田夫：《南嶽總勝集》，《中華道藏》第 48 冊，北京：華夏出版社，200 年 1 月。

80. 【宋】陳師道:《後山集》,《景印文淵閣四庫全書》1114 冊,臺北:商務
    印書館,1983 年 6 月。

81. 【宋】陳樸:《陳先生內丹訣》,收入《中華道藏》第 19 冊,北京:華夏
    出版社,2004 年 1 月。

82. 【宋】陸游:《劍南詩稿》,《四部備要》第 79 冊,北京:中華書局,1989
    年 3 月。

83. 【宋】普濟著,蘇淵雷點校:《五燈會元》,北京:中華書局 1984 年 10 月。

84. 【宋】黃休復:《益州名畫錄》,《景印文淵閣四庫全書》第 812 冊,臺北:
    商務印書館,1983 年 6 月。

85. 【宋】楊億:《楊文公談苑》,《宋元筆記小說大觀》第 1 冊,上海:上海
    古籍出版社,2001 年 12 月。

86. 【宋】葉夢得:《巖下放言》,《景印文淵閣四庫全書》第 863 冊,臺北:
    商務印書館,1983 年 6 月。

87. 【宋】趙彥衛撰,傅根清點校:《雲麓漫鈔》,北京:中華書局,1996 年 8
    月。

88. 【宋】劉斧:《青瑣高議》,《宋元筆記小說大觀》第 1 冊,上海:上海古
    籍出版社,2001 年 12 月。

89. 【宋】歐陽修、宋祁撰:《新唐書》,北京:中華書局,2001 年 1 月。

90. 【宋】歐陽修著,李逸安點校:《歐陽修全集》,北京:中華書局,2001
    年 3 月。

91. 【宋】蔡絛:《西清詩話》,北京:北京圖書館出版社,2004 年 12 月。

92. 【宋】鄭文寶:《江南餘載》,《景印文淵閣四庫全書》第 464 冊,臺北:
    商務印書館,1983 年 6 月。

93. 【宋】鄭景望:《蒙齋筆談》,《筆記小說大觀》第 8 冊,揚州:江蘇廣陵
    古籍刻印社,1983 年 4 月。

94. 【宋】鄭樵:《通志》,《景印文淵閣四庫全書》第 374 冊,臺北:商務印
    書館,1983 年 6 月。

95. 【宋】龍袞撰,張光劍校點:《江南野史》,《五代史書彙編》第 9 冊,杭
    州:杭州出版社,2004 年 5 月。

96. 【宋】魏泰:《東軒筆記》,《宋元筆記小說大觀》第 3 冊,上海:上海古
    籍出版社,2001 年 12 月。

97. 【宋】贊寧撰：《宋高僧傳》，北京：中華書局，1987 年 8 月。

98. 【宋】蘇軾：《魚樵閒話錄》，《全宋筆記》第 1 編第 9 冊，鄭州：大象出版社，2003 年 10 月。

99. 【宋】蘇軾撰、孔凡禮點校：《蘇軾文集》，北京：中華書局，1986 年 3 月。

100. 【宋】釋惠洪：《冷齋夜話》，《景印文淵閣四庫全書》第 863 冊，臺北：商務印書館，1983 年 6 月。

101. 【金】丘處機：《丘處機集》，濟南：齊魯書社，2005 年 6 月。

102. 【元】王實甫等撰：《孤本元明雜劇（十）》，臺北：臺灣商務印書館，1977 年 12 月。

103. 【元】耶律鑄：《雙溪醉隱集》，《景印文淵閣四庫全書》第 1199 冊，臺北：商務印書館，1983 年 6 月。

104. 【元】苗善時：《純陽帝君神化妙通紀》，《中華道藏》第 46 冊，北京：華夏出版社，200 年 1 月。

105. 【元】秦志安：《金蓮正宗記》，收入《中華道藏》第 47 冊，北京：華夏出版社，2004 年 1 月。

106. 【元】趙道一：《歷世真仙體道通鑑》，《中華道藏》第 47 冊，北京：華夏出版社，200 年 1 月。

107. 【元】趙道一：《歷世真仙體道通鑒後集》，《中華道藏》第 47 冊，北京：華夏出版社，200 年 1 月。

108. 【明】王世貞：《弇州山人四部續稿》，《景印文淵閣四庫全書》第 1284 冊，臺北：商務印書館，1983 年 6 月。

109. 【明】田藝蘅：《留青日箚》，上海：上海古籍出版社，1985 年 9 月。

110. 【明】伍守陽撰【明】伍守虛注【清】汪東亭輯：《仙佛合宗語錄》，清光緒三十二年成都二僊庵版《重刊道藏輯要》。

111. 【明】朱權編：《天皇至道太清玉冊》，《中華道藏》第 28 冊，臺北：華夏出版社，2004 年 1 月。

112. 【明】佚名：《龍圖公案》，北京：群眾出版社，1999 年 7 月。

113. 【明】佚名：《檮杌閒評》，北京：人民文學出版社，1999 年 1 月。

114. 【明】吳元泰：《新刊八仙出處東遊記》，臺北：天一出版社，1985 年 7 月。

115. 【明】李日華:《紫桃軒雜綴》,《四庫全書存目叢書》子部 108 冊,台南:莊嚴文化事業有限公司,1995 年 9 月初版,據復旦大學圖書館藏明末刻清康熙李琯重修本影印。

116. 【明】洪自誠:《消搖墟經》,《中華道藏》第 45 冊,北京:華夏出版社,2004 年 1 月。

117. 【明】胡應麟:《少室山房筆叢》,上海:上海書店出版社,2001 年 8 月。

118. 【明】徐師曾:《文體明辨序說》,北京:人民出版社,1998 年 5 月。

119. 【明】徐道撰,周晶等點校:《歷代神仙演義》,瀋陽,遼寧出版社,1995 年 4 月。

120. 【明】徐應秋:《玉芝堂談薈》,上海:上海古籍出版社,1993 年 7 月。

121. 【明】馬蒔撰:《黃帝內經靈樞注證發微》,《續修四庫全書本》,上海:上海古籍出版社,1995 年 3 月。

122. 【明】陸西星著,盛克琦編校:《方壺外史:道教東派陸西星內丹修煉典籍》,北京:宗教文化社,2010 年 9 月。

123. 【明】馮夢龍:《醒世恒言》,海口:海南出版社,1993 年 5 月。

124. 【明】楊爾曾:《韓湘子全傳》,上海:古籍出版社,1990 年 8 月。

125. 【明】鄧志謨:《呂祖飛劍記》,北京:中國戲劇出版社出版,1999 年 12 月。

126. 【明】謝肇淛撰,傅成校點:《五雜俎》,《明代筆記小說大觀》第 2 冊,上海:上海古籍出版社,2005 年 4 月。

127. 【明】鍾惺:《混唐後傳》,收入諸聖鄰等編撰《秦王逸史》,北京:北京燕山出版社,2007 年 3 月重印。

128. 【明】江盈科:《雪濤小說》,上海:上海古籍出版社,2000 年 5 月。

129. 【明】馮夢龍輯:《笑史》,瀋陽:春風文藝出版社,1989 年 3 月。

130. 【明】佚名編,魏明世譯:《增廣賢文全鑒》,北京:中國紡織出版社,2016 年 7 月。

131. 【明】闕名:《足本龍圖公案》,臺北:天一出版社,1974 年 9 月。

132. 【明】羅懋登:《西洋記》,湖南:岳麓書社 1994 年 2 月。

133. 【清】董誥、戴衢亨、曹振鏞等輯:《全唐文》第 2 冊,北京:中華書局,1983 年 11 月。

134. 【清】小石道人:《嘻談續錄》,光緒甲申（1884）孟秋刊本。

135. 【清】王崇簡：《冬夜箋記》，《四庫全書存目叢書》子部 113 冊，台南：莊嚴文化事業有限公司，1995 年 9 月初版，據甘肅省圖書館藏清康熙刻說鈴本影印。

136. 【清】冬青：《活財神》，上海：六藝書局出版，1903 年 6 月。

137. 【清】正一子、克明子：《金鐘傳》，第 2 輯第 157 冊、第 158 冊，上海：上海古籍出版社，1994 年 11 月。

138. 【清】石玉昆：《青石山狐仙傳》，《故宮珍本叢刊》第 703 冊，海口：海南出版社，2001 年 3 月。

139. 【清】佚名：《蕉葉帕》，《古本小說集成》第 2 輯第 102 冊，上海：上海古籍出版社，1994 年 11 月。

140. 【清】吳趼人：《二十年目睹怪現狀》，新北：智揚出版社，1986 年。

141. 【清】吳熾昌：《客窗閒話》，《筆記小說大觀》第 29 冊，江蘇：江蘇廣陵古籍刻印社，1983 年 8 月。

142. 【清】汪惟憲：《積山先生遺集》，《四庫未收書輯刊》第 9 輯第 26 冊，北京：北京出版社，1997 年影印清乾隆三十八年汪新刻本。

143. 【清】汪象旭：《呂祖全傳》，《古本小說集成》第 1 輯第 32 冊，上海：古籍出版社古籍出版社，1994 年 11 月。

144. 【清】汪象旭：《呂祖全傳》，《哈佛燕京圖書館藏齊如山小說戲曲文獻彙刊》第 2 冊北京：國家圖書館出版社影印清康熙汪氏蜩寄刻本，2011 年。

145. 【清】周明泰：《京戲近百年瑣記》（原名：《道咸以來梨園系年小錄》），劉紹唐、沈葦窗編：《平劇史料叢刊》第三種，臺北：傳記文學出版社，1974 年 4 月。

146. 【清】俞樾撰，貞凡、顧馨、徐敏霞點校：《茶香室叢鈔》，北京：中華書局，1995 年 2 月。

147. 【清】胡鳴玉：《訂訛雜錄》，上海：商務印書館據湖海樓本排印的叢書集成初編本，1936 年。

148. 【清】唐圭璋編：《全宋詞》，北京：中華書局，1988 年 3 月。

149. 【清】張潮輯，王根林校點：《虞初新志》收入《清代筆記小說大觀》第 1 冊，上海：上海古籍出版社，2007 年 10 月。

150. 【清】郭慶藩撰，王孝魚點校：《莊子集釋》，北京：中華書局，1985 年 8 月。

151. 【清】陳其元撰，楊璐點校：《庸閒齋筆記》，北京：中華書局，1997 年 12 月。

152. 【清】陳夢雷等編：《欽定古今圖書集成》，上海：中華書局影印，1934 年。

153. 【清】富察敦崇：《燕京歲時記》，北京：北京古籍出版社，1981 年 8 月。

154. 【清】彭定求編：《全唐詩》，北京：中華書局 1979 年 8 月。

155. 【清】無名氏：《青石山總本》，《傅惜華藏古典戲曲珍本叢刊》第 130 冊，北京：學苑出版社，2010 年 4 月。

156. 【清】無垢道人撰，許廛父、徐枕亞整理校訂：《八仙得道傳》，上海：大眾書局，1935 年。

157. 【清】華廣生輯：《白雪遺音》，清道光 8 年（1828）玉慶堂刻本。

158. 【清】黃永亮編定，川蓬子校勘：《七真傳》（北京：團結出版社，1999 年 11 月）。

159. 【清】翟灝：《通俗編》，《續修四庫全書》第 194 冊，上海：上海古籍出版社，2002 年 4 月。

160. 【清】褚人穫：《隋唐演義》，上海：古籍出版社，1994 年 11 月。

161. 【清】褚人穫輯撰，李夢生校點：《堅瓠集》，《清代筆記小說大觀》第 2 冊，上海：上海古籍出版社，2007 年 10 月。

162. 【清】趙翼：《陔餘叢考》，上海：商務印書館，1957 年 12 月。

163. 【清】劉體恕彙編、羅圓吉續編：《呂祖全書》，成都：巴蜀書社，1992 年 8 月。

164. 【清】廣華生輯：《白雪遺音》，《續修四庫全書》第 1745 冊，上海：上海古籍出版社，2002 年 4 月。

165. 【清】樂均著，辛照校點：《耳食錄》，濟南：齊魯書社，2004 年 1 月。

166. 【清】潘昶：《金蓮仙史》，《古本小說集成》第 1 輯第 134 冊，上海：上海古籍出版社，1994 年 11 月。

167. 【清】潘榮陛：《帝京歲時紀勝》，北京：北京古籍出版社，1981 年 8 月。

168. 【清】蔡淑、陳輝璧等纂修：《（康熙）增城縣誌》（上海：上海書店出版社據清康熙二十五年（1686）刻本影印，2003 年。

169. 【清】醉月山人：《狐狸緣全傳》，《古本小說集成》第 3 輯第 130 冊，上海：古籍出版社，1994 年 11 月。

170. 【清】獨逸窩退士：《笑笑錄》，清末上海申報館鉛印本。

171. 【清】戴震：《方言疏証》，《戴震全書》第 3 冊，合肥：黃山書社，1995年 10 月。

172. 【清】顧錄撰，來夏新點校：《清嘉錄》，上海：上海古籍出版社，1986 年5 月。

173. 【清】讓廉：《京都風俗志》，收入《北京廟會史料》，北京：北京燕山出版社，1999 年 12 月。

174. 《呂純陽祖師說三世因果寶卷》，清咸豐辛亥年，杭州朝慶寺慧空經房刊本。

175. 《孝女寶卷》，民國十年同善書局重刊本。

176. 《八仙大上壽寶卷》，戊子年（1948 年）廣泰抄本。

177. 呂洞賓降著：《醫道還元》，乙亥孟夏雲泉仙館重刊本。

178. 不題著者，〈狐狸緣〉，民國石印線裝本繪圖鼓詞。

二、現代文獻（依編著者姓氏筆劃排列）

1. 《中國少數民族社會歷史調查資料叢刊》雲南省編輯組編：《白族社會歷史調查（二）》，昆明：雲南民族出版社，1987 年。

2. 《中國民族民間舞蹈集成》編輯部編輯：《中國民族民間舞蹈集成：江西卷》，北京：中國 ISBN 中心，1992 年 6 月。

3. 《中華舞蹈志》編輯委員會：《中華舞蹈志：江西卷》，上海：學林出版社，2001 年 12 月。

4. 《埭溪鎮志》編纂委員會編：《埭溪鎮志》，北京：方志出版社，2004 年12 月。

5. 《湖北地方戲劇叢刊》編委會編：《湖北地方戲劇叢刊》第 36 集，武漢：湖北人民出版社，1962 年 4 月。

6. 【日】片岡巖撰、陳金田譯：《臺灣風俗誌》，臺北：眾文圖書股份有限公司，1987 年 3 月。

7. 【法】列維·布留爾著，丁由譯：《原始思維》，北京：商務印書館，1985年 5 月。

8. 【英】愛德華·泰勒著，連樹聲譯：《原始文化》，桂林：廣西師範大學出版社，2005 年 1 月。

9. 丁偉志主編：《中國國情叢書：百縣市經濟社會調查‧安鄉卷》，北京：中國大百科全書出版社，1996 年 2 月。

10. 丁肇琴：俗文學中的包公，臺北：文津出版社，2000 年 4 月初版。

11. 丁肇琴：《五嶽民間傳說之研究》，臺北：國家出版社，2005 年 2 月。

12. 上海書店出版社編：《新刊說唱包龍圖斷曹國舅公案傳》，《明成化說唱詞話叢刊》第六冊，上海：上海書店，2011 年 7 月。

13. 上海縣縣誌編纂委員會編：《上海縣志》，上海：上海人民出版社，1993 年 7 月。

14. 上海藝術研究所、中國戲劇家協會上海分會編：《中國戲曲曲藝辭典》，上海：上海辭書出版社，1981 年 9 月。

15. 山西省史志研究院編：《山西通志：旅遊志》，北京：中華書局，2000 年 9 月。

16. 山西省史志研究院編：《山西通志：旅遊志》，北京：中華書局，2000 年 9 月。

17. 山曼：《八仙信仰》，北京：學苑出版社，1995 年 12 月。

18. 中國民間文學集成全國編輯委員會：《中國民間故事集成‧上海卷》，北京：中國 ISBN 中心，2007 年 5 月。

19. 中國民間文學集成全國編輯委員會：《中國民間故事集成‧山西卷》，北京：中國 ISBN 中心，1999 年 6 月。

20. 中國民間文學集成全國編輯委員會：《中國民間故事集成‧山東卷》，北京：中國 ISBN 中心，2007 年 4 月。

21. 中國民間文學集成全國編輯委員會：《中國民間故事集成‧內蒙古卷》，北京：中國 ISBN 中心，2007 年 11 月。

22. 中國民間文學集成全國編輯委員會：《中國民間故事集成‧天津卷》，北京：中國 ISBN 中心，2004 年 11 月。

23. 中國民間文學集成全國編輯委員會：《中國民間故事集成‧北京卷》，北京：中國 ISBN 中心，1998 年 11 月。

24. 中國民間文學集成全國編輯委員會：《中國民間故事集成‧四川卷》，北京：中國 ISBN 中心，1998 年 3 月。

25. 中國民間文學集成全國編輯委員會：《中國民間故事集成‧甘肅卷》，北京：中國 ISBN 中心，2001 年 6 月。

26. 中國民間文學集成全國編輯委員會：《中國民間故事集成・吉林卷》，北京：中國 ISBN 中心，1992 年 11 月。

27. 中國民間文學集成全國編輯委員會：《中國民間故事集成・安徽卷》，北京：中國 ISBN 中心，2008 年 1 月。

28. 中國民間文學集成全國編輯委員會：《中國民間故事集成・江西卷》，北京：中國 ISBN 中心，2002 年 12 月。

29. 中國民間文學集成全國編輯委員會：《中國民間故事集成・江蘇卷》，北京：中國 ISBN 中心，1998 年 12 月。

30. 中國民間文學集成全國編輯委員會：《中國民間故事集成・河北卷》，北京：中國 ISBN 中心，1999 年 6 月。

31. 中國民間文學集成全國編輯委員會：《中國民間故事集成・河南卷》，北京：中國 ISBN 中心，2002 年 9 月。

32. 中國民間文學集成全國編輯委員會：《中國民間故事集成・浙江卷》，北京：中國 ISBN 中心，1997 年 9 月。

33. 中國民間文學集成全國編輯委員會：《中國民間故事集成・海南卷》，北京：中國 ISBN 中心，2002 年 9 月。

34. 中國民間文學集成全國編輯委員會：《中國民間故事集成・湖北卷》，北京：中國 ISBN 中心，1999 年 9 月。

35. 中國民間文學集成全國編輯委員會：《中國民間故事集成・湖南卷》，北京：中國 ISBN 中心，2002 年 12 月。

36. 中國民間文學集成全國編輯委員會：《中國民間故事集成・貴州卷》，北京：中國 ISBN 中心，2003 年 5 月。

37. 中國民間文學集成全國編輯委員會：《中國民間故事集成・雲南卷》，北京：中國 ISBN 中心，2003 年 5 月。

38. 中國民間文學集成全國編輯委員會：《中國民間故事集成・黑龍江卷》，北京：中國 ISBN 中心，2005 年 9 月。

39. 中國民間文學集成全國編輯委員會：《中國民間故事集成・寧夏卷》，北京：中國 ISBN 中心，1999 年 6 月。

40. 中國民間文學集成全國編輯委員會：《中國民間故事集成・廣西卷》，北京：中國 ISBN 中心，1999 年 6 月。

41. 中國民間文學集成全國編輯委員會：《中國民間故事集成・廣東卷》，北

京：中國 ISBN 中心，2006 年 5 月。

42. 中國民間文學集成全國編輯委員會：《中國民間故事集成·遼寧卷》，北京：中國 ISBN 中心，1994 年 9 月。

43. 中國民間文學集成全國編輯委員會：《中國民間故事集成：陝西卷》，北京：中國 ISBN 中心，1996 年 9 月。

44. 中國民間文學集成全國編輯委員會：《中國民間故事集乘·天津卷》，北京：中國 ISBN 中心，2004 年 11 月。

45. 中國民間文學集成全國編輯委員會：《中國民間故事集乘·福建卷》，北京：中國 ISBN 中心，1998 年 12 月。

46. 中國民間歌曲集成編輯委員會：《中國民間歌曲集成·上海卷》，北京：中國 ISBN 中心，1998 年 6 月。

47. 中國民間歌曲集成編輯委員會：《中國民間歌曲集成·山西卷》，北京：中國 ISBN 中心，1990 年 6 月。

48. 中國民間歌曲集成編輯委員會：《中國民間歌曲集成·北京卷》，北京：中國 ISBN 中心，1994 年 11 月。

49. 中國民間歌曲集成編輯委員會：《中國民間歌曲集成·甘肅卷》，北京：中國 ISBN 中心，1994 年 7 月。

50. 中國民間歌曲集成編輯委員會：《中國民間歌曲集成·江蘇卷》，北京：中國 ISBN 中心，1998 年 4 月。

51. 中國民間歌曲集成編輯委員會：《中國民間歌曲集成·河北卷》，北京：中國 ISBN 中心，1995 年 11 月。

52. 中國民間歌曲集成編輯委員會：《中國民間歌曲集成·河南卷》，北京：中國 ISBN 中心，1997 年 12 月。

53. 中國民間歌曲集成編輯委員會：《中國民間歌曲集成·陝西卷》，北京：中國 ISBN 中心，1994 年 8 月。

54. 中國民間歌曲集成編輯委員會：《中國民間歌曲集成·湖南卷》，北京：中國 ISBN 中心，1994 年 10 月。

55. 中國作家協會雲南分會編：《雲南民族民間故事選》，昆明：雲南人民出版社 1981 年 10 月第二版第二次印刷。

56. 中國煙草通志編纂委員會：《中國煙草通志（一）》，北京：中華書局，2006 年 3 月。

57. 孔祥星、劉一曼：《中國古銅鏡》，北京：文物出版社，1984 年 12 月。

58. 文林木：《明清文人畫新潮》，上海：上海人民美術出版社，1991 年 8 月。

59. 文燦、李斌編劇，藝生執筆：《豫劇傳統劇目匯釋》，鄭州：黃河文藝出版社，1986 年 7 月。

60. 方炳桂：《福州熟語》，福州：福建人民出版社，1999 年 3 月。

61. 王友蘭、王友梅：《弦鼓唱千秋‧舌間畫人生──臺北市說唱藝術發展史》，臺北：臺北市政府文化局 2012 年 9 月。

62. 王正強主編：《秦腔詞典》，蘭州：敦煌文藝出版社，1995 年 10 月。

63. 王全成：《滇味文化》，北京：時事出版社，2008 年 1 月。

64. 王育成：《道教法印權杖探奧》，北京：宗教文化出版社，2000 年 12 月。

65. 王季思主編：《全元戲曲（二)》，北京：人民文學出版社，1999 年 2 月。

66. 王季思主編：《全元戲曲（五)》，北京：人民文學出版社，1999 年 2 月。

67. 王明著：《抱朴子內篇校釋》，北京：中華書局，1996 年 9 月。

68. 王國維：《古史新證》，北京：清華大學，1994 年 12 月。

69. 王清原、牟仁隆、韓錫鐸等：《小說書坊錄》，北京：北京圖書館出版，2002 年 4 月。

70. 王森然遺稿，中國劇目辭典擴編委員會擴編：《中國劇目辭典》，石家莊：河北教育出版社，1997 年 9 月。

71. 王漢民：《八仙與中國文化》，北京：中國社會科學出版社，2000 年 11 月。

72. 王漢民：《中國戲曲小說初論》，南京：江蘇古籍出版社，2002 年 3 月。

73. 王增水、李仲祥：《婚喪禮俗面面觀》，濟南：齊魯書社 2001 年 1 月。

74. 王瀞苡：《神靈活現──驚艷八仙彩》，新北：柏楊文化事業有限公司，2000 年 1 月。

75. 白夜、沈穎：《天橋》，北京：新華出版社，1986 年 7 月。

76. 石昌渝主編：《中國古代小說總目‧白話卷》，太原：山西教育出版社，2004 年 9 月。

77. 仲富蘭：《中國民俗文化學導論》，上海：上海辭書出版社，2007 年 1 月。

78. 任繼愈：《中國道教史》，上海：上海人民出版社，1990 年 6 月。

79. 任繼愈主編：《道藏提要》，北京：中國社會科學出版社，1991 年 7 月。年 6 月。

80. 曲彥斌、徐素娥編著：《中國秘語行話詞典》，北京：書目文獻出版社，1994 年 3 月。

81. 朱正昌：《齊魯特色文化叢書：節慶》，濟南：山東友誼出版社 2004 年 8 月。

82. 朱謙之撰：《老子校釋》，北京：中華書局，2000 年 8 月。

83. 江蘇省地方誌編纂委員會：《江蘇省志民俗志》，南京：江蘇人民出版社，2002 年 1 月。

84. 行龍：《走向田野與社會》，北京：三聯書店，2007 年 12 月。

85. 余民雄：《道教文化概說》，貴陽：貴州人民出版社，1991 年 7 月。

86. 余秋雨：《何謂文化》，臺北：天下文化出版社，2012 年 11 月。

87. 余賡哲：《隋唐人的日常生活》，香港：香港中和出版，2018 年 2 月。

88. 佚名著，楊愛群校點：《呂洞賓三戲白牡丹》，濟南：齊魯書社，1990 年 4 月。

89. 吳光正：《八仙文化與八仙文學的現代闡釋：二十世紀國際八仙論叢》，哈爾濱：黑龍江人民出版社，2006 年 12 月。

90. 吳光正：《八仙故事系統論──內丹道宗教神話的建構及其流變》，北京：中華書局，2006 年 8 月。

91. 吳光正：《中國古代小說的原型與母題》，北京：社會科學文獻出版社，2002 年 10 月。

92. 吳書純：《滿族民間禮儀》，瀋陽：瀋陽出版社，2004 年 8 月。

93. 吳密察、陳順昌：《迪化街傳奇》，臺北：時報文化出版事業有限公司，1984 年。

94. 吳曉鈴：《吳曉鈴集（五）》，石家莊：河北教育出版社，2006 年 1 月。

95. 吳瀛濤：《臺灣民俗》，臺北：眾文圖書股份有限公司，1990 年 12 月。

96. 呂洪年編：《八仙的傳說》，上海：湖南文藝出版社，1985 年 11 月。

97. 呂錘寬：《臺灣傳統音樂概論：歌樂篇》，臺北：五南圖書出版股份有限公司，2005 年 3 月。

98. 宋兆麟：《中國生育・性・巫術》，臺北：知書房出版集團，1999 年 1 月。

99. 宋蜀華、陳克進主編：《中國民族概論》，北京：中央民族大學出版社，2001 年 2 月。

100. 岑大利：《中國乞丐史》，臺北：文津出版社有限公司，1992 年 10 月。

101. 李文珍：《民歌與人生：中國民歌采風教學與研究》，上海：上海音樂出版社，2004 年 9 月。

102. 李思佳：《中外神話故事》，長春：吉林大學出版社，2008 年 10 月。

103. 李喬：《行業神崇拜——中國民眾造神運動研究》，北京：中國文聯出版社，2000 年 1 月。

104. 李傳瑞、王太捷編：《八仙傳說》，濟南：山東文藝出版社，1985 年 8 月。

105. 李漢飛編：《中國戲曲劇種手冊》，北京：中國戲劇出版社，1987 年 06。

106. 李豫、李雪梅、孫英芳、李巍編著：《中國鼓詞總目》，太原：山西古籍出版社，2006 年 4 月。

107. 沅江人民政府編印：《湖南省沅江縣地名錄》，沅江：沅江人民政府，1981 年 8 月。

108. 車錫倫：《中國寶卷總目》，北京：燕山出版社，2000 年 5 月。

109. 車錫倫：《信仰·教化·娛樂：中國寶卷研究及其他》，臺北：臺灣學生書局，2002 年 12 月。

110. 邢玉瑞：《黃帝內經理論與方法論（第二版）》，西安：陝西科學技術出版社，2005 年 12 月。

111. 周佳榮：《明清小說：歷史與文學之間》，香港：商務印書館，2016 年 12 月。

112. 周殿富選注：《楚辭源——先秦古逸歌詩辭賦選》，吉林人民出版社，2003 年 1 月。

113. 岳娟娟等：《鬼神》，濟南：山東畫報出版社，2004 年 1 月。

114. 易中天：《大話方言》，上海：上海文化出版社，2006 年 7 月。

115. 林西朗：《唐代道教管理制度研究》，成都：巴蜀書社，2006 年 12 月。

116. 林國平、彭文宇：《福建民間信仰》，福州：福建人民出版社，1993 年 12 月。

117. 林國平：《閩臺民間信仰源流》，福州：福建人民出版社，2005 年 7 月。

118. 林衡道：《鯤島探源》，臺北：稻田出版社，1996 年 2 月。

119. 祁連休、馮志華編：《道教傳說大觀》，南昌：百花洲文藝出版社，1996 年 6 月。

120. 祁連休：《中國古代民間故事類型研究（上、中、下）》，石家莊：河北教育出版社，2007 年 2 月。

121. 邱敏捷:《以佛解莊:以莊子註為線索之考察》,臺北:秀威資訊,2019 年 8 月。

122. 金梁等編:《盛京故宮書畫錄》,臺北:世界書局,2008 年 11 月。

123. 金榮華:《民間故事類型索引(上、中、下)》,新北:中國口傳文學學會,2007 年 2 月。

124. 金榮華:《澎湖民間故事》,臺北:中國口傳文學學會,2000 年 10 月。

125. 金毅主編:《錫劇傳統劇目考略》,上海:上海文藝出版社,1989 年 12 月。

126. 俞航編:《八仙傳說故事集》,北京:中國民間文藝出版社,1988 年 2 月。

127. 俞為民,顧聆森:《中國昆劇大辭典》,江蘇:南京大學出版社 2002 年 5 月。

128. 姜昆、戴宏森主編:《中國曲藝概論》,北京:人民文學出版社 2005 年 11 月。

129. 施乾著、王昶雄編、李天贈譯:《孤苦人群錄》,新北:北縣文化中心,1994 年 6 月。

130. 柳長華主編:《陳士鐸醫學全書》,北京:中國中醫藥出版社,1999 年 8 月。

131. 段寶林:《中國民間文學概要》,北京:北京大學出版社,1998 年 5 月

132. 洪淑苓:《牛郎織女研究》,臺北:臺灣學生書局,1988 年 10 月。

133. 胡士瑩:《彈詞寶卷書目(增訂本)》,上海:上海古籍出版社,1984 年 6 月。

134. 胡萬川:《話本與才子佳人小說之研究》,臺北:五南圖書出版股份有限公司,2018 年 12 月。

135. 胡樸安:《中華全國風俗志(下編)》,石家莊:河北人民出版社,1986 年 12 月。

136. 倪鍾之:《中國民俗通志·演藝志》,濟南:山東教育出版社,2005 年 12 月。

137. 党芳莉:《八仙信仰與文學研究》,哈爾濱:黑龍江人民出版社,2006 年 1 月。

138. 卿希泰主編:《中國道教》,上海:東方出版中心,1994 年 1 月。

139. 原靜敏等:《質樸傻趣:尋找臺灣民間故事簡中滋味》,臺北:萬卷樓圖書股份有限公司,2013 年 11 月。

140. 孫維張：《佛源語詞詞典》，北京：語文出版社 2007 年 2 月。

141. 孫遜：《中國古代小說與宗教》，上海：復旦大學出版，2000 年 7 月。

142. 徐日暉：《五四時期湖南人民革命鬥爭史料選編》，長沙：湖南人民出版社，1979 年 8 月。

143. 徐品方、張紅：《數學符號史》，北京：科學出版社，2006 年 9 月。

144. 浙江文藝出版社編：《八仙的故事》，杭州：浙江文藝出版社，2009 年 4 月。

145. 袁珂：《山海經校譯》，上海：上海古籍出版社，1985 年 9 月。

146. 袁珂：《中國神話通論》，成都：巴蜀書社，1993 年 4 月。

147. 袁珂：《中國神話傳說》，北京：人民文學出版社，1988 年 10 月。

148. 陝西省藝術研究所編：《秦腔劇目初考》，西安：陝西人民出版社，1984 年 8 月。

149. 馬書田：《中國道教諸神》，北京：團結出版社，1996 年 4 月。

150. 馬書田：《全像八仙》，江西：江西美術出版社，2007 年 01 月。

151. 馬書田：《華夏諸神》，北京：燕山出版社，1990 年 2 月。

152. 高國藩：《敦煌俗文化學》，上海：上海三聯書店，1999 年 1 月。

153. 高國藩《敦煌民俗學》，上海：上海文藝出版社，1989 年 11 月。

154. 高福明：《中國婚姻家庭》，合肥：安徽教育出版社，2003 年 10 月。

155. 高談文化編輯部：《莊子及其寓言故事》，臺北：信實文化行銷出版，2013 年 12 月。

156. 國立故宮博物院編輯委員會編輯：《緙絲特展圖錄》，臺北：國立故宮博物院，1989 年 4 月。

157. 尉遲從泰：《民間禁忌》，鄭州：海燕出版社，1997 年 5 月。

158. 張紫晨：《中國古代傳說》，長春：吉林文史出版社，1986 年 7 月。

159. 張澤洪：《道教神仙信仰與祭祀儀式》，臺北：文津出版社，2003 年 1 月。

160. 梁實秋：《梁實秋懷人叢錄》，臺北：中國廣播電視出版社，1991 年 12 月。

161. 梅新林：《仙話——神人之間的魔幻世界》，上海：上海三聯書店，1992 年 6 月。

162. 凌純聲、芮逸夫：《湘西苗族調查報告》，北京：民族出版社，2003 年 12 月。

163. 莊伯和：《臺灣民間吉祥圖案：祝福祈祥》，臺北：國立傳統藝術中心，2001 年 12 月。

164. 許地山：《扶乩迷信的研究》，北京：商務印書館，1999 年 7 月。

165. 許地山：《道教史》，上海：華東師範大學出版社，1996 年 12 月。

166. 許寶華、宮田一郎：《漢語方言大詞典》，北京：中華書局，1999 年 4 月。

167. 連闊如：《江湖叢談》，北京：中華書局，2010 年 8 月。

168. 郭士宏編：《好神來了——八仙的故事》，新北：宏道文化事業有限公司，2008 年 2 月。

169. 郭沫若：《甲骨文字研究》，《郭沫若全集》考古編第 01 卷，北京：科學出版社，2002 年 10 月。

170. 郭喜斌：《圖解臺灣廟宇傳奇故事：聽！郭老師臺灣廟口說故事》，臺中：晨星出版社 2016 年 6 月。

171. 陳大康：《明代小說史》，北京：人民文學出版社，2007 年 4 月。

172. 陳文良主編：《北京傳統文化便覽》，北京：北京燕山出版社，1992 年 9 月。

173. 陳尚君：《唐代文學叢考》，北京：中國社會科學出版社，1997 年 10 月。

174. 陳慶浩、王秋桂主編：《山西民間故事集》，臺北：遠流出版事業股份公司，1989 年 6 月。

175. 陳慶浩、王秋桂主編：《台灣民間故事集》，臺北：遠流出版事業股份公司，1989 年 6 月。

176. 陳慶浩、王秋桂主編：《四川民間故事集》，臺北：遠流出版事業股份公司，1989 年 6 月。

177. 陳慶浩、王秋桂主編：《吉林民間故事集·壹》，臺北：遠流出版事業股份公司，1989 年 6 月。

178. 陳慶浩、王秋桂主編：《安徽民間故事集》，臺北：遠流出版事業股份公司，1989 年 6 月。

179. 陳慶浩、王秋桂主編：《江西民間故事集》，臺北：遠流出版事業股份公司，1989 年 6 月。

180. 陳慶浩、王秋桂主編：《江蘇民間故事集》，臺北：遠流出版事業股份公司，1989 年 6 月。

181. 陳慶浩、王秋桂主編:《河北民間故事集》,臺北:遠流出版事業股份公司,1989 年 6 月。

182. 陳慶浩、王秋桂主編:《浙江民間故事集》,臺北:遠流出版事業股份公司,1989 年 6 月。

183. 陳慶浩、王秋桂主編:《福建民間故事集》,臺北:遠流出版事業股份公司,1989 年 6 月。

184. 陳慶浩、王秋桂主編:《廣西民間故事集(一)》,臺北:遠流出版事業股份公司,1989 年 6 月。

185. 陳慶浩、王秋桂主編:《廣東民間故事集》,臺北:遠流出版事業股份公司,1989 年 6 月。

186. 陳慶浩、王秋桂主編:《遼寧民間故事集》,臺北:遠流出版事業股份公司,1989 年 6 月。

187. 陳樹文:《周易與人生智慧》,北京:清華大學出版社,2010 年 11 月。

188. 雪犁主編:《中華民俗源流集成‧工藝、行業祖師卷》,蘭州:甘肅人民出版社,1994 年 8 月。

189. 麻國鈞、沈亢、胡薇:《劇種‧劇目‧劇人:中國傳統戲曲知識簡介》,北京:大眾文藝出版社 2000 年 1 月。

190. 惠西成、石子編:《中國民俗大觀(下)》,廣東:廣東旅遊出版社,1997 年 7 月。

191. 揚之水:《物中看畫》,香港新界:香港中和出版有限公司 2016 年 9 月。

192. 裴文中:《裴文中史前考古學論文集》,北京:文物出版社,1987 年 11 月。

193. 景林、秀春編:《中國塔橋的傳說》,臺北:漢欣文化事業有限公司,1992 年 8 月。

194. 曾永義、沈冬主編:《兩岸小戲學術研討會論文集》,臺北:傳藝中心,2011 年 5 月。

195. 曾永義:《俗文學概論》,臺北:三民書局,2003 年 6 月。

196. 曾永義:《戲曲與歌劇》,臺北:國家出版社,2004 年 10 月。

197. 曾白融主編:《京劇劇目辭典》,北京:中國戲劇出版社,1989 年 6 月。

198. 曾國珍、楊曉歌:《中國魔術》,天津:天津科學出版社,1981 年 6 月。

199. 湖南省地方誌編纂委員會:《湖南省志‧民俗志》,北京:五洲傳播出版社,2005 年 7 月。

200. 湖南省懷化地區地方誌編纂委員會：《懷化地區志（下卷）》，北京：三聯書店，1999 年 7 月。

201. 焦大衛、歐大年：《飛鸞：中國民間教派面面觀》，香港：中文大學出版社，2005 年 9 月。

202. 童詠芹搜集整理：《七十二仙螺，洞庭湖民間故事》，北京：中國民間文藝出版社，1983 年 4 月。

203. 隋樹森：《全元散曲》，北京：中華書局，1964 年 2 月。

204. 蒙紹榮：《歷史上的煉丹術》，上海：上海科技教育出版社，1995 年 1 月。

205. 黃山港：《七星面具鮎鯦狗》，雲林：雲林縣政府文化處，2010 年 12 月。

206. 黃文博：《臺灣信仰傳奇》，臺北：臺原出版社，1993 年 8 月。

207. 黃仕忠：《戲曲與俗文學研究（第 3 輯）》第 3 卷，北京：社會科學文獻出版社，2017 年 1 月。

208. 黃海德：《天上人間：道教神仙譜系》，成都：四川人民出版社，1994 年 7 月。

209. 黃鈞、徐希博主編：《京劇文化詞典》，上海：漢語大詞典出版社，2001 年 12 月。

210. 楊蔭深：《中國俗文學概論》，臺北：世界書局，1980 年 5 月。

211. 葉長海、張福海：《插圖本中國戲劇史》，上海：上海古籍出版社，2004 年 4 月。

212. 葉舒憲、田大憲：《中國古代神祕數字》，北京：社會科學文獻出版社，1996 年 2 月。

213. 葉楚創主編，陸維釗編註，胡倫清校訂：《三國晉南北朝文選》，臺北：正中書局，1991 年 4 月。

214. 董文成、李勤學主編：《中國近代珍稀本小說》第 3 卷，瀋陽：春風文藝出版社，1997 年 12 月。

215. 賈蘭坡：《中國大陸上的遠古居民》，天津：天津人民出版社，1978 年 9 月。

216. 鄒同慶、王宗堂著：《蘇軾詞編年校注》，北京：中華書局，2002 年 9 月。

217. 福州市地方誌編纂委員會編：《福州市地名志》，福州：海潮攝影藝術出版社，2004 年 8 月。

218. 福建省文化局編印：《福建戲曲傳統劇目索引（第一輯）》，福州：福建省文化局，1958 年 2 月。

219. 福建省文化局編印：《福建戲曲傳統劇目索引（第五輯）》，福州：福建省文化局，1960 年 5 月。

220. 趙杏根：《八仙故事源流考》，北京：宗教文化出版社，2002 年 11 月。

221. 趙和平：《敦煌寫本書儀研究》，臺北：新文豐出版，1993 年 4 月。

222. 趙景深：《中國小說叢考》，濟南：齊魯書社，1980 年 10 月。

223. 劉永文：《晚清小說目錄》，上海：上海古籍出版社，2008 年 12 月。

224. 劉守華、黃永林：《民間敘事文學研究》，武漢：華中師範大學出版社，2005 年 8 月。

225. 劉守華：《中國民間信仰與道教》，臺北：文津出版社，1991 年 12 月。

226. 劉守華：《道教與中國民間文學》，臺北：文津出版社，1999 年 12 月。

227. 劉守華主編：《中國民間故事類型研究》，武漢：華中師範大學出版社，2002 年 10 月。

228. 劉見成：《修道成仙：道教的終極關懷》，臺北：秀威資訊，2010 年 6 月。

229. 劉惠萍：《花蓮客家民間文學集》，花蓮：花蓮縣文化局，2009 年 5 月。

230. 廣西壯自治區戲劇研究所：《廣西戲曲傳統劇目匯編（第六十集）》，南寧：廣西僮族自治區戲劇研究所，1963 年 3 月。

231. 廣西壯族自治區地方誌編纂委員會編：《廣西通志·民俗志》（南寧：廣西人民出版社，1992 年 7 月

232. 廣西僮族自治區戲劇研究所編：《廣西戲曲傳統劇目匯編（第五十三集）》，南寧：廣西僮族自治區戲劇研究所，1963 年 2 月。

233. 廣東省佛山市地名志編委員會：《廣東省佛山市地名志》，廣州：廣東科技出版社，1991 年 6 月。

234. 歐陽晶宜編：《八仙的故事》，臺北：林鬱文化事業有限公司，1998 年 6 月。

235. 歐陽晶宜編：《八仙傳奇》，臺北：林鬱文化事業有限公司，1998 年 6 月。

236. 潘蓁：《中國民間故事珍藏系列·仙話》，上海：上海文藝出版社，2001 年 2 月。

237. 蔡利民：《蘇州民俗》，蘇州：蘇州大學出版社，2003 年 1 月。

238. 蔣朝君：《道教生態倫理思想研究》，北京：東方出版社，2006 年 12 月。

239. 鄭土有、陳曉勤編：《中國仙話》，上海：上海文藝出版社，1997 年 5 月。

240. 鄭土有：《中國民俗通志·信仰志》，濟南：山東教育出版社，2005 年 5 月。

241. 鄭土有：《曉望洞天福地——中國的神仙和神仙信仰》，西安：陝西人民出版社，1991 年 9 月。

242. 鄭振鐸：《中國俗文學史》，石家莊：花山文藝出版社，1998 年 11 月。

243. 鄭振鐸編：《西諦書話》，北京：三聯書店，1983 年 10 月。

244. 魯迅：《中國小說史略》，臺北：小倉出版社，2011 年 6 月。

245. 盧國龍：《道教哲學》，北京：華夏出版社，1997 年 10 月。

246. 盧榮壽：《八仙》，濟南：山東畫報出版社，2003 年 12 月。

247. 蕭福登：《先秦兩漢冥界及神仙思想探原》，臺北：文津出版社，2001 年 1 月二版。

248. 姜彬：《中國民間文學大辭典》，上海：上海文藝出版社，1992 年 6 月。

249. 姜彬：《吳越民間信仰民俗》，上海，上海古籍出版社，1992 年 7 月 1。

250. 姜彬主編：《中國民間文學大辭典》，上海：上海文藝出版社，1992 年 6 月。

251. 謝玉玲：《土地與生活的交響詩：臺灣地區客語聯章體歌謠研究》，臺北：秀威資訊科技出版公司，2010 年 10 月。

252. 鍾敬文：《鍾敬文文集·民間文藝學卷》，合肥：安徽教育出版社，2002 年 12 月。

253. 瞿秋白：《瞿秋白文集：政治理論編》，北京：人民出版社，1996 年 6 月。

254. 羅永麟：《中國仙話研究》，上海：上海文藝出版社，1993 年 5 月。

255. 譚正璧、譚尋：《古本稀見小說匯考》，杭州：浙江文藝出版社，1984 年 11 月。

256. 譚正璧：《話本與古劇》，上海：上海古典文學出版社，1956 年 6 月。

257. 譚正璧：《彈詞敘錄》，上海：上海古籍出版社，2012 年 5 月。

258. 鐵源編著：《明清瓷器紋飾鑒定·圖案紋飾卷》，北京：華齡出版社，2002 年 9 月。

259. 顧太、張利：《中國傳統文化奇觀》，長春：吉林文史出版社，1990 年 1 月。

260. 龔敏：《小說考索與文獻鉤沈》，濟南：齊魯書社，2010 年 9 月。

261. 龔斌：《宮廷文化》，瀋陽：遼寧教育出版社，1993 年 10 月。

三、學位論文（依著作時間排列）

1. 張俐雯：《八仙故事淵源考述》，嘉義：國立中正大學中國文學研究所碩士論文，1993 年 7 月。

2. 楊明：《呂祖全傳研究》，臺北：國立政治大學中國文學研究所碩士論文，2002 年 7 月。

3. 姚聖良：《先秦兩漢神仙思想與文學》，濟南：山東大學中國文學系博士學位論文，2006 年。

4. 譚真明：《湖南花鼓戲研究》，曲阜：曲阜師範大學中國文學系文博士學位論文，2007 年。

5. 吳佳驊：《臺灣八仙文化內涵與造型藝術研究》，臺北：臺北藝術大學傳統藝術研究所碩士論文，2007 年。

6. 茆軍輝：《元明戲劇中呂洞賓形象研究》，石家莊：河北師範大學碩士論文，2009 年。

7. 吳素娥：《八仙故事研究》，臺北：中國文化大學中國文學研究所碩士論文，2010 年 5 月。

8. 張逸品：《臺灣八仙故事與民眾生活之關係》，臺南：成功大學中國文學系博士論文，2010 年 6 月。

9. 白易弘：《臺灣民間故事類型歸屬研究》，臺北：文化大學中文系碩士論文，2012 年 6 月。

10. 李淑蓉：《高雄市薦善堂八仙降鸞研究》，台南：國立臺南大學：台灣文化研究所碩士論文，2013 年 6 月。

11. 曾瓊儀：《台灣桃竹苗地區客家民間故事研究》，臺北：中國文化大學文學院中國文學研究所博士論文，2014 年 1 月。

12. 秦承澤：《非遺保護背景下的鄉民藝術傳承與發展——以魯南鄭家莊八仙燈為核心個案》，濟南：山東大學儒學高等研究院碩士論文，2015 年。

13. 楊庭頤：《清代以前的八仙圖像及其變幻意涵研究》，國立臺北藝術大學碩士論文，2015 年 6 月。

14. 王晨宇：《八仙戲曲研究》，臺北：國立臺灣師範大學國文學系博士論文，2017 年 6 月。

四、單篇文獻（出版時間排列）

1. 連景初：〈五文昌由來〉《臺南文化》，第 8 卷第 3 期，1968 年 9 月 30 日。

2. 陳玲玲：〈元明雜劇中的八仙〉，《中華文化復興月刊》，1979 年 10 月。

3. 向大鯤：〈我國民間傳述的八仙傳奇〉，《藝文誌》182 期，1980 年 11 月。

4. 陳玲玲：〈臺灣扮仙戲中的八仙〉，《中華文化復興月刊》，1981 年 6 月。

5. 【俄】鮑‧李福清 BorisRin 著，馬昌儀譯述：〈中國神話〉，《民間文學論壇》，1982 年第 2 期。

6. 郭立誠：〈八仙故事與戲曲小說〉，《國立歷史博物館館刊》，第 2 卷第 3 期，1984 年 12 月。

7. 方麗娜：〈八仙考述〉，《國教之友》502 期，1986 年 10 月。

8. 馬曉宏：〈呂洞賓神仙信仰溯源〉，《世界宗教研究》，1986 年第 3 期。

9. 陳華文：〈《洞房經》：文化神話──溫黃平原《洞房經（歌）》習俗思考〉，《東南文化》，1990 年 04 期。

10. 陳華文：〈《洞房經》研究〉，《民間文藝季刊》1990 年 03 期。

11. 李裕民：〈呂洞賓考辨──揭示道教史上的諾言〉，《山西大學學報》，1991 年第 1 期。

12. 陳月琴：〈八仙群體的演化發展及其形成（續完）〉，《中國道教》，1992 年第 2 期。

13. 林寶卿：〈閩台民俗和諧音〉，《民間文學論壇》，1992 年第 5 期。

14. 柳存仁：〈讀蜂屋邦夫《金代道教の研究》〉，《中國文化研究所學報》新 2 期，1993 年 1 月 1 日。

15. 周曉薇：〈《東遊記》天門陣故事抄襲《楊家將演義》考辨〉，陝西師大學報（哲學社會科學））1993 年第 4 期。

16. 康宏：〈撒帳婚俗述略〉，《民間文學論壇》，1994 年 03 期。

17. 張俐雯：〈八仙人物淵源考述〉，《高雄工學院學報》，1994 年 6 月第 1 期。

18. 林保淳：〈呂洞賓形象論──從劍俠談起〉，《淡江大學中文學報》，第 3 期，1996 年 12 月。

19. 呂大吉：〈宗教是什麼？──宗教的本質、基本要素及其邏輯結構〉，《世界宗教研究》，1998 年 02 期。

20. 丁玉曙：〈里下河上樑說合子〉，《江蘇地方誌》，2000 年第 2 期。

21. 党芳莉：〈八仙研究綜述〉，《文史知識》，2000 年第 3 期。

22. 趙紅娟:〈「兩拍」版本考述〉,《湖州師範學院學報》,2002 年 2 月第 1 期。

23. 【法】洪怡沙(Isabelle Ang)〈南宋時期的呂洞賓信仰〉,《法國漢學》第 7 輯(北京:中華書局,2002 年 12 月),頁 346～375。

24. 尹蓉:〈元雜劇中的八仙〉,《藝術百家》2003 年第 3 期。

25. 尹蓉:〈論八仙中的何仙姑〉,《民族藝術》2004 年第 1 期。

26. 吳天明:〈神仙思想的起源和變遷〉,《海南大學學報(人文社會科學版)》2004 年第 2 期。

27. 尹蓉:〈八仙的組合及其文化內涵〉,《民族藝術》2005 年第 1 期。

28. 陳萬鼐:〈元佚名《藍采和》雜劇的著作年代及其傳本考〉《國家圖書館館刊》,2005 年 6 月(94 年第 1 期)。

29. 林國義:〈《醉八仙》在傳統劇種間的文化風貌探討〉,《屏東文獻》,第 9 期 2005 年 12 月。

30. 洪淑苓:〈女性與智者——巧女故事的兩個介面〉,東海大學中文系審訂,鍾慧玲主編:《女性主義與中國文學》,頁 1～34,臺北:里仁書局,1997 年 4 月。

31. 李利安:〈觀音信仰的中國化〉,《山東大學學報(哲學社會科學版)》2006 年 04 期。

32. 高贇、章軍華:〈崇仁儺俗的演繹與文化內涵〉,《電影評介》,2007 年 2 月。

33. 洪淑苓:〈從節俗與婚俗看民俗審美的心理趨向〉,首屆「牛郎織女傳說學術研討會」,山東大學民俗學研究所主辦,2007 年 8 月 13～16 日。

34. 王永寬:〈八仙傳說故事的文化底蘊探析〉,《中州學刊》,2007 年 9 月第 5 期。

35. 文革紅:〈《四雪草堂重訂通俗隋唐演義》版本考辨〉,《明清小說研究》2008 年第 2 期。

36. 傅劍平:〈褚人穫四雪草堂《隋唐演義》初刻本疑年考辨〉,《華南師範大學學報(社會科學版)》2008 年第 2 期。

37. 尹蓉:〈「暗八仙」的來源〉,《文史知識》,2008 年第 03 期。

38. 何建中:〈仙蹟岩及其故事〉,《中華民國海關退休人員聯誼會會訊》第 79 期,2009 年 7 月。

39. 艾曉飛：〈從「八仙」的定型看通俗文學對傳說的影響〉，《濮陽職業技術學院學報》，2011 年 10 月第 24 卷第 5 期。

40. 高志偉：〈考古資料所見赭石、朱砂、鉛丹及其應用〉，《青海民族大學學報（社會科學版）》2011 年第 1 期。

41. 胡旭：〈飲中八仙之聚散與天寶文學走向〉，《中華文史論叢》，2011 年第 3 期。

42. 王擎擎：〈論八仙文化的生成〉，《黑龍江史志》，2011 年第 4 期。

43. 陳又林：〈傳統吉祥紋樣「暗八仙」及其審美意蘊〉，《民族藝術研究》，2012 年 02 期。

44. 陳伯謙：〈扮仙戲中《大醉八仙》劇情溯源之研究——以朱有燉的《蟠桃會》及《瑤池會》為探討對象〉，東吳中文線上學術論文十七期，2012 年 3 月。

45. 陳又林：〈民間裝飾藝術中的「八吉祥」與「暗八仙」——兼論傳統吉祥文化中的佛道互補〉，《蘭臺世界》，2012 年 19 期。

46. 林保淳：〈八仙法器異說考〉，收入《紀念婁子匡先生百歲冥誕之民俗學國際學術研討會論文集》，臺北：萬卷樓圖書股份有限公司，2015 年 1 月。

47. 陳鵬程：〈明清小說中所展現的觀音信仰及其文學功能〉《太原理工大學學報（社會科學版）》2015 年 05 期。

48. 王家安、公茂棟：〈把燈「穿」在身上的「八仙」——山東沂蒙八仙燈〉，《神州民俗（通俗版）》，2015 年 06 期。

49. 王小蓉：〈中國「仙話」脞譚——從神仙信仰說起〉，《臺北海洋技術學院學報》7 卷 2 期，2016 年 6 月。

50. 林聖智：〈八仙的變身：狩野山雪〈群仙圖襖〉的相關問題〉，《藝術學研究》，2016 年 6 月第 18 期。

51. 紀家琳：〈實效與娛樂的劇場交流中獲得轉變——以扮仙戲《醉八仙》為例〉，《藝術學報》，2016 年 10 月第 99 期。

52. 林翠鳳：〈談扶鸞的起源與沿革〉，《東海大學圖書館館刊》，13 期 2017 年 1 月。

53. 梅莉：〈「三入岳陽人不識，朗吟飛過洞庭湖」——呂洞賓傳說、信仰與岳陽樓文化〉，《湖北大學學報（哲學社會科學版）》，2017 年 1 月第 44 卷第 1 期。

54. Birgitta Augustin、白楊：〈元代八仙及其圖像起源〉，《美成在久》，2017 年 02 期。

55. 張靈：〈「八仙」故事的民間化重構——基於寶卷的研究視角〉，《上海師範大學學報（哲學社會科學版）》，2018 年 02 期。

56. 吳真：〈聖象與禁戲——以「關公斬妖」主題戲曲為中心〉，收入《首屆關公文化前沿論壇論文集》，（臺北：宇河文化出版有限公司 2018 年 6 月），頁 219～226。

57. 富嚴：〈史前時期的數學知識〉，《史前研究》，1985 年 02 期。

58. 湯春：〈以八仙為例淺談明代民間信仰的三教合一思想〉，《華章》，2011 年 25 期。

59. 楊富鬥、楊及耕〈金墓磚雕叢探〉《文物季刊》，1997 年 04 期。

60. 葉倩：〈元代瓷器八仙紋飾考釋〉，《中國國家博物館館刊》，2015 年 10 期。

61. 葉程義：〈八仙考述〉，《國立歷史博物館館刊》10 期，1979 年 12 月。

62. 寧稼雨：〈古代濟公小說敘錄〉收入《文學與文化》第八集（天津：南開大學出版社，2008 年 6 月。

63. 熙方方：〈民間美術圖案「八仙過海」的圖像學探析〉，《民族藝術研究》2017 年 03 期。

64. 趙雷：〈神仙觀念的由來、變遷和在秦漢的傳播〉，《青海社會科學》，2007 年第 1 期。

65. 劉方：〈中國古代數字神祕崇拜文化初探〉《自貢師範高等專科學校學報》，2000 年第 2 期。

66. 劉平、隋愛國：〈明清民間宗教中的觀音信仰〉，《世界宗教文化》2014 年第 1 期。

67. 劉宗迪：〈西王母信仰的本土文化背景和民俗淵源〉，《杭州師範學院學報（社會科學版）》，2005 年第 3 期。

68. 鄭吉雄：〈中國古代形上學中數字觀念的發展〉，《臺灣東亞文明研究學刊》，第 2 卷第 2 期，2005 年 12 月。

69. 簡宗梧：〈臺灣登鸞降筆賦初探——以《全臺賦》及其影像集為範圍〉，《長庚人文社會學報》第 3 卷第 2 期，2010 年 10 月。

70. 簡濤：〈山東民間皮影戲《八仙過海》初探〉，《山東師大學報（哲學社會科學版）》，1984 年 02 期。

71. 羅寧：〈唐代《八仙傳》考〉，《宗教學研究》，2006 年第 3 期。

72. 羅曉歡、羅楠：〈四川地區清代墓葬建築中的八仙雕刻裝飾研究〉，《中國美術研究》，2018 年 01 期。

五、報紙資料

1. 楊樹煌（2004 年 6 月 2 日）：〈新聞辭典·打鐵祭〉。《中國時報》，彰投生活（C1）版。

2. 余炎昆（2004 年 6 月 2 日）：〈打鐵祭——手舞鐵鎚　鏗鏘作樂〉。《聯合報》南投縣新聞（B2）版。

3. 張弘昌（2011 年 10 月 2 日）：〈鬧市留綠地　助鮎復育〉。聯合報，A9，采風。

4. 〈浙「八仙遺蹟」為恐龍足蹟〉（2019 年 10 月 9 日）。《澳門日報》，第 B3 版。

六、網路資料

1. 〈北市 8888～88 六連號超級車牌，358 萬天價售出〉：https://www.ettoday.net/news/20111013/1282.htm#ixzz6I4pXTO2I。

2. 〈浙江「9999」車牌拍出 500 萬，土豪人馬怒丟瓶又砸椅〉：https://www.ettoday.net/news/20151101/589029.htm。

3. 故宮博物院館藏繪畫：https://www.dpm.org.cn/collection/paint/228454.html。

4. 國立故宮博物院書畫典藏資料檢索系統：https://painting.npm.gov.tw/Painting_Page.aspx?dep=P&PaintingId=13753。影片——湖南花鼓戲《韓湘子傳奇》之六《湘子服藥》：https://v.qq.com/x/page/r0903rcrynr.html。